Okuyama Fumiyuki
奥山文幸

幻想のモナドロジー
日本近代文学試論

翰林書房

幻想のモナドロジー　日本近代文学試論――◎目次

I

I

1.「水仙月の四日」論――吹雪のモナド

1

賢治童話は、「子供のためのお話」というような一般的な意味での〈童話〉とは決して言えない。大正前半期の日本においては、創作童話というジャンルがどのようなものかについて、まだ表現方法の内部で確定できていない段階であり、それだけにかえってジャンルとしての文学的可能性が現代よりもはるかに開かれていたはずである。もっとも、その可能性は、またたくまに文学的にもまた商業的にも「赤い鳥」的な世界に収束されてしまう。しかし、例外的に宮沢賢治の童話だけは、当時の童話ジャンルの起爆力に関して大きな可能性を秘めたまま今日までその作品の生命力を維持し、なおかつ強化し続けていると言えるだろう。

従って、賢治童話をジャンルとして位置付けるには、坂口安吾やフランツ・カフカの作品群をその範囲として射程に入れた上でなら〈メルヒェン〉という領域が最も適切なのではなかろうか。小川未明、新美南吉等の童話はこの領域には入らないだろうし、また、入れてはならないだろう。賢治童話の〈読み〉にとって、以上のことはさしあたって何よりも重要なことであるように思われる。

ところで、花田清輝の『錯乱の論理』(『花田清輝著作集』第一巻、未来社、一九六四年)に「童話考」という文章がある。花田によれば、「古い童話の世界は、かならず目的論的に構成」されており、「因果的には最後に実現されるものが、最初の予想となり、全体を支配する原理」となり、「因果の系列にしたがって展開されてゆく小説の世界」とは逆の関係になる。かくして「童話においては現実の継起だけが描かれる」のであり、やがてこの手法は、ブルトンの「口頭、記述、その他あらゆる手段で思想の真の過程を表現しようとする純粋な心的オートマティスム」に発展する。

「古い童話の世界」に対して、この文章の中で使われている〈新しい童話の世界〉という用語の対象は、シュルレアリスムの代表的な画家エルンストであり、キリコの絵画であり、立体派時代のピカソやブラックであり、ジャン・ジオノの小説であり、敢えて明示こそしていないが日本の「戦後作家に特有な、一種の錯乱」の世界である。ここで、「童話」という表現が子供のためのお話を意味しないことは言うまでもない。

「童話考」のなかで、筆者にとって最も印象深いのは、童話の現実性と現実の童話性という観点である。「今日の芸術家」が何故上述のような「新しい童話の世界」を作り出さねばならなかったのか、という問いを立てて、花田は言う。


それは他でもない。かれらがこれまでのいろいろな芸術作品に――あらゆる現実主義的な作品に、脆弱でもあり、陳腐でもある、童話の現実性を見たからだ。（中略）かれらの制作は、因果律を避けて通ることによってではなく、まず因果律を徹底的に検討し、それに喰いさがり、それと戦うことによってはじめられる。そうして、やがてかれらは、先験的な形而上学から――単純な形式論理の因果律から芸術を解放するのである。かくて「馬が馬であり、草が草でありながら」しかも「馬が馬でなく、草が草でなくなる」のだ。そこにあるものはもはや童話の現実性ではなく、現実の童話性なのだ。

彼にとって過酷な現実の童話性のなかで生き抜くためにも〈新しい童話の世界〉が必要だったのであり、また、現代のわれわれにおいても必要なのだ。そこには、戦中戦後を通じて現実世界の怪鬼（シメール）と戦わねばならなかった花田自身の事情があったはずである。

やがて人びとは不可知論におちいり、かれらが「実証的」であればあるほど、却って幼稚な信仰の世界に救いを求めるに至る。コントは実証科学から出発して人間教に達し、ゾラは自然主義から出発して愛の賛美歌に終る。まことにだらしないかぎりである。それは因果論的見地と目的論的見地との統一ではなく、前者から後者への単なる逃避にすぎず、つねに両者は、形式論理的に、別々に切り離されているのだ。この対立のうちに統一を見失わないことによってのみ、ダダの絶望から立ちなおり、新しい童話の世界へ、第一歩を踏み出すことができるのだ。

ここで花田清輝の言う「新しい童話の世界」を現代的に切り開いているのが、賢治童話の諸作品であり、また、その文学の方法と性格を異にはするが、坂口安吾の「白痴」・「桜の森の満開の下」・「夜長姫と耳男」等の作品ではないだろうか。あるいは、こうした括弧付きメルヒェンの座標系を想定したとき、翻って安吾の作品も新たな相貌を見せてくるのではないか。

さらに、小説における童話（メルヒェン）性に関心を寄せるドイツのノーベル賞作家ギュンター・グラス（『ブリキの太鼓』の作者として知られる）についても想起しておこう。佐藤拓夫によれば、ギュンター・グラスの作家としての仕事は、「メールヒェンの『様式形成的な力』なくしては考えられない」（「ギュンター・グラスとメルヒェン 『ひらめ』試論」、「ドイツ文学」第八六号、一九九一年）のだそうだ。さらに、ギュンター・グラスは、メルヒェンを「もうひとつの、すなわち、人間の実存を拡大する現実への洞察」を与えるものであり、「われわれの現実の二重底」、「文学の最も本質的な内包を表わすもの」であると規定していると佐藤は述べている。花田清輝と同様に、現実の童話性への洞察がギュンター・グラスにもあるのだ。

2

以上のようなことを前提としながら、本稿では、死へ至らしめる怪異の力を持つ雪童子の形象と、雪童子が引き起こす大吹雪の〈雪粒〉に焦点をあてながら、この現実の童話性の一端を遠望してみたい。それは、幻想を生成するモナドに関する考察にもなるはずである。

童話「水仙月の四日」は、「雪婆んごは、遠くへ出かけて居りました」という表現で始まる。次の文章でさらに「遠くへ出かけてゐたのです」と畳みかけることによって、この童話の舞台である村における雪婆んごの不在が強調される。「猫のやうな耳をもち、ほやほやした灰いろの髪をした雪婆んご」は、時には人間の生命をも奪う大吹雪を起こす中心的な役目を請け負っているのだから、「遠くへ出かけて」いる限りにおいては、「雪丘の裾《すそ》」も村も、大吹雪にさらされることはない。雪婆んごの不在の強調は、同時に村人にとってひとときの平穏な日常の強調でもある。「ひとりの子供」が、町で買った砂糖を懐に入れて「しきりにカリメラのことを考へながら」たった一人で「山裾の細い雪みち」を歩いているのも、身の危険が彼には予想もできないからに他ならない。

しかし、「遠くへ出かけて」いる雪婆んごが、やがて戻ってくるのは必然である。従って、「ひとりの子供」にとっての〈いま・ここ〉の平穏は、重層的には来るべき悲劇の予兆でもある。

童話集『注文の多い料理店』（一九二四年）に収録された作品において、主人公的な登場人物は個体としての死の一歩手前まではいくが、結局は元の生の世界に戻される。両立しえない二つの異質な世界がどの臨界点でぎりぎりにお互いを保つか、その問題に死と生の相克が絡む。

この時、いずれの側から見ても相手を克服して恒久的な勝利を得るというジンテーゼは訪れることはない。二人の紳士は食べられる寸前で飼い犬によってからくも山猫から逃れるし（「注文の多い料理店」）、「おれはあした戦死するのだ」と許嫁になげく烏の大尉は、翌朝、敵の山烏を戦闘で殺すことによって自らの命を空しく守る（「烏の北斗七星」）。また、夢というバイアスがかけられてはいるが、山男は丸薬を舐めることによって、山男という個体としての消滅（＝死）を回避し、再びもとの身体を取り戻す（「山男の四月」）。「水仙月の四日」においても、雪童子の計らいで結果的に雪中でビバークした子供は、おそらく死ぬことはなく、「一生けん命走つて」くる父親に救助されようとする。

しかし、これらの場合において死なないと言うことは、異世界から生還することがドラマツルギーとして事前に保証されているということではない。魔法によって蛙に変身させられた王子様がお姫様の愛と尽力によって元に戻るという類の話とは次元の違う、リアルでかつ原形質的な死の危機が、「水仙月の四日」にはある。プロップ風の昔話の構造分析でなら、「グリム童話」などにみられる昔話の本質は、〈加害〉→〈欠除〉→〈欠除の除去〉という構造を持つことになるのだろうが、それとは違って「水仙月の四日」の場合には、〈加害〉と〈欠除〉の境界が相互侵犯し、その内容に不条理劇的な要素が加わる。

以上のように考えれば、「水仙月の四日」は、雪童子と子供との愛らしい友情という表層の物語とは全く異なる内実を持っているといえよう。雪婆んごはもちろんのこと、雪童子にも妖怪にふさわしい怪異の力がそなわっている。雪童子が「まつ青な空を見あげて見えない星に叫」ぶと「その空からは青びかりが波になつてわくわくと降」る。また、雪童子が雪狼どもを「はねあがるようにして叱」ると、「いままで雪にくつきり落ちていた雪童子の影法師は、ぎらつと白い光に変わ」る。天体とつながっている雪童子の怪異の力が十二分に暗示されていると言えよう。

また、雪童子が雪狼にとって絶対的権力者であることは、前記の引用からも、さらに、「一匹の雪狼は、主人の小さな歯のちらつと光るのを見るや、ごむまりのやうにいきなり木にはねあがつて」という表現においても示されている。谷川雁『賢治初期童話考』（潮出版社、一九八五年）の言うように、雪婆んごが低気圧の喩であるとすれば、雪童子はその支配下にある〈風〉の喩でもある。

鈴木健司は、「『水仙月の四日』――怪異譚としての側面」（『国文学　解釈と鑑賞』至文堂、一九九六年一一月号）において、「伝承世界を背景にした怪異としての側面だけでなく、多分に賢治固有の、その意味では読者には了解不能の怪異としての側面」の一例を、雪婆んごの登場と「空の仕掛けを外したやうな、ちいさなカタツといふ音」の関連にみている。筆者としては、「雪童子の影法師は、ぎらつと白い光に変わ」る箇所や、「主人の小さな歯」が「ちらつと光る」という〈しぐさ〉に、雪童子と「ぎらつと」「ちらつと」と形容される光との関連も含めて、民間伝承譚の類の形象を超えた賢治固有の怪異の表現を見たい。この時、怪異とは、柳田國男が『妖怪談義』で記述した類のものよりも、性格的にはカフカの短編小説「家長の心配」に出てくる奇妙な糸巻き状小動物オドラデクに通底する不可解性を兼ね備えたものとなる。

「口をびくびくまげて泣きながらまた起きあがらう」とする子供に対して、雪童子は、「向ふからわざとひどくつきあたつて子供を倒」す。雪童子は不可視の超越的存在であり、また風でもある。雪婆んごは、「おや、おかしな子がゐるね、さうさう、こつちへとつておしまひ。水仙月の四日だもの、一人や二人とつたつていゝんだよ」と言う。雪婆んごや雪童子の住む「こつち」の世界とは、人間にとっては異次元であり、そこに行く事は人間にとって死の世界を意味する。雪婆んごの言葉に対して、雪童子は「ええ、さうです。さあ、死んでしまへ」と言い、「わざとひどくぶつつかりながらまたそつと」子供に言う。「さあ、死んでしまへ」と「またそつと」の落差の意味が、そのまま雪童子のあるいは自然の表層と深層の二面性でもある。地元の（と言っても冬の間だけではあるが）雪童子は彼にとっての「こつち」の世界の論理と、「子供」の所属する人間の世界の論理を二つながら知り得る存在として、雪婆んごと「子供」の中間に位置する。その中間性を示す箇所が、「さうして睡っておいで。布団をたくさんかけてあげるから。さうすれば凍えないいんだよ。あしたの朝までカリメラの夢を見ておいで」という部分である。

雪童子は、「子供」の心の中まで見えている。これは、特権的語り手による作品世界への無理な介入というよりは、雪童子の存在そのものの超越的位置を示していると考えた方がよい。この雪童子は、作品末尾で「お父さん」をも個的に識別できるほど、この家族の、さらにはこの集落の内部に精通している。雪童子が人間にとって〈風〉であるからには、日常的にこの地域を巡回し、各家屋の中にも〈風〉として入り込み、その結果として、人間たちよりも各家庭の内実を具体的に知り尽くしているとしても、不思議ではない。「さあ、死んでしまえ」と言いつつ「子供」を生かすのも、その「子供」のことをすでにトータルに知り得ていたからこその所為であったはずだ。雪の中で死の可能性を秘めつつ眠っている子供が「ぼくのやつたやどりぎをもつてゐた」ことを発見して「ちよつと泣くやうに」するのも、雪童子のなかに、それ以前にもカルメラを焼いては喜んだ「子供」の表情や個的な性格、あるいはそれまでの生活等、人間性の全体が体験的に記憶されていることを前提としているだろう。そうである限り、雪童子は「子供」を殺すことはできない。彼には、雪婆んごの「水仙月の四日だもの、一人や二人とつたつていゝんだよ」という論理には内奥で従えない必然的な理由がある。

雪童子は「同じとこを何べんもかけて、雪をたくさんこどもの上にかぶせ」、「あのこどもは、ぼくのやつたやどりぎをもつてゐた」とつぶやく。二つの世界は、共生しつつも時には殺す行為をしなければならない。殺す根拠は、憎しみにあるのではなく、ただ、それぞれの世界が互いを異次元としているということだけである。自然がそのまま異界でもあるという点が問題の根源なのだ。

3

天沢退二郎は、「宮沢賢治素描」（『宮沢賢治の彼方へ』所収、思潮社、一九八七年）において、「賢治の詩が全体として無力化された独白のうちに推移していくのに対し、彼の童話作品は根本的に語りかけの精神でみちみちている」とし、次のように述べている。

> それら（賢治の童話作品――奥山）はまともにぼくらの眼を見つめ、キラキラと躍動することばでぼくらをみたしぼくらを完全にまよい出させ、その「まよい出」自体が魅惑の時空となってぼくらを宙吊りにする。（中略）ところで彼の童話がこのような力を獲得している秘密をぼくは「うた」の中に見出せるのではないかと思う。それは彼の詩と童話とをつなぐ重要な橋でもある。（中略）

これらの主題歌はそれぞれの作品世界のエッセンスをかたちづくっており、まさしくその作品の深層主題の指標たりえている。それらは、賢治の詩作品がもっていないキラキラとこぼれかかるような発光性をそなえているのである。

天沢が挙げるのは『銀河鉄道の夜』における「星めぐりの歌」や『風の又三郎』における「ああまいくわりんも吹きとばせ」の絶唱等である。

天沢の表現を借りれば、「水仙月の四日」においても、「主題歌」は「その作品の深層主題の指標たりえている」といえるだろう。「カシオピイヤ、／もう水仙が咲き出すぞ／おまえのガラスの水車／きつきとまわせ」という〈うた〉は、表層のメッセージとしては、童謡の響きとともに、水仙が咲き出す季節の準備をしろということになろうが、次の歌（「アンドロメダ、／あぜみの花がもう咲くぞ、／おまえのランプのアルコオル、／しゅうしゅと噴かせ」）も含めて、本当のメッセージは、死への誘いを持つかなり不気味なわらべ歌としての性格をもったものではなかろうか。即ち、イノセンスの殺人である。事実作品中では、カシオピアと連動してこれから死者をも伴う大吹雪が起きるぞ、という事を予告しているときにこそ歌う〈うた〉、つまり〈自然〉の一所作として起こる殺人の前奏曲なのだ。

アト・ド・フリース『イメージ・シンボル事典』（山下主一郎他訳、大修館、一九八四年）によれば、スイセン narcissus には、「麻痺させる」「眠らせる」という意味があり、また、アヤメ iris の意味もある。アヤメと同一視される場合は、死を意味することになる。さらに、『日本大百科全書』（小学館、一九九四年）には、「ギリシア神話では、スイセンは、水に映る自分の姿に恋い焦がれ、水中に身を投げたナルキッソス（ナルシス）の化身。ナルキッソスは麻酔とか昏睡を意味するギリシア語のナルケ narkeが語源とみられ、スイセンに含まれるアルカロイドのナルシチンが麻酔状態を引き起こすのにちなむ」とある。こうした知識（なかでもナルシスチンの麻酔作用）は、賢治の時代にもすでに事典の類に記載されているのであり、化学を学習する過程で出会う可能性のある知識でもあったから、作品の前提として考えることも十分可能である。また、アンドロメダの〈うた〉にある「あぜみ」については、谷川雁が馬酔木のことであると推論している。アシビにこの漢字が当てられるのは、馬がその葉を誤って食べると、足がしびれて動かなくなることによる。

以上のことを勘案すれば、密接な関係にある二つの〈うた〉における「水仙」と「あぜみ」の重要な共通項は〈しびれ〉であり、それは、大吹雪の寒さによる（手足を含めた）身体の痺れのメタファーでもある。この〈しびれ〉が行き着く先は、凍死の眠りである。したがって、カシオペアの〈うた〉は、まさしく物語において歌われるべき時系列において歌われ、歌われるべき内容を余すところ無く歌っているのである。

「水仙月の四日」における「水仙月」とは、水仙が咲く頃の季節（月）を表すのではない。「カシオペーアの三つ星」が「みんな青い火」を燃やす月であり、かつ、「死」・「眠らせる」という水仙のアレゴリーを秘めた三人の雪童子が西から応援に連れてこられ、地元の雪童子とともに大吹雪を起こす長期の時間帯と考える方が妥当である。

また、「水仙月の四日」が、大吹雪の日を意味することは、「今日はここらは水仙月の四日だよ」という雪婆んごの会話表現からわかる。太陽暦でいう月日であれば、地球的規模で同一なのであるから、「ここら」という表現は適切ではない。水仙月という全く架空の異世界における月の第四日目のこととも考えられるが、作品に即して考えればかなり無理がある。むしろ、例えば夏目漱石の「二百十日」という作品名が一般的な用法を踏まえて立春から二百十日目によく発生する〈台風〉の意味合いを持つのと同様に、ことばの連なりで固有名詞的に表現された大吹雪の日の換喩であるととらえるべきだろう。

4

さてここで、作品における雪粒の種類について引用しつつ考察しておきたい。この作品においては、〈雪粒〉という観点が、作品の風景とともに、死の問題としても重要であるからだ。

（1）雪童子は、風のやうに象の形の丘にのぼりました。雪には風で介殻のやうなかたがつき、その頂には、一本の大きな栗の木が、美しい黄金いろのやどりぎのまりをつけて立つてゐました。

（2）童子はわらつて革むちを一つひゆうと鳴らしました。すると、雲もなく研きあげられたやうな群青の空から、まつ白な雪が、さぎの毛のやうに、いちめんに落ちてきました。

（3）風はだんだん強くなり、足もとの雪は、さらさらさらさらうしろへ流れ、間もなく向ふの山脈の頂に、ぱつつと白いけむりのやうなものが立つたとおもふと、もう 西の方はすつかり灰いろに暗くなりました。

（1）について、貝殻のようなかたは、この雪がさらさらで（つまり湿ってはいないからこそ）風によって紋がついていることを示す。（2）について雪粒の質が軽いことがわかる。さらに、（3）について、雪粒そのものが軽く湿っていないからこそ、風によって足もとの雪が「さらさらさらさらうしろへ流れ」ていくことになる。作品で書かれている雪粒は粉雪であることは、以上のことからを明らかである。また、粉雪であることから、同時に大気の張りつめた寒さをも感受すべきである。

『日本大百科全書』（小学館）によれば、粉雪は「気温が零下15℃以下に下がった寒いときに降る細かい粉状の雪」である。また、「暖かいときに降る牡丹雪と対比した呼び名で、乾いていて握っても固まることはない。結晶の形も、いわゆる六花をなさず、角板や角柱が立体的に交差した不定形で、多くは双晶をなしている。積もっても軽くて乾いているので、山スキーをする人たちに喜ばれる」と同書に書かれている。

吹雪とは、言うまでもなく強い風によって雪粒が飛ばされる現象である。このとき、飛んでいる雪粒が降雪による場合と、いったん地面に積もった雪が風で吹き上げられた場合、さらに、両者が混じっている場合とがある。互いにはじき出された雪粒が跳躍を繰り返しながら激しく動く地吹雪は、温度

〈雪温〉が低いほどおこりやすい。地吹雪を発生させる最低の風速は、『日本大百科全書』によれば、雪温零下二度で風速毎秒一〇メートル、雪温零下八度では風速毎秒三メートルである。

作品に内在して読む限り、「水仙月の四日」の風景は、飛んでいる雪粒について降雪による場合と、いったん地面に積もった雪が風で吹き上げられた場合とが混じった場合であると言えよう。しかもその雪はすでに考察したように粉雪である。こう考えてみると岩手の気候では、小寒から大寒あたりがこの条件を満たす（水仙月＝四月説ではこの条件をみたすことはない）。

因みに、「岩手県気象月報」一九二二年一月（宮古測候所）によれば、この年の一月の最低気温氷点一〇度以下の日数一三、最高気温氷点以下の日数八、昼夜平均気温氷点以下日数三〇、昼夜平均気温の平均値零下四・一度で、同月報の表に載っている明治三一年からの二六年間で、いずれの項目においても一番寒かったことがわかる。また、地面付近の空気の温度は、零下一〇・九度で、明治四一年、四二年についで三番目の冷たさである。つまり、一九二二（大正11）年一月は、この年二六才の賢治が生まれてはじめて体験する寒い冬だったわけである。

賢治がこうしたことも踏まえて水仙ということばを用いているとすれば、「水仙月の四日」という題名は、作品内容とさらに密接に呼応して、妖怪が威力を発揮する異界＝大吹雪のなかでの子供の〈眠り〉と可能態としての〈死〉、さらに、死にまでは至らせまいとする雪童子の異次元からの究極の行動を掛け合わせた絶妙なものになるはずである。

注

（1）野村ひろし『グリム童話』（筑摩書房）

（2）「『青森市史』別冊　雪中行軍遭難六〇周年誌」（青森市史編纂会、国書刊行会、昭和38年）によれば、一九〇二（明治35）年一月二三日の八甲田山雪中行軍において、大吹雪にまきこまれて遭難し、一九九名が凍死した。その約七割の一三九名が岩手県出身者であった。当時六才の賢治が八甲田山雪中行軍についてどのような記憶を持ち、またどのような話を聞いていたのかについて、具体的な資料はないが、吹雪の中での死という発想について八甲田山雪中行軍が「水仙月の四日」とまったく無関係というわけでもないだろう。

＊付論

現時点では、水仙月の四日が現実には四月四日であるという説が一般的には有力である。この説を定着させたのが谷川雁「水仙月の四日考」（『賢治初期童話考』所収、潮出版社、一九八五年）であった。そこで谷川は次のようにのべる。

水仙月――その冷たい語感が採用された。それにしても、いったいこの月は何月なのか。根本順吉氏の教示（後出資料参照）により、この件は完全に解明された。まず水仙の開花期を調べる。おそらく奈良時代に太陸から到来し、各地に自生しているこの花の前線は、十二月半ばには九州南端に上陸するが、岩手地方に達するには約四カ月を要し、翌年四月十日と二十日の間になっている。三月中はまだ中部地方の南部山地から関東北部をつらねる線にとどまっているので、イーハトヴで、〈水仙が花ひらく月〉は、まぎれもなく太陽暦の四月である。

また、雪童子たちの会話がある。「こんどはいつあふだらう。」「いつだらうねえ。しかし今年中に、もう二へんぐらゐのもんだらう。」これを盛岡気象台の統計に照らすと、もしこの日を三月の四日と仮定すれば、まだこれから雪の降る日が多すぎる。四月四日なら、まさしく適当な数字であることがわかる。

同じ本に、罫線枠で資料として提示されるのが、「根本順吉（気象研究）」の「『水仙月』は『四月』です」である。論理的にも問題がある箇所の一部を抜き出して次に引用する。

（一）「まず、水仙の開花、満開の期日は、図からもわかるように、東北地方では四月の上旬から中旬になります。これから見る限り〝水仙月〟が四月であることはまちがいないでしょう」。

（二）「谷川さんご指摘の『……しかし今年中に、もう二へんぐらゐのもんだらう」という雪童子（新修版全集⑬七一ページ）からの推定。（中略）これについては盛岡地方気象台編『岩手県気候誌』（一九六六年）一二〇ページに掲載されている表『盛岡の雪日数』がキメ手になります。これを見る限り、〝水仙月〟は二月でもなく三月でもなく、四月でなければなりません」。

（三）「賢治は、この作品の中で〝水仙月〟を、何か意味ありげに何回もくりかえし使っていますが、気象学的に何か考えられないか？ 賢治がはたして以下のことに気づいていたかどうかは疑問ですが、私は、これは〝特異日〟の一つとして考えることができると思うのです。そう考えると、関東以西ではこれはまさに〝花に嵐〟、春二番に相当します。それは全国的に荒れ模様になる日です。日本海低気圧の通過により一時気温は急昇するが、やがて寒冷前線通過とともに気温は急に下がる。まさに春の天気の一進一退といったところで、北国ではもちろん一時吹雪になるでしょう。しかも、それは春の淡雪ですから、吹雪にうずもれても助けられるでしょう。もしこれが二月三月の雪だったら、吹雪もさらにはげしく、こどもは助からないでしょう」。

（四）「〝カシオペーアの三ツ星〟（同七一ページ）は、四月四日の明け方四時半頃には北東の地平線近くに見えます」。

（一）について、「〈水仙が花ひらく月〉は、まぎれもなく太陽暦の四月」であるが、そのことと「水仙月」が実際には何月であるかを確定することとはほとんど何の関係もない。命題の設定がそもそも作品内容と関係ない所で（おそらくはまずは谷川の独断のなかで）行われている。

（二）について、雪の降る日と大吹雪の日を取り違えている。「キメ手」にはなっていない。雪が降ったとしても、その日の降雪量、気温、風によって、状況は大きく変化する。子供一人が埋もれてしまう可能性を持つ降雪量は四月ではありえない。気象庁のＨＰによれば、降雪は「雨量計のヒーターで融かされて、降水量としても測定」されるが、「気温が0℃以下で降水がある場合は、ほぼ降雪」と考えられ（みぞれの場合もあり）、「降った直後の雪は比重が小さいため（0.1〜0.05程度）、降水量の10〜20倍程度の降雪に相当」し、「積もった雪は固くしまるため降雪の深さの2／3程度が積雪の深さの増加分に相当」する。この場合、湿ったぼたん雪は、一〇倍、さらさらの粉雪は二〇倍というおよその目安がある。また、「雪は風によって流されやすいので雪による降水の測定は雨に比べて風の影響が大きく」なる。

（三）について、根本は、三月はじめの粉雪と四月はじめの淡雪とでは、埋もれたこどもの生存の可能性にちがいがあることを述べるが、「埋もれたこどもの生存の可能性」について、まずは、子供一人が「埋もれ」るに必要な降雪量とその結果としての積雪量が必要になる。「四月はじめの淡雪」は、それほどの雪の量がないので、そもそも「埋もれたこどもが生存」する可能性があるかないかを問う可能性自体がない。もっと簡単に言えば、花巻において四月の雪は降雪量がそれほどないので、雪に埋もれて死ぬかもしれないと人々が感じる確率はゼロに等しい。次に述べるように、大正一一年四月の降雪量では人は埋まらないしその結果としての死の可能性もない。

気象庁に保管されている「岩手県気象月報」の大正一一年四月の記述によれば、この年の花巻の終雪日は四月九日であり、「宮古気象雑表」の「天気類別日数」の項では、雪は縦棒による表示ゼロ、雨雪は八、暴風は一八である。「宮古気象毎日ノ成績」では、「雨又ハ雪」の天気は、四月は一日、七日、八日である。「雨雪量」は、それぞれ、一日0.7ミリ、二日〜六日ゼロ、七日1.2ミリ、八日0.3ミリである。また、「平均地面温」はそれぞれ、一日6.3度、二日5.7度、三日5.4度、四日9.6度、五日9.1度、六日7.5度、七日7.0度、八日8.9度である。このデータを見る限りでは、子供一人が「埋もれ」るに必要な降雪量と積雪量はない。最低気温は、終雪日の四月九日までを見ると三日と九日だけが氷点下であり、この期間の平均気温は4度以上である。つまり、「雨雪量」も少なかったが、降っても日中は雨であったのだ。「北国ではもちろん一時吹雪になる」わけではないし、「それは春の淡雪ですから、吹雪にうずもれても助けられるでしょう」という想像の土台がそもそもくずれている。

これに対して、「岩手県気象月報」の大正一一年一月の記述によれば、「宮古気象雑表」の「天気類別日数」の項では、雪は一一、雨雪は七、暴風は二一である。「宮古気象毎日ノ成績」では、「雨又ハ雪」の天気は、一月は四日、九日～一二日、一六日、一九日である。この月の「平均地面温」は、一一日と一二日以外はすべて氷点下であり、一〇日以外の平均気温もすべて氷点下である。つまり、空から降ってくるものはほとんどが雨ではなく、雪だった。

「雨雪量」は、一〇日に39.6ミリ（大雪）、一九日に6.0ミリ以外は、すべてゼロコンマ以下で、平年より降雪が少ない一月であった。宮古と花巻では、降雪量も風速も多少の違いがあるが、一月一九日は、粉雪であれば6.0ミリの二〇倍、すなわち、一二〇ミリの雪が新たに降ったことになる。さらに九日前の一月一〇日には、39.6ミリの二〇倍、すなわち、約八〇〇ミリの雪がふってそれが根雪となっていたことが推定できる。最強風速度については、一月一九日が北北東の風5.3（m/s）、一月二〇日が西の風24.6（m/s）である。この月の「最強風速度」は西の風であることが多く、一月一日、五日〜七日、一一日、一三日〜一八日、二〇日二二日〜二四日、二六日〜二七日の計一八日が西の風である。ブリザードが起きていた可能性が高い。

童話「水仙月の四日」には、「お日さまはなんだか空の遠くの方へお移りになつて、そこのお旅屋で、あのまばゆい白い火を、あたらしくお焚きなされてゐるやうでした。そして西北の方からは、少し風が吹いてきました」、「風はだんだん強くなり、足もとの雪は、さらさらさらさらうしろへ流れ、間もなく向ふの山脈の頂に、ぱつと白いけむりのやうなものが立つたとおもふと、もう西の方は、すつかり灰いろに暗くなりました」というように、この大吹雪が西からやって来ることを強調している。しかも三人の雪童子は、「西の方の野原から連れて来られた」吹雪の妖怪であった。やはり、「水仙月の四日」は、その作品の日付のあるように、「一九二二、一、一九」の心象スケッチなのだ。それはしかし、水仙月が一月であるという決めつけを推奨することとは違う。

（四）について、明け方近くの地平にカシオピアのα、β、γの三つ星がよく見えるのも四月四日頃であることを指摘している。筆者は、天体シミュレーションソフト「Stella Theater」で、観測地を盛岡（北緯三九・七度東経一四一・二度）にし、観測日をそれぞれ一九二二年一月一九日、二月四日、三月四日、四月四日に設定して調べてみたが、一月〜三月も明け方近くの地平にカシオピアのα、β、γの三つ星がよく見える。四月四日頃に限ったことではないのだ。しかし、この作品の作品内の時間は、「明け方近く」ではなくて、昼間であろう。「カシオピアのα、β、γの三つ星がよく見える」必要はないのだ。昼間なので眼には見えないが空には実在している星座に向かって「カシオピイヤ、／もう水仙が咲き出すぞ」という〈ウタ〉が叫ばれ、しかもその見えない星座を含む天体運行に従ってこの物語は進む。

以上、引用が長くなったのは、「『水仙月』は『四月』」という言説が発生した〈現場〉をできるだけ再生し、それが必ずしも公正ではない判断に至たる経過を見ておきたいからである。なお、根本順吉「『水仙月』は『四月』です」という文章は、雑誌「十代の会」第二七号（「十代の会」発行、発行人は谷川雁、一九八六年五月）に掲載されたもので、その前文がある。なお、その前文の上に「宮沢賢治と気象」という総タイトルがある。

宮沢賢治の名作「水仙月の四日」は《ものがたり文化の会》が「どんぐりと山猫」とともに今年の夏ごろ世に送り出そうとしている物語テープに収められるが、去る三月七日に東京で開かれた同会の月例会でもテーマにとりあげられ、出席者が交替で朗読するなどのひとときをもった。席上、谷川雁氏より、「水仙月は暦の上では何月を指すのでしょうか」との設問が出され、出席者の大多数は二月に与し、三名が三月、当の谷川氏一人が四月説。「じつは気象学者の根本先生から、雪の降り方や水仙が咲く時期などから考えてたしかに四月だろう、とあらかじめ保証をいただいていたものですから」と谷川氏が〝告白〟するに及んで一同大爆笑。さっそく、詳しいデータを求めて約二十人の高校生たちが根本順吉氏とともに気象庁を訪れることもきまった（三月二四日に実現）。ここに掲げるのは、右の学生たちの活動の直後に書かれた書簡で、四月例会の席上披露された。

根本順吉は、谷川雁から聞かれたことに答えた、という書簡形式をとる。そこで、作品を改めて熟読したかどうかはわからないが、根本は、気象研究家として、「東北地方における水仙の開花時期」と「盛岡における降雪日数が数回である月」、「春二番の特異日」などについて答えているにすぎない。この二つの命題は、「水仙月の四日」の作品内容とは実は関係ないのである。根本自身もそれを「水仙月の四日」という作品に強引に結びつけているのだが、不思議なことである。

おそらく、根本のこの見解が、宮沢賢治学会のような場で発表されたものであれば、会場からは、東北地方における水仙の開花時期と童話作品のなかの「水仙月」を同一とする根拠は何か、「しかし今年中に、もう二へんぐらゐのもんだらう」という雪童子の「二へんぐらゐ」が盛岡における降雪日数だとする根拠は何か、などが厳しく問われたことだろう。

筆者は、雑誌「十代の会」第二七号を初読したときに、これは「十代の会」会員を驚かせるために発した谷川雁特有の一種の洒落であろうか、とも思った。

吉本隆明は「詩人的方法での『実践』――谷川雁の死を悼む」（『谷川雁の仕事　I』、河出書房新社、一九九六年）において、「わたしはまた、かれの書く散文に昔から不服を感じていた。いつも背後で政治運動だとか労働運動だとか、表現運動だとかを想定しなければならないかれの散文は、独立してしない文章だというのが、わたしの言い分だった」と述べている。「表現運動」とは言えないかもしれないが、「ものがたり文化の会」という（谷川雁をひとつの頂点とする）運動体のなかで、高校生会員を引き連れて行われた一連の読書活動において、根本も谷川も「独立してしない文章」を相互に書いている。その結果が、「『水仙月』は『四月』」という言説である。そのような〈坐〉の談論が、文字になって一人歩きを始め現在に至るわけである。

ついでながら、生田麦秋「『水仙月の四日』――新境地を開いた賢治童話との出会い」において、赤羽末吉の絵本『水仙月の四日』（福音館、一九六九年）と伊勢英子の絵本『水仙月の四日』（偕成社、一九九五年）が比較されているが、「水仙月の四日」を絵本として視覚化する際に、絵本作家たちはどのようにイメージを作ろうとしたかについて、「赤羽は絵本化にあたり、雪山に一〇日ほどいて、吹雪の日に、その子供のように、麓から山に登り、印象をメモした。一方、伊勢も雪の様々な表情や質感を求めて岩手山の麓から吹雪の八甲田山まで取材した」という記述がある。赤羽末吉も伊勢英子も、四月には取材には行かなかったのである。

以上のことから、筆者は、「『水仙月』は『四月』ではありません」と明言しておきたい。

2.「風の又三郎」論――風と馬のイメージ

1

戦時下において、大衆に最も親しまれた宮沢賢治の作品は、「雨ニモマケズ」と「風の又三郎」であった。前者は国定教科書に掲載されたし、後者は一九四〇年に映画化され、多くの観客を集めた。一九三三年にほとんど無名のまま亡くなった賢治であったが、死後、遺族の尽力もあって刊行された全集をきっかけに全国に読者を獲得していく。一九三九年に岩波書店から作品集『風の又三郎』(「雨ニモマケズ」も収録された)が出版され、翌年には映画「風の又三郎」が公開されるのである。

では、何故「風の又三郎」は戦時下の読者に受け入れられたのか。ひとつには、この作品が「雨ニモマケズ」と同じく戦時下を生きる国民にとっても理解しやすく、かつ、文化を統制する側からも有効活用ができる要素を持っていたからだと考えることができる。一九三八年一〇月、内務省警保局図書課から「児童読物改善ニ関スル指示要綱」という児童図書の統制・検閲を主目的とするものが出される。これにより、事前検閲をパスしなければ児童図書の出版はできなくなった。「俗悪児童読物の横行はおさえられ、良心的な文化性の高いものに進出の道が与えられたことは確かである。冬の季節にたえてきた芸術的な児童文学に、ようやく陽春がめぐってきたと思われた」(菅忠道『日本の児童文学』大月書店、一九六六年）のだが、古田足日に言わせると、それは「まやかしの春」であり、「坪田や与田のエッセイ、その後出てくる平塚武二、新美南吉などの童話を見れば、文化統制に守られてやっと芸術的児童文学が浮かびあがったとは言い切れないにしても、児童文学内部の動きよりも外がわの力の方がはるかに大きかった」（『現代日本児童文学への視点』理論社、一九八一年）ということになる。

作品集『風の又三郎』が出版された一九三九年に、怪奇幻想の探偵小説家江戸川乱歩が、短編集に収録した旧作「芋虫」（昭和四年発表）を問題にされて全篇削除の処分を受け、以後の執筆活動停止に追い込まれる。幻想作家にとって、時局柄不健康と受け取られる幻想の表現は、自己規制しなければならない時代になりつつあった。

一方、「風の又三郎」は、幻想文学でありながらも、戦時下の少国民教育の一環として庇護された児童文学の流れの中で流通した。

西田良子は、「『風の又三郎』――日本児童文学史の視点から――」（「国文学　解釈と鑑賞」第五八巻九号、至文堂、一九九三年九月）において、「風の又三郎」を含めた〈少年小説〉を書いている時期と、千葉省三の〈村童もの〉や坪井譲治の〈善太三平もの〉のようなリアリズム児童文学が日本の主流になってきた時期と重なっていることを指摘し、「『赤い鳥』の童心主義童話から脱して、新しいリアリズム児童文学の嚆矢となった千葉省三の『虎ちゃんの日記』と、晩年の賢治が志向した『少年小説』の一つである村童スケッチ『風の又三郎』」の類似点を、日付けに沿った日記体（様式）、小さな村という共同体に、短期間だけ他所からやって来てやがて去っていく子供の形象、方言と共通語の交錯、山葡萄蔓採りと子ども喧嘩、その後の仲直り（プロット）、などの観点から整理している。

2

大正期においては賢治の童話は理解することが容易ではなく、殊に幻想性の高い作品は時代に先んじ孤立していたために、ほとんど評価されることがなかった。古田が前掲書で述べるように「ファンタジーは日本では、宮沢賢治の諸作をのぞいてはほとんど見られないものであった」のである。情緒的な日本童話の中に浸り込んでファンタジーを理解できなかった鈴木三重吉は、賢治の童話を「あんな原稿はロシアにでも持っていくんだなあ」と言って雑誌「赤い鳥」への掲載を拒否した[1]。また、宮沢清六『兄のトランク』（筑摩書房、一九八七年）によれば、清六は、一九二三年、兄賢治の頼みで、「風野又三郎」、「ビヂテリアン大祭」などの原稿が入ったトランクを、雑誌「婦人画報」を発行していた東京堂に持ち込んだが、「これは私の方には向きませんので」と断られている。「風野又三郎」は、没原稿であったのだ。晩年になって改稿された「風の又三郎」は、そうした体験もふまえて、作者の側から、リアリズム児童童話に慣れ親しんだ読者大衆にも歩み寄って書こうとした作品であったと考えられる。

その証拠とでも言えることを、一九三一年八月一八日付け沢里武治宛書簡からうかがうことができる。この書簡で、賢治は、「『童話《ママ》文学』といふクォータリー版の雑誌から再三寄稿を乞ふて来たので既に二回出してあり、次は、『風野又三郎』といふある谷川の小学校を題材とした百枚ぐらゐのものを書いてゐますのでちゃうど八月の末から九月上旬にかけての学校やこどもらの空気にふれたいのです」と述べている。沢里が教えている田舎の小学校の様子を取材したいという内容である。ここで注目したいのは、内側からわきあがる風景を心象スケッチという意識の元に描き出していくという、童話集『注文の多い料理店』執筆の頃のような姿勢からは一歩距離を置いて、取材による描写の肉付けを考えているということである。それは、賢治が、原稿の依頼をふまえて、リアリズム児童文学の流れに同調する作品を書こうとしたことを意味するだろう。「風野又三郎」から「風の又三郎」への質的変化の一因は、原稿依頼を契機とする、幻想的SF冒険小説からリアリズム児童文学への再構成にある。活字化されていちはやく多くの読者を得た所以である。

しかし、作品の内実はより一層の幻想性を強めることにはなった。

脇明子「ファンタジーと映像表現――『風の又三郎』をめぐって――」（「宮沢賢治研究annual」第一二号、二〇〇二年）では、「映像化することが原理的に困難なのではないかと思われるのが、『風の又三郎』」であるとする。その理由として脇は「この作品がリアリズムとファンタジーとの国境という、非常にデリケートな空間に位置をしめているからである」と述べる。脇によれば、「風野又三郎」の方は、「みんなに『汝ぁ誰だ』とたずねられて、自分からあっさりと『風野又三郎』と名乗る少年が登場し、風として体験したさまざまなことをこどもたちに語って聞かせる」スタイルも、「基本的には気象学のお話で、低気圧と高気圧ができて風が吹くことの原理、赤道無風帯から北極まで行く大気の大循環のこと、気象台の役割などが説明され」る内容も「まぎれもないファンタジー」の内実を示している。「月が世界じゅうで見てきたことを詩人に語るという形式の、アンデルセンの『絵のない絵本』から、多少とも影響を受けていることがうかがえる」し、「『風野又三郎』なら、アニメにぴったりと言えなくはない」とする。つまり、「風野又三郎」の視覚的な表現の確実性を指摘する。それに対して、「風の又三郎」は、「作品からたちのぼる一種独特の不思議さは、賢治の作品のなかでも群を抜いている」のであり、「『網膜に結ぶ映像』は現実的なのに、それを疑わせるほど強力な陽炎がそこらじゅうでゆらめいているような作品」、「目には見えないのにありありとそこにあるファンタジー性」は、映像表現（アニメーションを念頭に置いている）には向かないということになる。

「リアリズムとファンタジーとの国境」に「風の又三郎」を位置付けた脇の見解は、多くの示唆に富む。宮沢賢治の特質として科学と幻想が互いを触媒として入り交じる想像力が挙げられるが、「リアリズムとファンタジーとの国境」を吹きわたる〈風〉を本格的に表現しよう試みた結果のひとつが「目には見えないのにありありとそこにあるファンタジー性」を生み出したのだろうと、筆者は考える。

3

「風の又三郎」は、戦中戦後を通じて、作品の内実（殊にその幻想性）に深く分け入ることが無いまま、名作というレッテルが貼られ、表層的に読み続けられてきたのかもしれない。しかし、いざ表現のひとつ一つにこだわりながら読み進めるとわからないことばかりである。親しみやすいが、論じがたい作品の代表格と言えよう。

作品の読みを深める研究の成果としては、天沢退二郎『謎解き・風の又三郎』（丸善、一九九一年）や吉田文憲『宮沢賢治　妖しい文字の物語』（思潮社、二〇〇五年）、外山正「気象感応童話としての『風の又三郎』」（「宮沢賢治研究」第九六号、宮沢賢治研究会、二〇〇五年七月）、平沢信一「宮沢賢治『風の又三郎』の場所」（「明星大学研究紀要――教育学部」創刊号、二〇一一年三月）等があるが、本稿では、それらをふまえながら、以下、「風の又三郎」における表現方法の特徴について、考察する。

まず、第一に挙げておくべきは、映画よりも本質的に映像的ということだろう。本質的に映像的だということは、脇の前掲論で述べていることとは対立しない。なぜなら、脇は、「目には見えないのにありありとそこにあるファンタジー性」のゆえに「風の又三郎」は一本の作品としてアニメーション化するには難しいということを述べているからである。

例えば、九月一日、又三郎に初めて接した一年生の子どもたちの恐怖ないし畏怖の描き方。「まるでびっくりして棒立ちになり、それから顔を見合わせてぶるぶるふるえ」、「ひとりはたうたう泣きだしてしまう。又三郎が異界の存在であることの恐怖を、その外形描写で示すのではなく、それを恐怖する人間の心理の動きで表現していく。高田三郎を又三郎だと規定するのも、複合学級の上級生、五年の嘉助である。恐怖には物理的な形はないが、それを表現するための映像的な方法は、詩と童話の根底で共通している。

大林宣彦は、「賢治の世界はとても映画的で、その読書体験は映画的体験に置き換えられる」と述べ、その理由として、まず、映画表現の特質として「まさに見えるものと見えないものとの世界をくっきり分けている」ことを挙げ、それが、賢治の作品世界にも共通するものであることを予測させせつつ、「見えるものを凝視した上で、見えないものの存在をも信じ」る姿勢を持った「観察力と想像力」によって成立している「賢治の言語世界」と映画表現の世界とが、「論理的に整合性」を持っていることを述べる。[2] さらに、「やまなし」に登場するクランボンについて、「クランボンを描かないで、蟹や魚がうろたえる様をきちんと描くことによって、観客の目蓋の裏に、確かに僕はクランボンを見たよと思わせたら、これが本当に映画の勝利なんですね」として、賢治の言語世界が本質的に映像的であることを指摘し、それが賢治の「キャメラアイ」なのだと述べる。映画監督ならではの鋭い指摘である。

高畑勲が、戦時中、先にふれた岩波書店版作品集『風の又三郎』を買ってもらい、賢治を初めて読んだ小学三年生の頃を回想して、「ありありと目に浮かぶところと、吸い寄せられるのに、目をこらしても影になって見えないところが混じり合って、わくわく・ドキドキして、怖いんです[3]」と述べているが、「キャメラアイ」の特質とその効果を読者の側から的確にとらえたものといえる。

この「キャメラアイ」によって、中心となる表現対象そのものを描くのではなく、その背景を詳細に描くことで、対象の本質を浮き彫りにする表現方法は、賢治の詩と童話の至る所で確認できる。見田宗介が、詩「岩手山」について、「その岩手山は、宇宙に散乱反射する光の中に、黒くえぐられたひとつの欠如として表象されている」(『宮沢賢治——存在の祭りの中へ——』岩波書店、一九八四年)と述べているのも、実はこの「キャメラアイ」についての論述であったと考えることができる。

第二は、作品の構成の特徴である。

「風の又三郎」は、九月一日、二日、四日、六日、七日、八日、一二日の七章立てになっており、三日、五日、九日から一一日の日付をもった部分はない。複数の構想メモ等を総合的に考えれば、構想段階では、それぞれすべての日付についてなにがしかの記述があり、最終的に七章にしたということになる。「風の又三郎」は未定稿なので、書かれなかった日付の部分について、最終的に省いたのか、あるいは、後で書こうとしてそのままになったのか、という問の答えを確定できない。この複雑な成り立ちは、天沢前掲書で的確にまとられているので、詳細はそれに譲る。

本稿で付け加えたいのは、その七章立ての意味づけである。

「風の又三郎」では、「次の」日や朝の出来事として各章がつながっていく。だが、第七章だけは、他の章と異なり、作品冒頭の「どっどど　どどうど　どどうど　どどう」のウタが反復され、三郎は転校という形で、物語から消えたことが明示される。順つなぎで六番目まできて、七番目でそれまでとは色合いの異なる構成になり、幻想世界が終焉を迎える。

七番目の出現を契機として幻想世界が壊れるというテーマについては、拙稿「〈七〉というコード[4]賢治童話の構造」で、童話集『注文の多い料理店』のほとんどの作品において、最後の七段階目の転調、ないし変化が物語の展開にとって重要な要素であることを考察したが、それは、「風の又三郎」でも反復されているのである。

これは、例えば、九月三日の章は後で書くつもりだったということではなくて、「風の又三郎」が、一見した不備を確信犯的に敢行する歪な構造を選んだということを意味してはいないだろうか。それは、不完全こそ世界だという世界観であり、不完全であるからこそ世界には裂け目があって、そこから異界が覗いているのだ。この不完全な幻想第四次を、作品という一定の分量を持った枠に入れる仕組みが、〈七〉というコードであるように思われる。これは、訂正する時間がなかった等というレベルの問題ではなくて、この不完全な幻想第四次に対する賢治の世界観の問題なのだ。

4

幻想第四次を〈不完全〉にする要素の中で最も重要なものは、風である。風は幻想第四次の世界に吹き荒れ、ときには現実と異界との境界を吹き飛ばす。風は、自然科学的には風向と風速の二つの量で示されるが、風そのものを視覚的に表現することはできない。したがって、風を描くときには風の音についての聴覚的な表現や、風が衝突する物体の形態的な変化（揺れや波立ちや浮遊などとその速度）によって間接的に視覚的表現をすることになる。宮沢賢治の場合には、それに加えて、登場人物の内面に浸透する風が描かれる。

そのことを、外山正「気象感応童話としての『風の又三郎』」では、次のように考察する。

「風の又三郎」は子供たちが環境と未分化であった成長期の特殊状況をとらえたものだ。そしてその未分化の実体は、自然環境とのダイナミックな交感もしくは感応の世界である。交感の対象としてはいくつか思い当たるものがあるが、その中の第一位は気象現象である。子供の時代では、気象は単なる現象の域にとどまらず自身の存在と一体化していた。

実は、気象に感応しているのは、子供たちばかりではない。馬も、子供たち以上に気象に感応しているのである。

「宮沢賢治と風速」(5)でも述べたが、宮沢賢治の詩と童話は、風に対して極めて敏感である。風に対する感応が強いのである。「風とゆききし　雲からエネルギーをとれ」(「農民芸術概論綱要」)という言葉もあるように、風と内面が呼応する。外山も述べるように、「気象感応童話」とは外山による造語である。「気象感応童話」という童話ジャンルはない。しかし、この造語が、宮沢賢治の作品の一特質を言い当てていることも確かなことだ。

風が吹く原因としては、その場所周辺(地球規模であることもある)における気圧の差があげられるが、気圧と馬の〈感応〉について述べている興味深い資料がある。陸軍一等軍医岸本雄二と陸軍二等軍医加藤雄千代の共編による『馬匹衛生学』(陸軍乗馬学校、一八九六年)である。これによれば、この本の目的とされる「馬匹衛生」は、「馬体ノ健康ヲ保全シ可成完全ノ役務ニ就カシムル為メ」のみならず、「尚ホ馬ノ体質ヲ改良シ其能力ヲ最高度ニ発達セシムル」ことにあるのだが、その第五章では「気圧衛生的感応」について、「馬体ハ十万三千斤ノ大重ヲ負担シツヽアルナリ然ルモ尚ホ吾人ハ毫モ其重量ヲ感知セサル所以ノモノハ大気圧力ノ感作ナラスシテ体ノ諸方ヨリシ体内ノ諸腔及諸機関ハ外気ト相運通シテ以テ内外ノ圧力ヲ相平均セルカ故ナリ」と述べ、「気圧ハ動物ノ生存上最モ必要ナルモノ」としている。ここで注目しておきたいのは、馬の体内において、「諸腔及諸機関」が「外気ト相運通」していることの指摘である。気圧（気象）は、動物や人間の体内に浸透し、つまりは一体化しているのである。そして、次の段階として気圧の変動が激しいときには、気圧の体内への浸透とともに、暴風雨におそわれる予感が動物や人間の体内に発生する。この予感は、意識だけではない体感としての予感である。おそらく、賢治作品で描かれる馬にはその予感のレベルが高いのだ。

また、菊池正助著『応用馬匹衛生学』（有隣堂書店、一九一四年）によれば、「気圧の衛生的関係」の場合、馬については人間のように高度千メートル以上の場所（戦場）に遭遇することはないが、「絶えず影響を受けてゐる」ことについて、「気圧の変動によつて空気運動を起すこと」、「水蒸気と作つて降水、暴風雨と変じ、馬体に接すること」の二点を記述している。

『風の又三郎』においても、馬は、まずは気圧に敏感に感応し、〈風〉の到来を告げるのである。馬は、イメージ的には〈風〉と村童たちとの中間的な存在であり、〈風〉の領域に外縁的に接続する何かである。

平沢信一は、「宮沢賢治『風の又三郎』の場所」（「明星大学研究紀要――教育学部」創刊号、二〇一一年三月）において、「《馬》と三郎との隣接性」に言及し、「『風の又三郎』執筆時に新たに書き下ろされた」部分における「《風の又三郎／馬／高田三郎》という三者の結び付き」を考察している。また、別役実の「馬が『風の又三郎』であるとは言えないまでも、高田三郎が『風の又三郎』なのではなく、その延長上に投影されたイメージである」[6]という指摘を紹介している。さらに、「九月七日」の章において「《馬》は《活動写真》と結び付く形で登場して来る」ことについて、写真家エドワード・マイブリッジの走る馬の連続撮影なども関連付けながら注目している。どれも興味深い見解である。

「九月一二日」の最終章において、一郎は夢の中で「先ごろ、三郎から聞いたばかりのあの歌」(「どっどど　どどうど　どどうど　どどう、／青いくるみも吹きとばせ」)を聞く。そして、「びっくりして跳ね起きて」見ると、「外ではほんとうにひどく風が吹いて、林はまるで咆えるやう、あけがた近くの青ぐろいうすあかりが、障子や棚の上の提灯箱や、家中一ぱい」になっている。彼は、「すばやく帯をして、そして下駄をはいて土間をおり、馬屋の前を通って潜りをあけ」ると、「風がつめたい雨の粒と一緒にどうっと入って来」る。この時、「馬屋のうしろの方で何か戸がばたっと倒れ、馬はぶるっと鼻を鳴ら」す。馬の描写は、これからいよいよ伝説的あるいは民話的な存在としての〈風の又三郎〉が引き起こす暴力的なまでの〈風〉が始まることを告げている。一郎は、「風が胸の底まで滲み込んだやうに思」って、外へかけだしていく。

夜が明けて一郎の前に展開する光景は、雨に濡れた地面であり、「変に青く白く見え」る栗の木の列であり、宙を舞うたくさんの「青い葉」であり、地面にたたき落とされた「青い栗のいが」であり、「けわしい灰色」に光りながら北の方角へと吹き飛ばされていく雲である。〈風〉は、一郎の住む家ばかりではなく、世界全体を吹き荒らすかのようである。「遠くの方の林」が「ごとんごとんと鳴ったりざっと聞こえたり」しているのだが、一郎は「その音をきゝすまし、ぢっと空を見上げ」る。次に引用するのは、そのすぐ後の部分である。

するると胸がさらさらと波をたてるやうに思ひました。けれども又ぢっとその鳴って吠えてうなって、かけて行く風をみてゐますと、今度は胸がどかどかとなってくるのでした。昨日まで丘や野原の空の底に澄みきってしんとしてゐた風が、今朝夜あけ方俄かに一斉に斯う動き出してどんどんどんどんタスカロラ海床の北のはじをめがけて行くことを考へますともう一郎は顔がほてり、息もはあ、はあ、なって、自分までが一緒に空を翔けて行くやうな気持ちになって、大急ぎでうちの中へはいると胸を一ぱいはって、息をふっと吹きました。

〈風〉が一郎のなかで内面化したことを示す場面である。この時点で、一郎の身体は〈風〉を媒介にして宇宙と一体化し、「自分までが一緒に空を翔けて行くやうな気持ち」のなかで「タスカロラ海床の北のはじ」まで想像力がふくらんでいくのである。「胸がさらさらと波を」たて「今度は胸がどかどかとなってくる」状況は、一般的には交感神経の興奮を意味しているとも考えられるが、その原因は低気圧とそれに感応する三半規管の一時的な異常でもあろう。童話「鹿踊りのはじまり」の「嘉十はにはかに耳がきいんと鳴りました。そしてがたがたふるえました。鹿どもの風にゆれる草穂のやうな気もちが、波になつて伝はつて来たのでした」という表現も連想されよう。

『風の又三郎』自筆草稿第38葉の「いきなり又三郎はひらっとそらへ飛びあがりました。ガラスのマントがギラギラ光りました。ふと嘉助は眼をひらきました。灰いろの霧が速く速く飛んでゐます。／そして馬がすぐ眼の前にのっそりと立ってゐたのです」という部分に馬が登場する必然性は、ここまで考察したように、馬が〈風〉の領域に外縁的に接続する何かであり、〈風〉と村童たちとの中間的な存在であることからも説明できるだろう。

注

(1) 堀尾青史『年譜宮沢賢治伝』(中公文庫、一九九一年)
(2)「『映像作家』宮沢賢治に出会うことができた!」(『宮沢賢治の映像世界』、キネマ旬報社、一九九六年)
(3)「自然との深い交感を賢治に見た」(『宮沢賢治の映像世界』、キネマ旬報社、一九九六年)
(4) 奥山文幸『宮沢賢治論　幻想への階梯』(蒼丘書林、二〇一四年)所収
(5) 右に同じ
(6) 別役実『イーハトーボゆき軽便鉄道』リブロポート、一九九〇年)

＊本稿は、「『風の又三郎』小論」(「国文学　解釈と鑑賞」第七一巻第九号、至文堂、二〇〇六年九月)を大幅に改稿した。「『風の又三郎』小論」のモリブデンに関する指摘は、新たに書き足した後半の論の流れの関係で

割愛した。補足の意味で改稿をしつつ以下に示す。

モリブデンについて、帝国主義や軍国主義の関連でモリブデンを特権化しすぎて論じているものもある。しかし、一九三〇年代の雑誌「科学画報」を調べると、戦争に伴う重工業や兵器産業との関係のなかで、この少年向け科学啓蒙雑誌で注目されているのは、様々な鉱石を用いたニッケル合金であって、モリブデンを用いたニッケル合金はその一部でしかない。

さらに、モリブデンは、別の用途で、小説に描かれもしてる。

例えば、レーザー光線機械（兵器）の概念を世界で最初に書いた「技師ガーリン」というSF小説がある。作者は、A・トルストイ。廣尾猛訳で内外社から一九三〇年に出版された。時期的には、賢治が「風の又三郎」を執筆していた頃と重なる。様々な光に興味をもっていた賢治が、これを読んだことも想像できる小説である。「最近面白く読過した翻訳小説」として、雑誌「モダン日本」一九三一年二月号（文藝春秋社）にも紹介記事が掲載されているし、雑誌「新青年」の一九三七年新春増刊号に掲載されたアンケート「海外長編探偵小説を傑作順に十篇」では、海野十三が、四番目に挙げているほど評価の高い作品である。

レーザーが現実化するのは、一九六〇年だが、「技師ガーリン」は、それを原理や装置も含めて一九二〇年代にほぼ正確に予言した小説である。強力なエネルギーを生み出すこの兵器に欠かせない鉱石に関連して記述されるのが、モリブデンであり、ラジウム（ちなみに賢治には「ラジウムの雁」という作品もある）であり、〈シャモニー鉱石〉なのである。世界征服を志す、ソ連の天才技師ガーリンは、このレーザー光線兵器によって、地球を掘り進み、マントル付近にある無尽蔵の金を採掘して資本主義経済を混乱に陥れ、また、それを邪魔しようとするアメリカ艦隊を一瞬で壊滅させる。ラジウムとともに、モリブデンは、SF冒険小説的想像力の源泉のひとつでもあった。

「技師ガーリン」も含めて、押川春浪、海野十三、蘭郁二郎などのSF冒険小説も眺め渡してみると、科学の進歩と架空の新兵器と空想上の戦争は切っても切れない関係にあり、その想像力の内側に分け入った議論を深めないままでモリブデンの物語機能が帝国主義的であると裁断しても意味がない。同じことが、SF冒険小説への回路を含み込んだ「風野又三郎」や、さらには「風の又三郎」についても言える。

3.「招魂祭一景」論——娘曲馬のエロス

1

「招魂祭一景」は、第六次「新思潮」第一巻第二号（大正10年4月）に発表された。この短編小説によって、菊池寛等に認められ、文壇への出世作となったことは周知のとおりである。川端文学の生成という点で、重要な問題を数多く含む作品であるが、意外なことにその作品論は他の主要作品のそれと比較して極めて少ない。

原善は、三好行雄編「川端康成作品論事典」（「国文学　解釈と教材の研究」學燈社、昭和62年12月）における「招魂祭一景」の項目の「作品論への新しい視点」でそれまでの研究を踏まえて、次のように簡潔明瞭に述べている。

〈性欲〉や〈官能〉への指摘は散見するが、表現に即したエロティシズムの構造は何ら分析されていない。と言うより〈お光の心理〉が描かれているとされながら、その内面を詳細にした論自体がまだない。お光の〈恥らふ心〉や体の変調が何によるのかが自明ゆえに論じられていないわけではあるまい。〈心理〉を〈夢〉と置きかえても同じである。またお留から見違えられるほど

〈大きくなつた〉お光の形容に〈子供のやうに〉といった比喩が頻出することのズレの中から顕ち現れるものにも注目したい。

こうした研究史への批評を内在しつつ、原は「『招魂祭一景』論——馬上の夢・歪んだ視界——」(「国文学　解釈と鑑賞」至文堂、平成3年9月)において、〈その表現技巧の新しさの実体〉を解明しようとする。質量ともに最初の本格的作品論の力作である長谷川泉「招魂祭一景」(『川端康成論考　増補版』明治書院、昭和44年)以後、現時点で最も注目すべき作品論であろう。

原はこの論において、〈「お光さん、大きくなつたのね。いくつ?」〉等のお留の会話表現で提示される大人としてのお光の肉体と、〈泣いた後機嫌直した子供のいたづらつ気で〉等の子供の比喩とのズレを、〈大人と子供の中間に位置する、両義的で不安定なお光像〉の強調と見て取る。この両義性は、お光の心の不安定な状態、ないし動揺を導きだし、桜子という〈期待の未来像〉とお留という〈否定的な未来像〉への異なる思いがさらに動揺を増幅する。即ち、原によれば〈「招魂祭一景」はこうしたお光の心の不安定な動揺を描き、その作品表層での運動を読者に辿らせようとしている〉作品なのである。さらに原は、作品冒頭〈騒音がすべて真直ぐに立ちのぼつて行くやうな秋日和である〉と、結末〈曲馬団の花形桜子は焔の円光諸共落馬した〉との対照性を、〈作品表層の運動性の中〉での、上昇運動と下降運動との対比だとする。かくして、桜子の落馬は、〈作品冒頭で大きく示された上向きのベクトルが最後に至って逆向きに転換される作品表層の大きな運動性の中で、お光の不安定な状況からの脱出の願望の挫折を象徴している〉こととなる。
以上の検討を経て、原は、「招魂祭一景」の新しさは、〈それ以前の小説が主眼としてきた、心理を内面に立ち入って描写する在り方とは異なった、心理を外面から表層をもって描こうとする、感覚の新しさ〉であると規定する。さらに、〈お光の内面（馬上の夢）を反映した歪んだ視界が作中に展開され、お光の動揺する心理を読み進める読者の中でお光像が揺れる、という在り方〉に、読書行為論的にも大きな意義を認めている。

本稿では、原のこの論考に呼応して、少女が大衆の前で身体性を伴った芸を見せることが公権力によって抑圧されていた時代において、エロティシズムは現象としてどのように発現するのかを考えつつ、当時の曲馬団（昭和八年からは、サーカスと言われるようになる）について作品内に封印された内実を探ることによって、「招魂祭一景」という作品のシンボリックではない表現構造とそのビジュアリティの実質を明らかにしてみたい。

2

まず検討したいのは、「招魂祭一景」についての同時代評である。この作品に対する菊池寛の評価が文壇への大きな足がかりになったわけだが、その評価の質を最もよく表しているのが、雑誌「新思潮」

受評会での菊池寛の発言等について川端が書いている大正一〇年四月六日の日記の、次に引用する箇所である。

或る所を声立てて読んだりして、ヴィジュアライズの力に感心して下さつた。（中略）文章もよしとのこと。

ここで菊池寛が言った〈ヴィジュアライズの力〉とは、何をどのように描いたことによる評価なのだろうか。あるいは、また、作品の本質的な新しさを理解した上での評価だったのだろうか。

菊池寛が声を立てて読んだ〈或る所〉が、作品のどの部分なのか興味がわくが、作品前半の客寄せ部分であれば、心理描写の〈ヴィジュアライズの力〉であろうし、後半の部分であれば、曲芸に関するテンポのよい写実描写の〈ヴィジュアライズの力〉とドラマとしてのクライマックスの見事な階調、つまりは、筆致の到達点の高さへの評価だろう。〈文章もよしとのこと〉であれば、あるいは後半かとも思われるが、少なくとも作品の中程での会話部分ではあるまい。

①「新思潮」は第二号をよんだきりだが、川端康成氏の『招魂祭一景』に一番心を引かれた。描写なんかも自由だし、或うんだやうな曲馬乗の女の心持もでてゐるが、どこかピシッと締める力が足りないやうに思つた。（「時事新報」大正10年4月8日）

②「新思潮」は同人雑誌中最も古く最も派手な立派な輝かしい歴史を持つている。然し現在の第六次のそれは今のところでは余り冴えたものではないやうだ、（中略）川端康成氏の『招魂祭一景』は曲馬娘の心理経過を手際よく描いたもの、筆が心持とピッタリと行つてゐる、之で作者が自重して本道を行つてくれゝば楽しみだが少し怪しい、又大物でもないやうだ、外に鈴木彦二郎氏の『死別』今東光氏の『童女』があつた。（「万朝報」大正10年4月6日）

③同人雑誌の諸氏は、もう少しさうした諸作家の影響から離れて、自分独自の芸術的境地を開拓するやうに、譬へ初めは拙いと思はれてもいゝから努力されたらどうかと、しみぐ自分は考へる。その意味で、新しく創作活動に入らうとするほどの気込みを有つてゐる人たちは、現在の諸作家の作品に目もくれないと云つたやうな心持を持つのが一番自分をよく育てゝいく道ではないかと思ふ。さうした同人雑誌のなかで、最近に一寸感心したのは「新思潮」四月号の川端康成氏の「招魂祭一景」だつた。（南部修太郎「ベルチニ、其他」、「新潮」大正10年5月）

①〜③の同時代評の共通点は、手放しで絶賛したものではなく同人雑誌の中ではという限定付きであること、そして、〈或うんだやうな曲馬乗の女の心持〉、〈曲馬娘の心理経過を手際よく描いたもの〉というようにお玉の心理描写についての評価が中心になっていることである。また、③に見るように南部修太郎の評言は、当時の同人雑誌の輩出とその独自性の欠如から傑出した作品として〈諸作家の影響から離れて、自分独自の芸術的境地を開拓する〉可能性を認めたものといえよう。(1)

南部修太郎と同様に、菊池寛もオリジナリティを持った新人作家が出てこないことを憂慮していた。雑誌「新潮」の大正一〇年四月号（第三四巻第四号）で、菊池寛は「文藝春秋」という題名の断章を発表し、雨後の竹の子のように質の低い同人雑誌が輩出してきた状況を、次のように述べている――〈同人雑誌の続出応接に暇なし。紙代印刷代の低下せしためなりと云ふは皮肉にして、作家凡庸主義の影響なりとなすは、余の自惚なり。然れども、天下乱れんとして、流賊四方に現はれ、文壇大に動かんとして、同人雑誌頻出すと解せんか〉。因みに、この号では、XYZの匿名で「文壇風聞記」が、文壇変革にあたってのキーパーソンとして菊池寛の様子を次のように述べている――〈よかれ、あしかれよく問題になるのは菊池寛君である〉、〈近頃菊池君は独力を以て文学塾を設ける計画をたてゝゐる〉。

菊池寛の川端評価は、そのラジカルなまでの新しさを、他の同時代評を越えて正確に把握していたというよりも、むしろ、このような〈作家凡庸主義の影響〉から蝉脱する存在として、あるいは〈文学塾を設ける計画〉の重要な一員としての期待がなかばあってのことだったのではないか。

3

客観的描写としての〈ヴィジュアライズの力〉の典型として、作品中の三種類の曲馬芸を見てみよう。それは同時に当時実際に興行されていた曲馬芸によって作品を裏付けることでもある。

作品中から次に引用するのは、客寄せのために馬に跨って小屋の外にいるお光の回想部分であり、阿久根巌『サーカスの歴史（見世物小屋から近代サーカスへ）』（西田書店、昭和52年）において〈曲馬娘お光の、「二頭三人乗り」の場景が活写されている〉とされる部分である。なお、図1（「東京浅草仲見世　大竹娘曲馬」大正9年1月30日印刷、国立歴史民俗博物館所蔵）の右下端およびその拡大図2は、二頭四人乗りであるが、一番上の子どもを除いて行うのが「二頭三人乗り」である。

轡で繋がれた二頭の裸馬が、子供を一人づつ乗せ、胴をすれすれに竝んで円道をめぐつて行く。お光は二頭の背に、子供の乗つた後に両脚を踏み構へて、上身をこころもち前屈みに腰を引き、踵で調子をとりながら馬の足を早めさせる。お光の身と馬の足並との呼吸が合つて来る時に、二人の子供を馬の背に立たせ、帯を握つて差し上げ、一旦はお光の両肩に子供同士向ひ合つて跨らせる。更に気合いを計り、握る力を強め、うんと両腕を伸して二人をお光の肩に立たせる。子供が片手を結び合ひながら、肩の上にしやんと立つて、お光の腕を頼りに、右肩の子は右の手脚を、左肩の子は左の手脚を、ぴんと水平に拡げると、客の拍手が起る。その形のまま、拍手を浴びつつ馬上の三人は馬道を一二周する。子供が一挙に肩から馬の背へ飛び下りる。

この曲芸において、お光は「台」という役割（「台」であることが一人前の芸人の証しである）であり、彼女の肩に乗る子供（おそらく一〇歳前後）を「上乗り」という。お留の〈「あんた大きくなつたんで、分らなかつたわ。」〉、〈「お光さん、大きくなつたのね、いくつ？」〉という、お光の体の成長に対する感

図１

図３

図２

慨を繰り返す会話表現は、かつてお留めが「台」で、お光が「上乗り」であった時の回想が練り込まれている。

曲馬団の一例として、「招魂祭一景」の執筆前後のエピソード等が書かれている小品「林金花の憂鬱」(「文藝春秋」大正12年1月)でも触れられている大竹娘曲馬で働くのは、〈七、八つから一七、八位までの小娘五十余人〉(「都新聞」大正7年3月17日)であった。一七歳のお光は、曲馬娘の年齢構成において最年長の部類に入るはずである。また、同じく大竹娘曲馬の新聞広告には〈花の如き可憐なる美少女〉(「都新聞」大正7年12月14日)という宣伝文句がうたわれたように、あるいは、〈名地にて大当り大好評なりし娘曲馬大竹一座〉について〈一行は別嬪揃ひ〉(「名古屋新聞」明治44年8月16日)と報導されたように、資本主義確立期における近代的興行として成り立つためにも、曲馬娘は美少女の要件を満たすことが必要であった。それを目当てに客が来るわけである。図1にあるように、チラシに顔写真が掲載されてもよい程度の娘が集められていたはずである。

図1に示されるように、曲馬の「台」の娘たちは、曲馬の時にはお光のように〈桃色のめりやすずぼん〉をはいて観客に性的アピールをしただろうし(当時娘のズロース姿を見れるのは曲馬団くらいだったという回想が、阿久根巌の前掲書で紹介されている)、当時見世物小屋で流行した安来節の踊り図4(「安来節ドジョウスクヒ」大竹娘曲馬絵はがき、国立歴史民俗博物館所蔵)では着物の裾から脚をちらりとみせるエロティシズムを発散していたことだろう。また、八歳前後の娘たちは、曲馬や差しものの「上乗り」を担当していたであろう。「招魂祭一景」のクライマックスがいよいよ始まる場面において〈さつと開かれた

図4

入り口から、手綱をしぼつて桜子が小屋内に駈け込んだ〉時、〈小屋の中央円形に敷いた板の上で曲芸を演じてゐた子供達が、鼠のやうに散つた〉とあるのも、幼い年齢の子供たちであったはずである。

阿久根巌『サーカス誕生――曲馬団物語』（ありな書房、昭和63年）によれば、曲馬娘は越後出身者が多く、その当時の理由として高橋武雄（元・大竹娘曲馬団頭取）談として次のように書いている――〈「三條は、鍛冶（金物）仕事しかないような町で、年頃の女の子ならば、女郎に売るか、芸者屋に預けられたもんです。小学校へ上がる頃の子ならば、女衒みたいな仕事の者がいて、年期奉公に世話したもので、二十歳が年期あけでした」〉。こうした曲馬娘の境遇は、新聞等でも記事にされていたから（阿久根は『小樽新聞』・『新愛知』等の記事を著作中に引用している）、観客の中にはそうした事情を織り込みつつ曲芸を見る者も多数いたに違いない。孤児の意識に悩まされていた川端であるならばなおのこと、その一人であったのではないだろうか。

このように考えてみると、原が言う〈大人と子供の中間に位置する、両義的で不安定なお光像〉には、一七歳の少女の肉体と精神の発達段階一般における両義性だけではなく、社会的矛盾を背負い、幼くして金で買われて年期奉公に預けられた曲馬娘の「上乗り」から「台」にいたる悲哀の生活史が封印されていることがわかる。おそらく年期があけて曲馬団を離れたお留も、かつて「上乗り」から「台」になる頃に、お留の「台」をつとめた先輩から〈大きくなつたのね〉という言葉をかけられたであろう。親から引き裂かれて「上乗り」から「台」へと至る曲馬娘の循環する共同体的時間が、お留とともに、お光の中にも組み込まれている。作品のおよそ三分の一を占めるお光とお留の会話は、この循環する共同体的時間の呼び出しでもあるのだ。

川村邦光は、『オトメの身体――女の近代とセクシアリティ――』（紀伊國屋書店、平成6年）において、女学生＝〈オトメ〉の世代に〈ポジティヴな構えでイメージされる、〝不老〟と〝不労〟を美人の理想とする身体感覚〉、すなわち〈ブルジョア的身体〉の目覚めが一九一〇年代の中頃から生み出されることを『女学世界』等の雑誌を分析しつつ考察したが、この際、〈ブルジョア的身体〉の否定的対立項として意識されたのが、〈前屈み・猫背・出っ尻・釘抜き足・胸の平ったい身体〉であったようである。こうした否定的対立項は、おそらく、彼女たちの母の世代とは違う西洋的イメージの身体（雑誌等のメディアで視覚的に十分に供給されていた）へのアウフヘーベンの願望によって意識化されたものだろう。

女学生＝〈オトメ〉の世代と年齢的には同じでも、近代市民制社会の裏側にいるお光の境遇では、

〝不老〟と〝不労〟の〈ブルジョア的身体〉は望むべくもない。しかし、〈短い脚を拡げてよたよたする〉、〈腰が後にずり落ちさうな浅ましいお留〉のイメージ（お光の視点からもたらされる）は、〈馬に跨つてゐる〉からそうなるのだというお光の思いをも認めた上で、なおかつ当時の少女層からの大人の体型に対する批判的眼差しという点で共通するものがある。共に大正期に少女だったお光と女学生＝〈オトメ〉との決定的な相違点は、女学生＝〈オトメ〉が社会的には守られた存在として深窓から〈想像の身体〉に憧れていた一方で、お光は、〈靴下と続いた桃色のめりやすすぼんをはいた短く太い脚〉、すなわち、公衆の眼前での〈生身の身体〉の露出を生業とせざるを得なかったということである。

4

〈銀座通の裏表に処を撰ばず蔓延したカフヱーが最も繁昌し、又最も淫卑に流れたのは、今日から回顧すると、この年昭和七年の夏から翌年にかけてのことであつた。（中略）百貨店でも売子の外に大勢の女を雇入れ、海水浴衣を着せて、女の肌身を衆人の目前に曝させるやうにしたのも、たしかこの年から初まつたのである。（中略）わたくしは若い女達が、其の雇主の命令に従つて、其の顔と其の姿とを、或は店先、或は街上に曝すことを恥とも思はず、中には往々得意らしいのを見て、公娼の張店が復興したやうな気がした〉――永井荷風が「濹東綺譚」（昭和12年）でそう書いたように、公衆の前で見られる目的をもって若い女性が顔や肌、そして肉体の線を露出していくのが一般的になるのは昭和に入ってからである。明治大正期には、性交を伴う遊郭等は別として、公衆にとって〈見るという行為〉に限定された〈生身の身体〉の仄かなエロティシズムは、浅草公園や招魂祭に代表される特定の祝祭的空間でのオペラ小屋、娘義太夫の寄席、曲馬団、見せ物小屋等に囲い込まれていた（一方、映画・写真・雑誌などでは、〈映像メディアの身体〉としてのエロティシズムがあった）。

ここで、明治大正期における仄かなエロティシズムの典型的な例として、娘義太夫を挙げてみよう。娘義太夫とは、女性によって行われた義太夫節語りのことである。

一八〇二（享和2）年に大坂で大当りをし、以後江戸にまで流行するが、一八〇五（文化2）年以降、社会風俗の壊乱をおそれる幕府に禁止される。しかし、一八三七（天保8）年には、『娘浄瑠璃芸品定』という評判記が出版されるほどの人気を回復し、天保の改革でまたも弾圧を受ける。一八七七（明治10）年寄席取締規則が改正されて女芸人も寄席に出られるようになり、やがて、竹本小土佐・竹本東玉・竹本綾之助・竹本住之助らのスターが輩出し、明治三〇年代に全盛期をむかえる。ちなみに、志賀直哉が娘義太夫に熱中するのは、明治三七年からである。しかし、聴衆のなかからは、義太夫の鑑賞よりも、娘達の容姿や簪落としなどの仕草に熱狂し、明治期の追っかけフーリガンとも言うべき「どうする連」を結成する輩が出てくる。かくして風紀紊乱という理由で、当時の文部大臣外山正一が禁止令を出したという伝説が生まれる程に社会問題化する。

水野悠子『知られざる芸能史　娘義太夫　スキャンダルと文化のあいだ』（中公新書、平成10年）では、〈明治後半の娘義太夫は、新聞はもとより『文芸倶楽部』『風俗画報』『演芸画報』『日曜画報』『新小説』『太平洋』といった雑誌にもしばしば取り上げられる芸能界の花形であった〉とし、流行のなかで定着してしまった娘義太夫の負のイメージについて、次のように述べられている。

娘義太夫は「さわり」になるとヨヨヨヨと首を振る、その拍子に髪に挿した簪がパタリと落ちる。それがなんとも魅力的で、客は喝采し競って拾ったといわれている。誰もが落としたわけではないのだが、娘義太夫の最大の特色に数えられている。この簪落としと流し目に象徴される娘義太夫の「色気たっぷり」とか「美貌だけで芸はおそまつ」「容色本位で芸は二の次」というイメージは、すべて明治三十年代前半、京子の時代に出来上がったのである。

ここで注目したいのは、流し目である。公権力によって性的欲動が抑圧されるとき、機能として、流し目が大きな意味づけを持ち始める。観客は、芸を堪能するだけではなく、見台から送られてくる、桃割れ・肩衣の美少女の流し目によって、一種の疑似恋愛を誘発させられる。現代から見ればこのようなわずかな仕草でも、当時は嬌態のセクシュアリティとして効果的に発揮されるのである。娘義太夫における流し目のエロスに相当するものは、娘曲馬においては〈桃色のめりやすずぼん〉をはいた肉体そのものの動きが発散するエロスである。

〈眼球の悪光してゐる素的に耳の大きい鳥打帽の学生らしいのと、角帯ゆゑ満更学生でもあるまい獅子鼻の若者とが、小屋の前囲ひの横棒につかまりながら、さいぜんからお光の顔をみつめてゐる恰好である。思ひ設かぬ視線にまごついて照れた時、お光の心に辛うじて張りがよみがへって来た。お光にけどられて、鳥打帽が角帯の袖をひいた〉という部分の〈素的に耳の大きい鳥打帽の学生〉は、作者川端の自己戯画でもあろう。しかし、作品構造の観点からは、視点の多層化、すなわち、エロスを求める男の視線の内在化にこそ注目すべきであろう。

一般的には、語り手の視点が、馬に乗ったお光の視点であり、さらに読者の視点と重なっていくと思われがちであるが、もう少し作品の叙述の機能を分析すれば、語り手がお光の視点をいれつつも、お光とももまた読者とも一体化することは決してないことに気付く。〈桃色のめりやすずぼん〉等のお光に関する腰から脚線にかけての身体的表現は、〈さいぜんからお光の顔をみつめてゐる〉〈鳥打帽の学生〉たちの、抑圧されたセクシュアリティの視線によってこそ裏打ちされているのだ。言い換えるなら、ジェンダー的には、作品の叙述の至る所に〈男〉の視線が重層化されているのである。[2]

「伊豆の踊り子」まで初期の川端にほぼ共通するのは、少女愛である。つまり、性交可能態としてのティーンエージャーであり、可能態のままでドラマの中では性行為には至らないからこそ性（セクシャリティ）の想像力を喚起するエロティシズムを喚起する少女である。そうした起爆剤としてのエロティシズムをあからさまには露呈させない装置として、「招魂祭一景」にはこの重層化された視線がある。

5

大正八年から九年にかけて、浅草での輸入映画の封切りは、曲馬団ものが少なからずあった（管見の限りでは日本映画の曲馬団ものはこの時期一本もない）。この場合、話の中心になるのは、曲馬団の花形との恋愛物語が多かった。『キネマ旬報』別冊（昭和35年1月）によれば、大正八年八月一日から帝国館で毎週各編封切りの三六巻ものである「曲馬団の囮」（原題　The Lure of the Circus）は、〈サーカスの花形エッディーが父の鉱山の争奪で悪人を倒すが、奇しくも悪人の姪と恋仲になる〉という連続活劇であり、同年一一月二週からキネマ倶楽部封切りの「女曲馬師」（原題　Hoop,La）は、〈サーカスの花形がふとしたことで富豪の息子に思われ幸福をつかむ〉人情劇である。また、大正九年二月一週からキネマ倶楽部封切りの「曲馬団のポーリー」（原題　Polly of the Circus）は〈サーカスの花形娘が負傷して療養しているうち教会の牧師と恋し合うようになるが、そのため彼女をひそかに恋している一座の青年は失恋する〉という、八巻の人情劇であり、同年三月六日からキネマ倶楽部封切りの「曲馬団の秘密」（原題　The Iron Test）は、〈富豪の相続者バートが、変名して従兄の監督する曲馬団に入り、花形のルイズと恋し合うが、従兄もまた彼女を恋しており、そのうち祖父の死でバートが財産を相続のしらせがきて、話がもつれる〉という、六巻ものの連続活劇である。さらに、川端が浅草小島町に転居して間もない（つまりは、「招魂祭一景」の執筆日前後）大正一〇年一月四日から、キネマ倶楽部で封切られた「曲馬団の女」（原題　Thru Eyes of Men）という五巻ものの人情劇（あらすじは不詳）もある。

　ここで、そのドラマ内容とともに注目すべきは、映画の封切りタイトルである。「女曲馬師」・「曲馬団の秘密」・「曲馬団の女」のそれぞれの原題は、先にも示したように、「Hoop,La」・「The Iron Test」・「Thru Eyes of Men」であるが、おそらくそれらを直訳するだけでは大衆にアピールしないという判断のもとに、〈曲馬〉という、仄かな（あるいは怪しげな）エロティシズムと恋の隠喩を含み込む見世物の記号としての言葉が、映画のタイトルに使われるわけである。大正期における〈曲馬〉の記号論的意味は、後にも述べるように欧米サーカス映画の説話的手法との共通項を持ちつつ、「招魂祭一景」の曲馬娘像にも流れ込んでいると考えられるのではないだろうか。

また、〈靴下と続いた桃色のめりやすずぼんをはいた短く太い脚〉という肉体の描写は質量感のある官能性を含有しているが、欧米映画におけるバランスのとれた曲馬嬢の肉体との対比が前提となっているからこそ、その差異としての〈短く太い脚〉が強調され描き込まれると言ってもよいだろう。

谷崎潤一郎「痴人の愛」（大正14年）において、主人公譲治＝語り手は、〈活動女優のメリー・ピクフォードに似たところ〉のある顔立ちのナオミの体つきを初めて見た時、即ち、一五歳のナオミが由比ヶ浜の海水浴場で〈濃い緑色の海水帽と海水服とを肌身に着けて現れたとき〉、〈彼女の四肢の整っていること〉に驚き、〈ナオミよ、ナオミよ、私のメリー・ピクフォードよ、お前は何と云う釣合の取れた、いい体つきをしているのだ〉と思わず心の中で叫び〈映画でお馴染の、あの活溌なマックセンネットのベージング・ガールたちを想い出さずにはいられませんでした〉と書き付ける。西洋崇拝の男の戯画としての「痴人の愛」は、〈映画でお馴染み〉のベージング・ガール(3)の肉体とナオミの肉体との類比が重要なのだ。ここでも、欧米映画における肉体描写がその表現の前提となっていることを明記しておきたい。

なお、鈴木重吉と齊藤寅次郎の共同監督による少女悲劇映画「曲馬団の少女」（松竹蒲田）が封切られるのが、大正一五年一一月六日であるが、この映画は、松竹蒲田撮影所で発行された「蒲田週報」（大正15年10月24日号）によれば、靖国神社でもロケが行われ、劇中の曲馬の場面は大竹曲馬を買い切って行われたようである。少女悲劇・靖国神社・大竹娘曲馬というイメージの三点セットが揃っているあたりが興味深い。

6

作品冒頭におけるお光の客寄せは、おそらく「グラシ」と呼ばれたものであろう。阿久根巌『サーカス誕生――曲馬団物語』（前掲）によれば、天幕小屋での客寄せには、〈演芸のクライマックス寸前に、ちらっと幕を揚げて、場内を透き見させ、場外の客の見たい心理をあおる〉あおり幕のほかに「グラシ」があった。〈馬小屋の正面に、グラシといって柵に囲まれた仕切りがあり、化粧した舞台扮装の娘が、馬に跨ってぶらぶらしながら客の興味を引いていた〉のである。作品中、お留がお光に呼びかける場面で〈睨め顔の学生と角帯のゐた前囲いの横棒〉とあるのは、グラシの柵のことである。この「グラシ」は〈小屋前が客で賑わうタカマチ（祭礼）だけの場景で、平日興行ではやらなかった〉ものである。「招魂祭一景」の冒頭が、秋の例大祭（一〇月）としての〈招魂祭〉＝タカマチであるがゆえの記述であることに留意したい。

お光はグラシの柵の内側にいて、おそらく頭上数メートルには天幕の張り出しがある。つまり、〈気違ひめいて騒がしく〉と形容される境内の騒音は、グラシの柵のなかではこもったような音と響きになっており、その騒音がお光の頭上へではなく、数メートル先の雑踏の上方まっすぐに立ち上っていくのを視覚的に感知している。〈騒音がすべて真直ぐに立ちのぼつて行くやうな秋日和である〉という表現は、一種の視覚的客観描写でもある。

作品叙述の二番目にあたる芸は、そのグラシの柵から渡り板を通って舞台の円道に駈けこんできたお光の、スピード感あふれる曲芸の序章とも言うべきものだ。

伊作が長い革の鞭で激しく板を打ち、馬を追ひ立てた。革の鞭は桜子の馬を追つてゐる。二三周乗り廻し、こんどは曲芸のためにふたたび両脚を折りたたみ、お光は馬の背にきちんと座つた。

男二人が、幅二三尺の長い赤布の四隅をぴんと引つぱり、馬道に張つて、道の両側に立つてゐる。そこを乗り過ぎる時、馬は布の下をくぐらせ、娘は膝頭に力を入れてその上を飛び越し、下をくぐつた馬の背と上を飛び越えた自分の膝とを布の前で合わせて、再び駈けつづけるのである。

この曲芸は、最も古典的でかつ基本的なものといえる。日本にはじめてきたサーカスは、一八六四（元治2）年のアメリカのリズリー・サーカス（通称は中天竺舶来軽業）であるが、その次に来たのが、一八七一（明治4）年、フランスのスリエであった。それを描いた「仏国大曲馬」（国立歴史民俗博物館所蔵）

図5

という錦絵（図5）の右下段で、両手を真横にひろげたフランス人少女の曲芸の図がそれである。

それにしても、この部分も、細やかな観察眼に支えられた、躍動感あふれる見事な描写と言えるだろう。先ほどまで夢うつつの状態を断続的に繰り返していたお光も、〈ひゆうひゆう〉という伊作の高い口笛に反射的に〈しやんと心を取り直す〉。舞台の板を打ち付ける鞭の激しい音、丸舞台を旋回疾駆する馬達、いよいよ始まる花形娘の曲馬の芸——それらの緊張感は、次の曲芸における不協和音の発生にむけてぎりぎりの強度を保っている。

桜子は燃えついた半楕円の針金の両端を諸手に持つて、くるくる、独縄飛びを、駈け廻る馬の背で軽やかに演じてゐる。焔で出来た楕円の額縁に画かれた女神のやうだし、足の下から頭の上までをめぐる円光につつまれたのごとくあでやかでもある。
お光の受け取つた針金も火が楕円の尖まで燃え移つた。

大竹娘曲馬について言うと、大正九年の浅草仲見世裏興行のチラシ（図1およびその部分拡大図3）に、この曲芸が描かれている。川端が実際に見たであろう大正九年の時点においては、衆目をさらった人気曲芸であったに違いない。

石井達朗『サーカスのフィルモロジー　落下と飛翔の100年』（新宿書房、平成6年）では、〈サイレント時代のサーカス映画では曲馬娘がヒロインになり、これが「総天然色」になるとヒロインはいつも空中ぶらんこ乗りという図式が、サーカスの歴史の転変と並行している〉とし、〈登場人物がサーカスでどんな仕事をしていても、映画のなかの物語構造（ナラティヴ）のなかに縫合されるには、なんらかの亀裂が必要である。つまり、事件の発生、愛のもつれ、三角関係、片思いなどがその背景に流れる〉という。また、〈サーカス映画の説話手法として常套なのは、（めったに起こらないが、必ずどこのサーカス団でも実際に経験している）事故、災害である〉とし、空中ぶらんこ乗りや綱渡り芸人の墜落、さらに天幕の火事等を挙げる。(4)

桜子の炎の落馬事故が小説において必然であると同時に、〈初手からかなはない〉伊作との恋のもつれへの予感も含めて、サーカス映画（曲馬映画）の説話手法にも通底していることに注目したい。それはまた、心理までも視覚的に描こうとする表現意識において、「招魂祭一景」が映画の手法に通底するということでもある。

火はリビドーの象徴であり抑圧された性欲を表すとは、フロイト心理学の今日では常識的な学説だが、「招魂祭一景」がそのことを意識的にあるいは無意識的に踏まえているかどうかは、さしあたってさほど問題ではない。炎の一人縄跳びが、一貫して馬上に位置するお光の視点の速度と加速度の結節点として、この作品のクライマックスにとって欠くことの出来ない要素であったこと、その機能として舞台中央の女たらし＝伊作との性的関係の可能性とその結果としての恋いのもつれを暗示することこそが重要なのだ。

以上検討してきたように、曲馬の芸についての描写は、作品の都合に合わせた三種類の架空の芸ではなく、単なる風俗描写を越えたリアリズムの精神に支えられている。(5) 玉乗り小屋の老いた道化＝入道の陰陽二つの姿を書こうとして〈書きたい、むつかしいと思ふうち、ふと八木節小屋の隣の曲馬小屋を書いた〉（「林金花の憂鬱」）という程度の（作者側から説明される）執筆動機には決して収斂され得ない入念な準備が、作品の前提にあるに違いない。実際の曲芸に対する十分な観察に基づいたリアリズムと、主人公お光の感覚（原の言う〈歪んだ風景〉、つまりは心象風景）にあわせた外形描写との奇妙なバランス、つまり、（「十六歳の日記」ですでに到達している）客観描写と新しい感覚の結びつきこそが、「招魂祭一景」の表現構造の要諦をなすものである。

心理描写が生きてくるのは、この緻密な客観描写があってこそのものであった。

竹久夢二「小曲馬師」（『夜の露台』、千章館、一九一六年）、根岸秋人『曲馬団の囮 冒険大活劇』（春江堂、一九一九年）、篠田緑水翻案『曲馬団の秘密 冒険大活劇』（春江堂書店、一九二〇年）、村松梢風『巷談時雨双紙』（春陽堂書店、一九三六年）、南川潤『曲馬館』（学芸社、一九四〇年）など、サーカスや曲馬団を舞台にした小説は、サーカスや曲馬団が背景として機能しているばかりで、川端の「招魂祭一景」のように、曲芸そのものや〈グラシ〉などが、登場人物の心理描写と絡まり合いながら描かれることはない。それは、川端の視点が極めて新しい映像性を基礎にしていることの証しでもある。馬との関連で、唯一そのような映像性が共通する小説としては、宮沢賢治「風の又三郎」がある（本書I—2を参照されたい）。

7

心理描写としての〈ヴィジュアライズの力〉は、佐伯彰一「川端康成集・横光利一集 解説」（『日本近代文学大系』第四二巻 角川書店、昭和42年）において、「感覚の流れ」手法として世界文学的視野からも高く評価されている。

佐伯は、〈外国からもちこまれた文学上・思想上のニュー・モード〉としての「主義」や「運動」、そして外国作家からの「影響」等によって文学史的なレッテルはりをすることに疑問の目を向け、〈作家の意識的に表明した態度・方法よりは、彼の仕事そのもの、作品自体に即した評価に重点を移すこと〉を提起する。こうして、佐伯が川端康成の小説に一貫する特色としてあげるのが、〈一人称の語り口そのものではなく、いわば一人称的な視点〉すなわち、〈一人称性〉であり、その観点から特筆すべき作品として「招魂祭一景」を挙げる。

佐伯によれば、「招魂祭一景」は〈曲馬娘お光の感覚と目が、全編をつらぬく基軸〉となっており、〈夢うつつの幻覚めいた視覚から嗅覚へ、そしてただちに聴覚へと、さまざまな感覚の動きが、いかにも自然な流れをなして〉おり、〈ジョイスの『ユリシーズ』以前であり、またヴァージニア・ウルフ以前でもあって、これほどひたすらで純一な感覚の動きそのものへの密着は、外国の小説にも例が少ないと思われる〉のである。

佐伯の言う一人称性の三人称については、〈小説言説の三人称は、一人称と重層する[6]〉とする三谷邦明の物語学研究もあり、ナラトロジーの視点からさらなる分析がなされる必要がある。

しかし、本稿における筆者の興味は、むしろ、佐伯が言う〈開かれた一人称性〉、すなわち、〈「私」の情緒への集中が、その極点において微妙な形で一種の自我脱離、ほとんど「私」からの解放と重なり合うこと〉にある。もちろん、この際の「私」とは、一人称の語り口を示すのではではなく、一人称性のことである。

原も言うように、主人公お光は作品の時間の中では常に馬上にある。小説のリズム、スピード、躍動感も馬の歩行のそれである。この視点は、実は人間中心主義の視覚からの離脱なのであり、〈見るという形式〉の異化なのである。

一人称性と感覚の関係、さらには一人称性と空間認識の関係に焦点をあわせるなら、作品前半で展開されているのは、近代小説の土台ともいえる遠近法的なパースペクティヴの崩壊する心象風景なのだ。

この際、風景の歪み方は、上下に直線的なのではなく、むしろ根本的には曲線的である。作品の主題を想定しその象徴を探ろうとする原の論では、上下運動に焦点があてられるのだが、上昇下降だけではなく、馬の進行方向に伴うお光の視線及び感覚の前後左右の曲線運動にも留意しなければならない。サーカス（丸舞台）の円形曲線、その曲線に沿った馬と人のスピーディな動き、一人縄跳びの炎の円、作品の核心を成すのは、こうした曲線のアレゴリカルな運動なのである。

作品冒頭から二頭三人乗りの前までの箇所では、お光の視界には、露天の焼き栗や炒り大豆、さらに、ゆで卵、おかみさんの〈空気のやうな乳房〉、それを口に含む〈蛸頭の赤坊〉、回る〈金網の円筒器械〉、その器械を回す右手の動き、〈鳥打帽の学生〉の悪光りする〈眼球〉等、様々な円の造形ないし運動が、作品後半におけるサーカス舞台の相似形として集中的に溢れている。それらは、おおまかには不安にゆれるお光の心理の投影とも言えるのだが、そう言い切れるほどにはお光という主体に収斂される心情的意味形成ないし物語形成の度合いが少ない。作品全体を貫通しているお光の視覚は、お光の視界に映ってはいるが彼女自身にはその意味づけができず、つまり、彼女の主体によっては制御されていない〈カメラ的な視覚〉なのである。

W・ベンヤミンは、〈カメラに語りかける自然は眼に語りかける自然とは違う。その違いは、とりわけ、人間の意識に浸透された空間の代りに、無意識に浸透された空間が現出するところにある(7)〉と述べ、〈情動的無意識が、精神分析をつうじて知られるように〉、写真を通じてようやく〈視覚的無意識〉が知られるようになった状況を一九三〇年代に考察したが、こうした〈視覚的無意識〉は、実は川端文学の出発点でもあったのである。

前田英樹『小津安二郎の家――持続と浸透』（書肆山田、平成5年）では、小津安二郎の映画の本質を、〈事物が事物に対する異質性として現われ、運動しつづけるような、非中枢的な縮減の閾（フレーム）を多層的に生み出〉す〈非中枢的知覚(8)〉であるとし、そこに〈イマージュの総体としての世界のうちに運動＝存在の多層的な秩序を切り開く方法〉を見て取っているのだが、「招魂祭一景」の事物の有り様は、まさしくこれと同じ性質を持っている。

取るに足らぬ日常の断片の内奥に秘められていた不思議が、思いがけず顕現してくる瞬間の記述が、作品冒頭なのだ。この時点で、曲馬団という組織・社会制度・規範・常識・伝統等によって社会化・組織化されてきた身体、つまり社会組織と同型の身体を強いられてきたお光の世界了解の方法は、崩壊している。〈ばらばらに投げ散らかされた手足〉とは、社会的オルガノンを欠いた身体のことを示しており、断続的に〈生き物らしい感じ〉を失っている。お光にとって〈生き物らしい〉身体とは、曲馬芸のためにのみ鍛錬された運動中枢神経のそれであり、「上乗り」から「台」に至る曲馬娘の歴史の陰影がしみ込んだ身体であったはずだ。〈夢のうちのことのやう〉な不確かさの状態で、お光の感覚及び身体は、強いられて組織化された身体から一時的に解放される。言い換えれば、曲馬娘お光は、作品前半で一般的な意味での夢を見ているのではなく、夢うつつの状態で逆に、社会を覆う近代という妄想＝夢から醒めている。つまり、曲馬（サーカス）という近代大衆演芸の生産と消費の仕組みから醒めているのだ。「グラシ」をしている段階ですでに醒めているからこそ、彼女の芸は、あるいは、彼女の組織化された身体は、回想部分で示された二頭三人乗りの演目終了以後、作品冒頭ですでに崩壊している。佐伯の言う所とはやや違った意味で〈開かれた一人称性〉の極点が、ここに垣間見られる。その時取るに足らぬ日常の断片群は、取るに足らぬままで聖別され、運動＝存在の多層的な秩序のなかで新たなアレゴリカルな運動を始めていると言えよう。

長谷川泉『川端康成論考　増補版』（明治書院、昭和44年）以来、〈騒音がすべて真直ぐに立ちのぼって行くやうな秋日和である〉等の表現意識のなかに、新感覚派の先駆的要素を認める傾向が一般的であるし、それなりの説得力もある。しかし、そうした考え方は、作家論における時間的な発展段階を想定した上で、つまり、川端康成が新感覚派というグループの有力な一員だったという文壇史的な事実から遡って付与された事後的見解であろう。新感覚派という枠組みを一旦取り払い、ほとんど無名の作家志望の学生として「招魂祭一景」を書いた時期の共時態として考えるならば、そのアレゴリカルな表現意識に最も近いのは、むしろ、宮沢賢治の視覚的実在感の強い〈心象スケッチ〉である。佐伯の〈これほどひたすらで純一な感覚の動きそのものへの密着〉という評言は、宮沢賢治の『春と修羅』第一集にもそのままあてはまる。「招魂祭一景」は、いわば第三人称の〈心象スケッチ〉なのである。

宮沢賢治の心象スケッチがどういうものかについては諸説様々であるが、賢治が〈自らの信仰の根拠となる実在感を証明するために、賢治流に捉えたベルグソン等の「生の哲学」と「一念三千」の理とを交錯させたところに成立した思想的方法〉[9]という栗原敦説を踏まえた上で、筆者なりに言うならば、およそ次のようになる。[10]

① 宮沢賢治の詩における言語表現の基本的なあり方は、他の近代詩にようにシンボルには収斂していかず、アレゴリーの形態をとっており、この部分部分を構成し統合する方法が、映画におけ

るエイゼンシュテインのアトラクションのモンタージュ技法に対応する。つまり、〈心象スケッチ〉の根幹において映画的表現が重要な要素として作用している。とりわけ、詩における括弧付け表現の非連続面の間隙にあらわれる複数の語り手の葛藤及びそのポリフォニーは〈無意識の立体描写〉を可能にし、世界の再現ではなく、世界の発見がなされていく。

②『春と修羅』第一集で展開された心象スケッチは、科学的分析の視点（カメラの視点にほぼ等しい）と芸術的創造が結び付いた表現の一つの頂点であり、遠近法的視点を脱皮し、視覚の相互性をふまえた多視点的な手法を使っている。

一九二二年一月六日の日付を持つ詩「屈折率」から始まる『春と修羅』第一集と、その前年に発表された「招魂祭一景」との重要な共通点は、細部の形象群が並列的かつアレゴリカルに存在していることであり、樹木状に象徴（シンボル）に収斂してはいかない形象群が互いを触媒にして生成変化していくことである。ある言語表現は別の何かを意味し、あるいは象徴するという見方を根本から否定する表現意識——小林秀雄が〈川端康成は、小説など一つも書いてゐない。（中略）小説家失格は、この作家の個性の中心で行はれ、童話の観念は、「胸の嘆き」の裡で成熟する〉（「川端康成」、『文藝春秋』昭和16年6月）と述べた表現意識が、「招魂祭一景」に濃厚に認められる。こうした表現意識には、起承転結のドラマツルギーは本来無縁である。〈どこかピシッと締める力が足りないやうに思つた〉という『時事新報』の評者は、川端を理解するには狭隘な制度的近代文学観で読んでいたことを意味する。

8

作品前半が、〈視覚的無意識〉に浸透された描写であるとすれば、心理描写としてもう一つ重要なのは、お留とお光の一見何の変哲もない会話部分である。従来、会話が心理描写であることには、意外に注目されていないのであるが、「招魂祭一景」の心理描写が、原の言うように、〈それ以前の小説が主眼としてきた、心理を内面に立ち入って描写する在り方とは異なった、心理を外面から表層をもって描こうとする、感覚の新しさ〉であり、例えば夏目漱石の『道草』（大正4年）に典型的にみられるような、地の文における鋭利な心理分析ではないことは、強調しておかなければならない。

先にも述べたように、会話部分は、曲馬娘の循環する共同体的時間の呼び出しであるのだが、地の文での説明を極力省くことによって、お留とお光の抑揚のない科白の行間には二人の仕草ないし動きや心理の変化が封じ込められ、つまりは説話論的な変容を生じさせる。〈「…………。」〉や、〈「ええ。」〉・〈「さう。」〉の過剰なまでの反復が、そのことを示している。作品全体を一貫するお光の視点は、この会話部分におけるお留とお光とのカットバック（切り返し）によって、〈見る／見られる〉関係の逆転を生み出す。この時、会話の心理描写は、無意識の深淵までその測鉛をおろしていると言えよう。

以上検討してきたように、「招魂祭一景」は、菊池寛の評価とは違った意味で、ラジカルなまでに様々な〈ヴィジュアライズの力〉に溢れている。このビジュアリティの実質をさらに解明するためには、並行して文学史観そのものの変革が必要となろう。それは、川端康成研究全般に求められていることでもある。

注

（1）同時代評については、小林芳仁「『招魂祭一景』をめぐる同時代評──その文壇的出世に触れて」（『川端康成研究叢書　3　実存の仮象』所収　教育出版センター、昭和52年）が詳しい。

（2）酒井森之介「『招魂祭一景』の作品構造」（『川端康成研究叢書　3　実存の仮象』所収　教育出版センター、昭和52年）では、〈川端康成その人の戯画化である〉と指摘している。

（3）ベージング・ガールとは、千葉伸夫『映画と谷崎』（青蛙房、平成1年）によれば、〈一九一六年から二〇年代初めにかけて猛烈にふざけちらすセネットのドタバタ喜劇（スラップスティック・コメディ）から〝セックス・リリーフ〟としてもちいられた〝美しいがしゃべらない〟ビーチ・ギャル〉である。セネットによるこうした海水着美人の創出は、当時アメリカ映画の一名物であった。

（4）石井達朗は、同書で、映画における空中ぶらんこのヒロインについて、次のように述べるが、これはそのまま映画における曲馬娘にも大方あてはまるだろう──〈空中ぶらんこ芸人が絡んだ愛のもつれを描いたものがかなり多い〉、〈空中ぶらんこの振り子のような振幅は、動きを記録する映像というメディアにもっとも魅力的に生きてくる。ぶらんこ芸人たちの愛のもつれは、空中ぶらんこの振幅の陰画であるかのようだ。空中という聖域の芸人たちも、地上に降りれば愛憎と嫉妬に心を振幅させるただの人である。この揺らぐ心をもったまま空中ぶらんこに上がる芸人たちが、サスペンスという新たなドラマを生む〉。

（5）川端は後に〈私は今も以前もリアリズムなる物を信奉しない。リアリズムのなんたるやも知らぬ〉（「文芸時評」昭和10年8月）と書いているが、この場合のリアリズムは、彼にとっての否定的対立項としての自然主義的リアリズムであろう。本稿においては、リアリティのある客観描写という意味合いでリアリズムという用語を使う。

（6）三谷邦明「近代小説の〈語り〉と〈言説〉――三人称と一人称小説の位相あるいは『高野聖』の言説分析」（三谷邦明編『近代小説の〈語り〉と〈言説〉』所収　有精堂、平成8年）

（7）W・ベンヤミン「複製技術の時代における芸術作品」（高木久雄他訳『ヴァルター・ベンヤミン著作集　2　複製技術時代の芸術』所収　晶文社、昭和45年）

（8）前田英樹の言う〈非中枢的知覚〉は、筆者が本稿でアレゴリカルと形容している内容に近い。

（9）栗原敦「『心象スケッチ』の思想」（「近代文学論」第六号、昭和49年6月　後に、『日本文学研究資料叢書　宮沢賢治　Ⅱ』所収、有精堂、昭和58年）

（10）拙著『宮沢賢治「春と修羅」論――言語と映像』（双文社出版、平成9年）を参照されたい。

付記　本稿で使われた画像は、すべて国立歴史民俗博物館所蔵資料である。写真使用の許可をしていただいた同館に感謝する。

4. 坂口安吾「白痴」論——聴覚空間のアレゴリー劇

1

虚構空間と一般に言う時、それはしばしば作中人物の視覚によって提示される空間である場合が多い。視覚的世界像の描写は、自然主義に限らず日本近代文学の重要な要素であり、そのリアリズム観の本質にかかわるものであろう。

「白痴」の劇空間は、それとは違って、身体的主観性の知覚経験をもとに開かれる生活世界であり、とりわけ、声と音の広がりを基本とする狭いエリアの「聴覚空間」といっていいだろう。その広がりは可変的であり、匂いのように曖昧で稠密な空間を形成する。こうした特殊空間は、視覚的な構築を志向しない分だけ、そのエネルギーを内へと振り向けるから、奇妙な（ある意味では幻想的な）抽象性を帯びはじめる。そこでは、ある種の現象学的還元が行われ、現実性の基層への掘り起こしが行われる。

安吾は、「FARCEに就て」（『青い馬』第五号、昭和7年3月）において、「ファルスはその本来の面目として、全的に人を肯定しようとする結果、いきおい人を性格的には取扱わずに、本質的に取扱うこととなり、結局、甚しく概念的となる場合が多い」と述べているが、「白痴」における人物形象も、「性格的」でなく、「本質的」・「概念的」である。

土岐恒二氏は、伊沢の住む「路地」について、「それら家々の位置関係も、それら家々のたたずまいも、一読したところ明示されているかのようでありながら、実際には地図上に確認することは不可能である」(「喜劇と部分的真実――『白痴』の文体について」「国文学　解釈と教材の研究」第二四巻一五号、學燈社、昭和54年12月)、と鋭く指摘しているが、「白痴」で提示されているのが、視覚空間ではなく、ファルス性に支えられたアレゴリーの空間であることを連想させて興味深い。

作品冒頭の数ページは、この特殊空間の説明に他ならない。そこでは、「人間と豚と犬と鶏と家鴨」が、ほとんど同等にみすぼらしい生活をしている。「相手の分からぬ子供を孕んでいる」娘、「八人目とかの情夫を追いだして、その代わりを」物色している煙草屋の婆さん、近親相姦の兄妹、この妹が猫イラズを飲んで自殺すると心臓麻痺のニセ診断書を書いてくれる「便利な」医者、「一人五円の妾」、「課長殿の戦時夫人」であるところの「女子挺身隊」、淫売、「人殺しが商売だったという満州浪人」、スリの達人、軍需物資隠匿の海軍少尉、その他、様々に猥雑な人々で埋め尽くされる空間。そこでは「私生活の乱脈さ背徳性などは問題になったことが一度もない」のである。こうした「町内」で、さらに異彩をはなつのが、伊沢の隣に住んでいる気違いであり、その女房の白痴である。

「白痴」よりも二ヶ月前の昭和二一年四月に発表された「堕落論」冒頭の一節――「半年のうちに世相は変った。醜の御楯といでたつ我は。大君のへにこそ死なめかへりみはせじ。若者は花と散ったが、同じ彼等が生き残って闇屋となる。ももとせの命ねがはじいつの日か御楯とゆかん君とちぎりて。けなげな心情で男を送った女達も半年の月日のうちに夫君の位牌にぬかずくことも事務的になるばかりであろうし、やがて新たな面影を胸に宿すのも遠い日のことではない。人間が変ったのではない。人間は元来そういうものであり、変ったのは世相の上皮だけのことだ」――は戦後世相への鋭い批判であるが、「白痴」冒頭も基本的には同じモチーフで戦中の世相を打っている。そこには、美徳のスローガンとは裏腹な戦時中への仮借ないイローニッシュな批評眼が面目躍如としている。

2

「白痴」が発表されたのは、昭和二一年六月一日発行の『新潮』においてである。昭和天皇は、同年元旦、念頭詔書において「人間宣言」をしている。現人神から人間への「落下」・「堕落」である。前年九月にマッカーサーを訪問しているが、この時新聞に発表された写真は、前の月までは「鬼畜」であった敵将の巨軀の前で卑屈に笑う、東洋の小柄な君主の「堕落」を余す所なく物語っていたはずである。

昭和二一年の安吾には、天皇及び天皇制への関心を示す言及が多い。評論では「堕落論」、「天皇小論」、「続堕落論」などであるが、「天皇」というキーワードと共に、密接な結び付きをもったキーワードとして、「日本」、「堕落」がある。「天皇性というものは日本歴史を貫く一つの制度ではあったけれども、天皇の尊厳というものは常に利用者の道具にすぎず、真に実在したためしはなかった。（中略）藤原氏の昔から、最も天皇を冒瀆する者が最も天皇を崇拝していた」。だからこそ、「かかる封建遺性のカラクリにみちた『健全なる道義』から転落し（中略）堕落することによって、真実の人間へ復帰しなければならない」（「続堕落論」）のである。以上が、これらキーワード群の基本的モチーフである。「欲するところを素直に欲し、厭な物を厭だと言う、要はただそれだけのこと」ができる人間の正しい姿を取り戻し、日本を欺瞞の国に逆戻りさせないためには、天皇及び天皇制が大きな障壁になっているということを、坂口安吾は痛切に感じ取っていたし、それを乗り越えるための論争的思索の痕跡が、とりわけ昭和二一年の小説及び評論に数多く認められるのである。そこには、天皇へのエロス的批評がある。

「天皇小論」（「文学時標」第九号、昭和21年6月）を引用してみよう。

日本は天皇によって終戦の混乱から救われたというのが常識であるが、之は嘘だ。（中略）日本人の生活に残存する封建的欺瞞は根強いもので、ともかく旧来の一切の権威に懐疑や否定を行うことは重要でこの敗戦は絶好の機会であったが、こういう単純な欺瞞が尚無意識に持続せられるのみならず、（中略）日本的知性の中から封建的欺瞞をとりさるためには天皇をただの天皇家になって貰うことがどうしても必要で（中略）科学の前に公平な一人間となることが日本の歴史的発展のために必要欠くべからずることなのであり、（中略）一応天皇をただの人間に戻すことは日本に於て絶対的に必要なことと信ずる。

ここで言われている「ただの人間」とは、象徴天皇のことではない。「天皇小論」が書かれた時期は、天皇の人間宣言（昭和21年1月）の後、日本全体が新しい天皇制を模索していた段階であり、象徴天皇制への具体的移行はこの年の一一月である。一つの歴史が終焉し、政治上での新たな《物語の復権》が予想されるなか、その《新たな》内容が混沌としていた段階の安吾独自の模索がここにある。[1] 日本を考えることは天皇及び天皇制を考えることに等しく、戦後の社会を考えることは人間そのものへの考究なしにはあり得ない。社会科学的な意味合いでの天皇制ではなく、天皇個人を、あるいは個人の集合としての天皇家を問題の中心に据える。だからこそ、個人として、人間として肉欲が問題になってくる。個人を中心に考えることは、天皇という反個人——現人神であれ、象徴天皇であれ、政治的装置として非個人的なもの——を打つことになるだろう。

「道鏡」（「改造」、昭和22年1月）においては、考謙天皇を女の性を背負う人間として、次のようにとらえている。「その肉体は益々淫蕩であったけれども、その心には、家の虫の盲目的な宿命が目のあたりを見廻し、見つめていた」、「夜の女帝は肉体だったが、昼の女帝は香気を放つ魂だった」、「その肉体の思想は、肉体自体にこもる心情は、山だしの女中よりも素朴であった」。過去の存在とはいえ、天皇と名のつく人物に対するエロス的批評としては、最も苛烈な表現である。エロス＝生の欲動は、安吾の作品においては、そのまま性の欲動に等しい。この欲動に厳しい枠をはめようとするが、「家」であり、「国家」である。「家の虫」として国家の秩序を統括する天皇は、同時に、反秩序としての強力なエロスを抱え込んだ人間存在として描かれる。政治の頂点における、秩序と反秩序の相克——その強烈なコントラストを通して人間性の真実が暗示される。

「女体」（「文藝春秋」昭和21年9月）の中には、谷村が素子に「神武天皇と一夜あかして皇后になった」娘のことを話す部分がある。神武天皇が野遊びにでると、七人の娘が通りかかる。先頭の一人が際立って美しいので、供の大久米命に命じて今宵あいたいと伝えさせる。するとその娘は、大久米命の顔をみつめて、「アラ、大きな目の玉だこと」という。「ハイ、分りました」と答える代わりに、「幸福な、そして思いがけない、こんなきわどい瞬間でも、女の眼は人のアラを見逃しておらず、きまり悪さをまぎらすにも人のアラを楯にとっている」というのだ。そして、素子の残酷さを暗に批判しながら、次のように述べる――「神武天皇の昔から、女の性根に変りはなく、横着で、残酷で、ふてぶてしくて、ずるいのさ。そのくせ自分では、弱さのせいだと思っている」。ここでは、素子と「皇后になった」娘は、「女の性根」という点で同一レベルの人間として扱われ、批判されている。

注目しておきたいのは、「道鏡」、「女体」の双方における批判対象が、天皇位または、皇后位の「女性」であるという事である。「天皇をただの天皇家になって貰うことがどうしても必要」（「天皇小論」）とする考えの延長線上には、天皇の妻をただの人間として、即ち、「人間皇后」としてとらえようとする批評眼がある。

また、「続戦争と一人の女」（「サロン」第一巻第三号、昭和21年11月）に鮮明に表現されているように、日本の没落を、肉体を通して肉体の中に見る傾向は、天皇へのエロス的批評とセットになっている。

野村を愛撫しながら、憎んだり逆上したりした。私は日本の運命がその中にあるのだと思った。こうして日本が亡びて行く。私を生んだ日本が。私は日本を憎まなかった。亡びて行く日本の姿を野村の逆上する愛撫の中で見つめ、ああ、日本が今日はこんな風になっている、とりのぼせている、愛する女を憎んでいる。私はそう思った。私は野村のなすままに身体をまかせた。

間テクスト性において昭和二一年の安吾を読む時、先のキーワード群――「日本」、「堕落」、「天皇」――が文面では消去されているにもかかわらず、キーワード群のモチーフを、アレゴリー（寓意）という形に変えて最も喚起するのは、「白痴」なのである。「『白痴』は『堕落論』と表裏をなす小説」（『坂口安吾論』冬樹社、昭和47年）とする兵藤正之介の見解は、この二つの作品の本質をついている。(2)

3

さて、この夫婦の行動は当然のことながら常軌を逸しているわけであるが、語り手は、一種イロニーを含みこみながらも、「他に対して無用なる饒舌に乏しく、思索的」という肯定的理解を示す。作中人物との距離を感じさせる、語り手の理解の仕方は、ドゥルーズの「理想的なゲーム」(3)（例として、『不思議の国のアリス』のコーカス・レースがあげられている）と通底するものである。

「理想的なゲーム」に対する「通常のゲーム」の性質をドゥルーズに則って述べると、次の様になる。

一、ゲームには、あらかじめ絶対的な規則があり、開始後はそれに従わなければならない。
二、この規則が、ゲームの勝敗の仮説を規定する。
三、これらの仮説が、ゲームの実施を組織立てる。
四、ゲームの結果は、勝敗のいずれかに分かれる。

以上の性質は、近代合理主義の精神と最も良く合致し、政治はもちろんのこと、経済や教育や道徳（モラル）、さらには近代小説に至るまで、暗黙のモデルとなっているとも考えられる。目標、能率、蓄積、生産、達成――ほとんどあらゆるものが、「通常のゲーム」として処理される（それの機械的表現としてコンピューターがある）。

伊沢と白痴の存在形態および行動は、こうした「通常のゲーム」＝近代社会に対する強烈な爆弾であり、これを狂気の物語に囲いこんで精神分析的理解ですますような事は、作品に対する誠意を著しく欠いた誤解以外のなにものでもないだろう。

「白痴」は、先の「通常のゲーム」と対比すれば、次のように言うことも可能だろう。

一、絶対的な規則はなく、あらゆるものに縛られない「肉体的自然人」が行動する。安吾流に言うところの「モラルのない小説」である。
二、従って、克服、達成、カタルシス、といった近代的ドラマツルギーの仮説がなりたたない。

三、このゲームには、ジンテーゼの予感という意味でも勝敗はおとずれない。

市民社会のルールとは関係なく、恋愛ですらないゲーム、無責任と無知と偶然が織り成すゲーム。それは同時に、凄絶なるナンセンスによって隈どられる、思考そのものの現実である。男とは何か、女とは何か、という問題に対して、言語として体験される以外にはない、つきつめられた思考。

この非現実的現実と、それに生々しく刻印される東京大空襲の日付及び死臭ただよう歴史的現実との、奇妙な整合と不整合は、密度の異なる二つの空間、即ち、視覚空間と聴覚空間の重なり合う境界において、重要な役割を担っている。現実離反と現実密着の奇妙な自己矛盾をかかえこんだ小説として、「白痴」は、安吾文学の中でも特異な位置をしめる。

聴覚空間から視覚空間へ——その境界の磁場において、「女が表した始めての意志」に「伊沢は感動のために狂いそうになる」。「白痴」の世界の構造のなかには他者が欠けていたために、すべてか無か、という絶対的選択、絶対的恐怖・戦慄しかなかったのであるが、この磁場においてのみ、伊沢という他者がくみこまれる。

文体的な特徴は、この部分で初めて会話体がでてくるということである。前半でなら、「どの医者がそんな便利な診断書をくれるんですか、と伊沢が仰天して訪ねると、仕立屋の方が呆気にとられた面持で、なんですか、よそじゃ、そうじゃないんですか、と訊いた」という様に、心中語彙はもちろん、会話も地の文で書かれており、音声言語までが、語り手の内面のフィルターを通過するという形をとっていたはずである。この会話体の話者は、大部分が伊沢であり、しかもその発言は状況に対して力強い。「賤業中の賤業」と卑下する映画会社に、死んだ情熱を引きずって通っていたはずの小インテリが、大空襲さなかに、「ともかく芸人だから、命のとことんの所で自分の姿を見凝め得るような機会には、そのとことんの所で最後の取引をしてみることを要求されているのだ」と見栄をきり、また、白痴に対して「死ぬ時は、こうして、二人一緒だよ。怖れるな。そして、俺から離れるな」と励ます、伊沢は、ここで初めて積極的な意志を持った人間として、白痴の空虚を空虚のまま支える役割を担う。

しかし、「近代小説的達成」はここにはない。白痴の女は「豚そのもの」のように眠りこけ、「微塵の愛情」も「未練」も感じない伊沢は、「この女を捨てる張り合い」すら無くしている。平野謙の「傑作になり損ねた力作」という見解がある程度の説得力をもつ所以である。しかし、それは、いわゆる「近代文学観」と同じ限界をもった見解ではないだろうか。「白痴」の正当な評価は、「近代文学観」の洗いなおしと共に始められなければならないのではないか。

4

平野謙は「『白痴』『外套と青空』」（「人間」昭和21年10月）で述べている。

「白痴」の主題はもうすこし複雑である。そこにはまづ最初に卑小な俗世間というものがある。それを貫く「不思議な掟」というものがある。その実人生を「虚妄の影」として、作者は「生の情熱を託すに足る真実」を確然と対置したいと希った。白痴の女はその象徴にほかならぬ。作者は聖なる「白痴」の理に生の真実を一応拒んだ。だが、やはりその真実の中身は、動物的な生衝動と本能的な死の恐怖にすぎなかった。それは実人生の「掟」をよく止揚し得ぬ。作者の筆はそこで動乱し、必要以上に空襲の細密描写なぞつみかさねて模索をつづける。空襲をのがれたとき、一旦新しい人間の　甦生を錯覚するが、その実体は依然として「豚」の醜悪にほかならなかった。何をたよりに「明日の希望」を把もう？そこで小説は終わっている。しかし、「明日の希望」とは陳腐ではないか。問題は空転し、そもそもの出発点から後退している。

平野謙の不満は、「新しい人間の甦生」の実質が「達成」されていないという思い込みに根源を発する。しかし、「新しい人間の甦生」なるものを想定し、その枠の中で達成度を測ることそのことが、「近代文学」という制度に（あるいは「通常のゲーム」に）囚われた視点からなされたといえるのではないか。

筆者の疑問の第一は、まず、文学的形象が何かの「象徴」へと収斂していくという前提のもとに論が立てられているということである。「象徴」の度合が高まれば、より「普遍性」を帯びて作品の完成度が増す、という伝統的な（?）評価の図式がそこにある。しかし、「象徴」という概念を暗黙の前提とする限り、「白痴」の評価は、いかに誠実にアプローチしていっても作品とのすれ違いに直面せざるを得ない。平野のように《ゲームの規則》に忠実に従った安吾評は、それに従わない《超ゲーム》としての作品「白痴」の傍らを通り過ぎるだけに終わるのではないか。こうしたアポリアから自由になるためには、「白痴」という作品の本質にかかわる《超ゲーム性》＝《メルヒェン性》の機能を探ることこそが、作品から要請されているのである。本稿では、《超ゲーム性》＝《メルヒェン性》の機能の重要な要素として、シンボル（象徴）の反対概念としてのアレゴリー（寓意）を中心に考えてみるつもりである。もっとも、両者の境界線・守備範囲が画然としないことが多いし、シンボルがアレゴリーに転化することによって意味の重層化が行われることも神話等でみられることである。ともかく、普遍に対して特殊を求めるのがアレゴリーだとすれば、特殊のうちに普遍を見るのがシンボルであり、後者の方が文学的には高い修辞法であるとするのが、ゲーテ以来の一般的理解であろう。

筆者としては、ドイツ・バロック哀悼劇について述べられたベンヤミンの次の文章に喚起されつつ、アレゴリーという言葉を使っていきたい。「象徴においては、没落の美化とともに、変容した自然の顔貌が、救済の光のなかで、一瞬その姿を現わすのに対して、寓意においては、歴史の死相が、凝固した原風景として、見る者の前にひろがっている。歴史に最初からつきまとっている、すべての時宜を得ないこと、痛ましいこと、失敗したことは、一つの顔貌——いや一つの髑髏の形をとってはっきり現れてくる。（中略）世界は、凋落の宿駅としてのみ意味をもつ」、「寓意的なものは抽象の中に棲む」（『ドイツ悲劇の根源』川村・三城訳　法政大学出版、一九七五年）。

疑問の第二は、「空襲の細密描写」に対する評価が、作者の筆の「動乱」の結果として否定的にとらえられていることである。こうした見解は、安吾が戦後の社会に対してもっていた強い関心と言論上での激烈な奮闘を無視することにつながりかねない。

「白痴」は、空襲や原爆投下でいためつけられ、尊大で貧弱な帝国日本が瓦解した体験と、第二の黒船とも言うべき占領軍が出現し、社会的緊張と混乱の中でかつての現人神が人間宣言をする終戦直後という状況の中で、社会への、あるいは日本という国への、安吾の絶望と苦悩の結果紡ぎ出されたものであり、「堕落論」同様、優れて時代的（あるいは反時代的）であることによって時代を越えた作品なのである。アレゴリーにも自足しえない、強靭な、突き刺さる現実批評がそこにある。

5

地図上に視覚化することが不可能な家並の代表は、「気違い」の家である。

「この家の玄関は門と正反対の裏側にあって、要するにいっぺんグルリと建物を廻った上でないと辿りつくことができない」、あるいは、「玄関を探してうろつくうちに何者かの侵入を見破って警戒管制に入るという仕組み」、というように、門と玄関の配置は、きわめて特異である。虚構の世界でのことであるからと言えばそれまでだが、「警戒管制」という言葉が戦時下の軍事用語の生々しい響きをもっており、それゆえに虚構の世界に浸り込もうとする（当時の）読者を戦時下の現実へと引き戻す矛盾した意識の流れが、この語りにはある。

「内部の仕掛に就いては物知りの仕立屋も多く知らなかった」という部分の「仕掛」という表現は、前記引用と同様に仮想敵への警戒を前提にしており、「気違い」の酔狂をこえた、政治的な匂いを含みこんでいると考えることも可能だろう。「気違い」が何故そのような警戒をしなければならないかについて、作品では、「泥棒乃至無用の者の侵入を極度に嫌った結果だろうと思われる」、「浮世の俗物どもを好んでいない」という程度しか書かれていない。また、この家の位置が、「路地のどん底」とあるばかりで、伊沢の小屋や他の家とどういう位置関係にあるのかについて、はっきり分からないような書き方をしている。ここでは、住居は、建築物としての何かを描写するためにあるのではなく、そこに住んでいる気違いのアレゴリーとして登場している。

そもそも「気違い」が本当に「気違い」なのかどうか、という点についても実のところ定かではない。奇妙なことに、「気違い」は、作品内の必然において「気違い」なのではなく、アプリオリに「気違い」なのだ。伊沢が彼を「気違い」と認定する前から、語り手は根拠を示さないまま、彼を「気違い」と呼んでおり、しかも「気違い」扱いをしない。伊沢にしたところで、「時々垣根から侵入してきて仕立屋の豚小屋で残飯のバケツをぶちまけついでに家鴨に石をぶつけ、全然何食わぬ顔をして鶏をやりながら突然蹴とばしたりする」という行動に対しては、「相当の人物と考えていたので、静かに黙礼などを取交していた」のであり、「気違い」扱いはしていない。「風采堂々たる好男子」であり、「度の強い近眼鏡をかけ、常に万巻の書物に疲れたような憂わしげな顔」をしている「気違い」は、視覚的には「相当の人物」と思われる位威厳がある。

伊沢が彼を初めて「気違い」と認定するのは、防空演習において彼が「エイとか、ヤーとか、ホーホーという数種類の奇妙な声をかけて水を汲み水を投げ、梯子をかけて塀に登り、屋根の上から号令をかけ、やがて一場の演説（訓辞）を始めた」時、即ち、その声、そのしゃべり方に接することによってであり、聴衆も含めて、その場に立ち現れた特殊空間の異様さによってである。しかも、「師団長閣下の訓辞を三分もかかって長々と写す」文化映画をつくっている伊沢からすれば、壇上から民衆へ「訓辞」を垂れるという政治的なプロパガンダのパロディの場において発見された、二重の意味での異常性である。この異常性に対する批判は、翻って、パロティのもとになった政治的プロパガンダそのものへ矛先を向けていると考えることも可能である。そこには、《王と道化の互換性》というテーマが潜在しており、「人間天皇」への厳しい問い掛けが伏在している。

また、「然るべき家柄の然るべき娘のような品の良さで、細々とうっとうしい、瓜実顔の古風の人形か能面のような美しい顔立ち」、と記述されるように、「白痴」の女に華族的（?）風貌を与えているのであるが、この顔と、性交後の顔＝「忘れ得ぬ二つの白痴の顔」との落差のなかにも、《王と道化の互換性》というテーマの変奏が認められる。前出のキーワード群や、「道鏡」、「女体」等と考え合わせるとき、「人間皇后」への問い掛けも含まれていると考えられる。

安吾は、「風博士」でデビューして以来、その作家精神の深部において峻烈なるファルス性を強く保持し続けた作家だが、「白痴」においても「気違い」と「白痴」の人物設定にファルス性が十二分に発揮されているのである。

精神病理学上の具体的病状ではなく、タイプ名とそれが導き出す言説の総体として「白痴」なり、「気違い」なりが、提示されているという点は、注目しておかなければならない。

6

伊沢にとって「忘れ得ぬ二つの白痴の顔」は、性交を契機として立ち現れる。ふと思い出す度に「彼の一切の思念が凍り、そして一瞬の逆上が絶望的に凍りついている」その顔の一つは、「彼が始めて白痴の肉体にふれた時の白痴の顔」である。不思議なことに、そのときの顔の具体的な描写はなく、それ以後「無自覚な肉欲」を示す肉体のことが、強い喚起力を以て表現される。つまり、肉体と顔とが同一のものとしてイメージされるのである。そこには、一種の視覚の排除とも言うべき表現意志がある。「魂のない肉体」、即ち、言語のない身体は、アダムとイヴの堕落以前の楽園を故郷としている。そこでは、善も悪も命名しがたいものとして昏迷の中にある。「虫の如き倦まざる反応の蠢動を起す肉体」には、姦通の罪意識が本来無い。近代のインテリである伊沢は、始源の太古＝大地の胎内に引きずり込むグレート・マザーの相貌を持つ顔＝肉体のイメージに襲われる度に「一切の思念が凍り」つくのである。

もう一つの顔は、三月一〇日の爆撃のときに見た「虚空をつかむその絶望の苦悶」であり、「ただ死の窓へひらかれた恐怖と苦悶」である。「言葉も叫びもなく、表情もなかった」という顔である。伊沢は、「理智も抑制も抵抗もない」顔を、「あさましい」、「醜怪きわまる」と感じる。ここには、他者のいない世界での人間存在の絶対的恐怖のみがある。それは、皮膜を被った一種の髑髏に外ならい。このよるべない光景には、廃墟の死斑がアレゴリーとしてある。歴史を、恩寵なき世界の受難と凋落としてとらえる眼力が、そのアレゴリーを支えている。

さらに重要なのはこの三月一〇日という日付に付随する事柄である。三月一〇日が陸軍記念日であり、その日にむけて米軍が史上最大の空襲をしかけた、という歴史的事実以上に注目したいのは、作品の表層から消去されている、地久節を軸とする時空間である。

三月六日は、皇后の誕生日すなわち地久節であったが、一九三一年以来、政府はこの日を「母の日」と定めて、前後一週間を「母の日週間」としていた。また同年同日、大日本聯合婦人会の発表会を行っている。伊沢は、母体保護、報恩感謝、家庭教育振興をうたったこの「母の日週間」に姦通を始め、白痴の女の「芋虫の孤独」に辟易しながら「暗い、暗い、無限の落下」をしているのだ。女性の身体的要素をすべて、「産める性」として「母性」に強引に結び付け、「母性保護」の名の下に「軍国の母」を鼓吹するという構造をもつ戦時下の母性利用に対する強いアンチテーゼがここにある。

「白痴」は、したがって、当時の不当な文化概念としての「女性」に対する異議申し立ての文学的表現でもある。

7

安吾の作品では、登場人物の名前に種類の傾向がある。一つは、ごく一般的な普通名を付けている系列のものであり、「吹雪物語」の卓一、由子、村木重吉、澄江、文子、小室林平、「外套と青空」のキミ子（庄吉夫人）、落合太平、生方庄吉、舟木三郎、「女体」の谷村、谷村素子、岡本、「恋をしに行く」の谷村、信子、藤子、岡本などがそうである。普通名の登場人物たちは、まさしく「普通」であることによってシンボル化されやすい。

今一つは、タイプ名の系列のものであり、「桜の森の満開の下」の山賊、女、「紫大納言」の大納言、天女、童子、「風博士」の風博士、蛸博士、「夜長姫と耳男」の夜長姫、耳男などである。タイプ名は、読者が作品を読む前にその登場人物に一定の枠を与え、名前によって彼等の性格や行動規範を予想させ期待させる。勿論、その予想は裏切られることがあるし、むしろそうなることによって読書の快感が生まれることの方が多い。注目しておきたいのは、これらタイプ名の系列の作品が、安吾特有のメルヒェン性（それは寓意性と類縁関係にある）を共有していることである。(4)

本稿で言う「メルヒェン性」について述べている重要な評論が、「文学のふるさと」（「現代文学」第四巻第六号、昭和16年7月）である。

この評論で、安吾はまずペローの童話「赤頭巾」をあげ、「私の耳に沁みる風景」、即ち、「可憐な少女がただ狼にムシャムシャ食べられているという残酷ないやらしいような風景」について、「氷を抱きしめたような、切ない悲しさ、美しさ」があることを述べる。読者は、「生存それ自体が孕んでいる絶対の孤独」について考えさせられる。安吾は言う、「私達はいきなりそこで突き放されて、何か約束が違ったような感じで戸惑いしながら、（中略）プツンとちょん切られた空しい余白に、非常に静かな、しかも透明な、一つの切ない『ふるさと』を見ないでしょうか」、と。それは、「モラルのない小説」である。彼によれば、「モラルがない、とか、突き放す、ということ、それは文学として成立たないように思われるけれども、我々の生きる道にはどうしてもそうではなければならぬ崖があって、そこでは、モラルがない、ということ自体が、モラル」なのだ。「最後に、むごたらしいこと、救いがないということ、それだけが、唯一の救いなのであります。私は文学のふるさとをここに見ます。文学はここから始まる――私は、そうも思います」。

まとめて言うなら、メルヒェン性とは、すなわち、「突き放されて」、「切ない悲しさ、美しさ」を有する、「モラルのない」、「文学のふるさと」（安吾によって異化され換骨奪胎された「ふるさと」）の土壌に生育した寓意性を言い、または、「通常のゲーム」の因果律によらない、表層世界の極北を言う。

しかし、アモラルな小説だけが、文学として高く評価されるというわけではない。安吾は、その癖のあるレトリックで、それらをむしろ評価しないという事を明言している。「だが」、と彼は言う、「このふるさとの意識・自覚のないところに文学があろうとは思われない。文学のモラルも、その社会性も、このふるさとの上に生育したものでなければ、私は決して信用しない」。

「白痴」にまつわる説話論上の疑問は、部分的には、M・リュテイが提起した平面性の理論で説明される。「白痴」はなぜ「白痴」なのか、「白痴」はなぜ「気違い」と結婚したのか、「白痴」と「気違い」はどうような生活をしていたのか、伊沢と「白痴」の同居はどうして周囲の人々に気付かれないのか、これらの疑問が安吾風メルヒェンの世界においては無意味であるのは、例えば、何故赤頭巾は狼と話すことができるのか、あるいは、何故狼は人間のお婆さんに化けることができたのか、等の疑問が無意味であるのと等しい。

「白痴」は現実の世界や彼岸的世界に対して具体的な関係を持っていない。「気違い」と夫婦であることさえ、「白痴」にとってはそれほど重要なことではないようだ。彼女は、伊沢が自分を愛しているという思い込みだけで、いとも簡単に家を出て伊沢の部屋に住み着く。祖先や子孫との関係からスポイルされていて、いわゆる世間というものを持たない。実体性が希薄であり、精神的にも立体的でないという意味で、彼女は二次元的である。独立と純化が際立っている。「白痴」の文学的形象は、「芋虫の孤独」、「豚の鳴声」等、するどい輪郭を以て提示される。「昔話におけるするどい輪郭の線は、昔話が個々の事物を描写するのではなく、ただそれを名指すだけだという事情から当然生れてくるのである」[5]というM・リュテイの言葉は、「白痴」にはそのまま当て嵌まるわけではないが、「名指す」機能との関連において、我々に示唆するものがある。

「白痴」が他の作品群と著しく違うのは、その「名指し」方であり、タイプ名（「白痴」、「気違い」）に、普通名（伊沢）が密接に介入してくるという特異性である。伊沢という名指し方によって、あらかじめ読者に伝えられるものはイザワという音声以外何もない。読者が自分なりの伊沢像を構築し、伊沢から照らし返して、《白痴》と名指された形象をみていく時、そこに発見するものは、「名指す」機能に留まらず、普通的《白痴》像を逸脱した新たな文学的形象の生成であり、むしろ、「近代文学」の《外部》なのだ。ここに言う《外部》とは、安吾の小説群を、例えば、ロマンに対する「アンチ・ロマン」

として、あるいはまた、近代小説に対する「非近代小説」として位置付けるような近代文学観の枠を越え出るという意味で《外部》なのだ。

作品「白痴」における名指しの特異性は、アレゴリーに満ちた特殊空間の物語の中に、東京大空襲の日付とその死臭漂う歴史的事実を押し込めていることとパラレルであり、アレゴリーへのシンボルの介入を意味する。およそ自足ということを知らず、現実の社会に対して突き刺さる批判とアクチュアルな問い掛けを続ける、冷徹なまでに強靭な作家精神が、アレゴリーとシンボルとの強引な縫合を可能にしている。

三月一〇日と四月一五日の空襲は、「帝都の潰滅」と「一般住民の大量虐殺」という物語行為を伴うことによってはじめて、「東京大空襲」という歴史的事実として記憶され、物語られる。つまり、歴史的想起なしには実在的歴史はない。「白痴」は、安吾が彼なりに「歴史の死相」を「凝固した原風景として」書き記すために、単独で歴史と向き合った結果生まれた記念碑的な作品だともいえよう。

8

冒頭から分量にして約四分の三までは、聴覚空間の物語として展開されるが、作品の終結に向けて残りの四分の一は、内容から言っても、また、文体から言っても異質と言っていいほど変化している。「それは四月十五日であった」という様に、歴史的日付の言及に始まる、東京大空襲の叙述である。視覚的世界像の描写がここでは中心となる。「必要以上に空襲の細密描写なぞつみかさねて模索をつづけ」(平野謙)ているどうかは別として、「諸方のラジオはがんがんなりたて」、「空襲警報がなりだし」、「高射砲がなり始め」、「休止と高低の何もないザアザアという無意味な音が無限に連続している」、「米機の爆音、高射砲、落下音、爆発の音響、跫音、屋根を打つ弾片」、「鼓膜の中を掻き廻すような落下音」、「天地はただ無数の音響でいっぱい」という描写にみられるように、それまでの聴覚空間は、暴力的な音によって破壊され、火の海となった視覚空間が立ち現れる。

この際、滅亡の象徴としての東京大空襲は、物語の背景を成すにとどまらず、虚構世界に突き刺さった現実世界の鋭い棘として、それ自体が一つの寓意——復活のアレゴリーとなる。伊沢が感じる「戦争の破滅の巨大な愛情」とは、日常の生活感覚の延長線上に生じたものであり、救済のないまま滅亡へと陶酔していく幻想の中で生まれたものではない(6)。それは、「文字のふるさと」の上に育った文学の「社会性」と不可分の関係にある。

伊沢は、逃げのびた雑木林の中で、明け方の耐え難い寒さに震えながら、「夜が白んできたら、女を起して焼跡の方には見向きもせず(中略)なるべく遠い停車場をめざして歩きだすことにしよう」と考える。彼の想念の中では、「米軍が上陸し」日本が滅びることは必然である。「焼跡」にかつてあった生活は消滅し、彼には失うべき何ものもない。姦通罪に問われることもないだろうし、「二百円の悪霊」に悩まされることもない。彼は、おそらく初めて自由になったのだが、その自由は、豚の女を伴った自由である。新たな絶望のためにのみ明日はある。しかし、まさにそれこそ人生ではないのか。覚醒した人間にとって、希望に満ちた生活などもともとあったためしはないのであり、「救いがないということ自体が救い」なのだ。

伊沢は、ともかくも「遠い停車場をめざして」歩み出そうとしている。廃墟の上に廃墟が積み重ねられ、累々と重なった屍体が続くであろう、その行く手は、少なくとも《未来》ではあるのだ。

注

（1）象徴天皇制確立後の昭和二五年、三月の『文藝春秋』に発表された「安吾巷談の三」においては、「天皇は人間を宣言したが、一向に人間になりそうもなく、神格天皇を狂信する群衆の熱度も増すばかりである」と述べ、「再び、集団的な国民発狂が近づいている」と警告している。『安吾巷談』の前後の安吾による天皇制批判についての考察は、別稿に譲りたい。

（2）兵藤は、『坂口安吾論』において、「『白痴』は美しい作品である」として、次のように述べる、「これ迄ふれてきた坂口のどの作品にもなかった、読む者を、思わず惹きこんでいくような美しさが、この中にはある。しかし、いざその美しさが何であるかを、説明しようとすると、どんな表現をもってしても、それは忽ち言葉と言葉のすき間から、こぼれ落ちてしまうように感じられてならない」。論ずることの極めて難しい作品「白痴」に対する、兵藤の愛情と誠実な研究姿勢を感じさせる。本稿の出発点もここにある。

（3）ジル・ドゥルーズ『意味の論理学』（岡田・宇波訳、法政大学出版、一九八七年）

（4）兵藤は、前掲書において、「白痴」、「桜の森の満開の下」、「青鬼の褌を洗う女」、「夜長姫と耳男」について、「いずれもぼくらの通常の論理をはずれたところに、作品の生命が生きているので、それらについて、名作である理由を説明するのは、至極困難である」と述べている。

（5）マックス・リュティ『ヨーロッパの昔話』（小澤俊夫訳、岩崎美術社、一九六九年）

（6）出口裕弘は、「《無頼派》の戦中戦後」（「国文学　解釈と教材の研究」第二五巻五号、昭和55年4月号、學燈社）において、旧制中学四年生だった自分の空襲体験から次のように述べる、「生れてはじめての現実の戦争である。（中略）狂人の妄想のなかにしかないはずの光景が、視野いっぱいに、無造作に、絢爛とくりひろげられている。（中略）顔もほてらんばかりの燃える夜空の美しさに気が狂れそうで、わたしは父親の制止も聞かず、地獄の獄卒のようにB29の真下を跳ねてあるいた。（中略）あの当時、恐怖に喉をしめあげられつつ、なお、ある一瞬、夜の空襲はすばらしい、と考えることは、千人にひとりの倒錯というわけではなかった。安吾の文学は、そういうことを決して見逃さないのである」。「テレビゲームのような」と形容された、湾岸戦争での夜の空襲の映像を想起するとき、安吾の眼識に驚嘆せざるを得ない。

付記　「白痴」という作品には、今日的観点からは不適切な言葉や表現があるが、作品分析にあたっては当時の背景や安吾のオリジナリティを尊重する必要があり、引用もそのようにした。

5. 坂口安吾の歴史観・序説――パラタクシスという方法

1

坂口安吾の表現姿勢は、生涯を通じて苛烈であったということができる。その苛烈な中に独特なユーモアを湛えていたことも、特徴として挙げておこう。

安吾は、日本における近代文学の潮流に対してはあらゆる意味で従属を嫌った。そうした姿勢は、「風博士」においてすでに確立していたし、その出発期を回想した「処女作前後の思ひ出」(「早稲田文学」昭和21年3月)においても確認されるところである――「すぐれた作品を読むと、それに師事したり、没入して読むといふことができず、敵意をいだき、模倣を怖れて、投げすて、目をとぢてしまふのだつた」。彼は、文壇への従属を嫌い、同時代に支配的だった思考形式を嫌い、谷崎潤一郎を読んでは「読む度ごとに自分の才能に就て絶望を新に」し、「正宗白鳥、佐藤春夫、芥川龍之介など、いづれも愛読といふよりは自ら絶望を深めるための読書」となり、「志賀直哉、それから自然派の文学」を嫌った。

安吾が嫌ったものの本質は何であったか。それは、より根本的なところでは、古典美学において正統とみなされ続けたシンボル概念のヒエラルキーへの嫌悪だったということができる。シンボル概念は、明治維新以後、西洋文学の影響下に確立された日本近代文学の基盤でもあったが、それに対する根源的違和感が安吾にはある。その結果、彼が醸成していったものは、アレゴリー的思考を根幹とする文学であったといえよう[1]。安吾の個性は、言葉をめぐる戦いとしては最も困難でラジカルな道を選ばざるを得なかったのである。「正宗白鳥、佐藤春夫、芥川龍之介など」すでに評価の高い芸術の流れに従属することなく、自らの文学世界を確立することは、きわめて難しい。

2

松浦寿輝が書いたものに、「福沢諭吉のアレゴリー的思考[2]」という優れた考察（講演記録）がある。この講演は、後に単行本になる『明治の表象空間』（新潮社、二〇一四年）を「新潮」に連載中（二〇〇六年〜二〇一〇年、全五〇回）になされた。出版された『明治の表象空間』にこの種の記述はないが、この講演記録を読んでから『明治の表象空間』を読むと、その構想が実によく分かる。松浦は、この文章で「巧みな比喩を駆使する福沢諭吉のレトリック」に三つの水準があることを述べる。第一は、「論旨を明瞭にするための『卓抜な比喩』という水準」である。第二は、「比喩が文体のリズムに乗って自動運動を起こし、『意味するもの』と『意味されるもの』との均衡を崩しつつどんどんイメージを増殖させてゆく」水準である。この第二の水準の「最良の例」として、松浦は『学問のすゝめ』第十四講「心事の棚卸」を挙げる。

「比喩が文体のリズムに乗って自動運動」を起こしていく様子は、例えば、「心事の棚御」の次のような記述を読めば納得できる。

田舎の書生、国を出いずるときは、難苦を嘗めて三年のうちに成業とみずから期したる者、よくその心の約束を践みたるや。無理な才覚をして渇望したる原書を求め、三ヵ月の間にこれを読み終わらんと約したる者、はたしてよくその約のごとくしたるや。有志の士君子「某が政府に出ずれば、この事務もかくのごとく処し、かの改革もかくのごとく処し、半年の間に政府の面目を改むべし」とて、再三建白のうえようやく本望を達して出仕の後、はたしてその前日の心事に背むかざるや。貧書生が「われに万両の金あれば、明日より日本国中の門並に学校を設けて家に不学の輩なからしめん」と言う者を、今日良縁によりて三井・鴻ノ池の養子たらしむることあらば、はたしてその言のごとくなるべきや。この類の夢想を計れば枚挙に遑《いとま》あらず。みな事の難易と時の長短とを比較せずして、時を計ること寛に過ぎ、事を視ること易に過ぎたる罪なり。

そして、第三段階の水準として、「その自動運動が一つの『物語』をかたちづくるところまで至り着くような場合」を指摘し、その例として同書第七編「国民の職分を論ず」の「楠公権助論」を挙げる。ここで福沢諭吉は、「忠臣義士」と「主人の使いに行き、一両の金を落として途方に暮れ、旦那へ申し訳なしとて思案を定め、並木の枝にふんどしを掛けて首を縊くくる」権助（庶民）を対比する。「一万の敵を殺して討死する」忠臣義士は後の世に顕彰されることはあっても、権助が後の世に顕彰されることはない――「その誠忠は日月とともに燿かがやき、その功名は天地とともに永かるべきはずなるに、世人みな薄情にしてこの権助を軽蔑し、碑の銘を作りてその功業を称する者もなく、宮殿を建てて祭る者もなきはなんぞや。人みな言わん、『権助の死はわずかに一両のためにしてその事の次第はなはだ些細なり』と。然りといえども事の軽重は金高の大小、人数の多少をもって論ずべからず、世の文明に益あると否とによりてその軽重を定むべきものなり。しかるに今かの忠臣義士が一万の敵を殺して討死するも、この権助が一両の金を失うて首を縊るも、その死をもって文明を益することなきに至りてはまさしく同様のわけにて、いずれを軽しとしいずれを重しとすべからざれば、義士も権助もともに命の棄てどころを知らざる者と言いて可なり」。それはおかしいのではないか、と福沢は主張するのである。このような表現には、比喩の進行にあわせて増殖していくユーモア（真面目に対する）や皮肉（直截に対する）が込められている。松浦は、次のようにも述べている。

こうした福沢のレトリックは、近代美学の「象徴」ではなくコンヴェンションの体系として成立している文化的記憶の中から取り出されてきたフィギュールであり、「象徴」というよりやはり「アレゴリー」と呼ぶべきものだろう。ベンヤミンの提起した意味での「アレゴリー」の意味論的活力を十全に活用するところから、福沢の文体のあの力強さが生まれたと言えるのではないか。
明治日本の言説空間は、帝国憲法が制定されたあたりから、「アレゴリー」ではなくむしろ「象徴」の時代に入っていった。明治中期以降、万世一系の皇室を中心に据えた立憲君主国家の体裁が整えられていくわけだが、「天皇」というフィクションそれ自体、アレゴリカルというよりはむしろシンボリックな価値概念と呼ぶべきものであろう。啓蒙主義者福沢は軽やかな「アレゴリー」の運動によっていわば「象徴」の体系を批判した。しかし、啓蒙的言説の無力化とともに、ふたたび重苦しい「象徴」が復活し、それが日本を最終的には敗戦の悲劇へ導いていったように思われる

3

処女作「木枯の酒倉から」を発表した昭和六年から敗戦の年の八月まで、即ち、彗星のごとく現れ、その後長く不遇をかこっていた時期、彼は時代の潮流とは全く無関係であるかのような創作姿勢を貫いている。それは、徹頭徹尾個人的なものへの沈潜であるようにも見える。

こうした安吾が、歴史を眺めようとするとき、一般に流通している類いのありきたりな歴史観の秩序が壊れるのは必然である。

川村湊が、安吾の歴史観には「戦前の皇国史観とも、戦後のマルクス主義的な唯物史観とも違った、いわば〝安吾史観〟とでも呼ばれるべき独特な歴史についての考え方[3]」があるとし、その内実を「歴史を解体してゆくような歴史」、「まさに歴史的なテキストそのものを解体し、そこからバラバラになっ

て再び浮かびあがってくるものを再構成しようという方法」を指摘しているが、筆者なりの言い方をすれば、そのような志向性は、アレゴリー的思考を根幹とするということになる。

別の言い方をすれば、すくなくとも「日本文化私観」を書く時期までの坂口安吾は、歴史観＝観念につながるような思考形態を徹底して拒否し続けたようにもみえる。その意味で、歴史観というよりは、史眼と言っておくほうが適切なのかもしれない。史眼と言うと、作家の個人的・恣意的見解のように捉えられかねないが、安吾の場合は、言語の中の思惟ともいうべき強靭な思考が根底にある。「坂口の芸術即実生活の信条にしても、かれの娯楽奉仕の心構えにしても、あるいはまた、あまりにも肉体主義的な、かれの恋愛観にしても、一見すこぶる合理的・実証的にみえながら、実はきわめて形而上学的」とは、花田清輝「動物・植物・鉱物——坂口安吾について——」（「人間」昭和24年1月）の指摘だが、戦中期の安吾は、西洋の真似事しかできないまま権威化した様々な日本文化論の脆弱さを拒絶しながら、日本浪曼派とは違う位相から日本近代の論理の終焉を見据える思考を行っていたと言えよう。

「日本文化私観」（「現代文学」昭和17年2月）では、桂離宮、龍安寺の石庭、小菅刑務所、ドライアイス工場などが並列におかれ、田能村竹田や桂離宮をありがたがる日本人の欺瞞を並べ立て（「日本本来の伝統に認識も持たないばかりか、その欧米の猿真似に至っては体をなさず、美の片鱗をとどめず、全然インチキそのものである」）、伝統についての認識論的再検討を行いながら、必要性の観点から美的意味の再構築がなされる（「小菅刑務所とドライアイスの工場は、もっと直接突当り、補う何物もなく、僕の心をすぐ郷愁へ導いて行く力があった」）。安吾にとっての歴史とは、歴史的事項および歴史的人物を安吾独自の博物誌として並び替えることでもある。それは、体系的歴史観に敢えて背を向けた非体系的作業のようにみえる。

4

以上のことを前提として、安吾の歴史観＝史眼の特徴を、一言でまとめるとすればパラタクシスというのが最も適切であるように思われる。

パラタクシスとは、T・W・アドルノの記念碑的ヘルダーリン論「パラタクシス」で使われた概念である。パラタクシス（Parataxis）は、もともと言語学用語で〈並列〉を意味するが、反意語は、直列ではなく、〈従属〉を意味するヒュポタクシス（Hypotaxis）ということになる。

このヘルダーリン論において、アドルノは、ハイデガーによるシンボリックなヘルダーリン解釈を「国粋主義的な言いくるめ(4)」として批判し、作品の〈真理内容〉を救済しようとする。ヘルダーリンの詩の特徴を〈並列〉と〈照応〉という観点から考察し、古代の人物や情景と現代のそれとが、デゾルブのように一見唐突に並列で結び付けられることで生まれる新たな意味の生成と、世界の隠された意味の開示を論じたのである。結果として、ヘルダーリンの詩は、現代人の孤独と不安を不条理劇という形で描き出したサミュエル・ベケットにもつながる現代性を持っていることが主張される――「ヘルダーリンは既存の型を放棄することによって起こるきわめて現代的な分節化構造の困難性にすでに関わっていたことになる」[5]。

梶谷雄二によれば、アドルノは、ヘルダーリンの作品について「古典美学の中枢にあるシンボル概念への傾斜とは逆方向を向いたもの」であり、「ヘルダーリンの方向は、一般性を強要するシンボル的なものでなく、散文化された、容易に統一されない現実の諸要素が、何らかの瞬間に、各々に含まれる絶対的な何か、あるいは真理を一つの映像として見せる、あのベンヤミン流のアレゴリーの精神の中にある」[6]と規定していることになる。

要するに、パラタクシスとは、アレゴリー的思考から生み出される表現方法のことでもある。ベンヤミンがアレゴリー論を中核にすえた『ドイツ悲劇の根源』を執筆するのが、一九二四から二五年（正統を重んずるアカデミズムからは黙殺される）。第一次世界大戦以後のヨーロッパ近代が様々な意味で行き詰まりをむかえ、シュペングラー『西洋の没落』（一九一八〜二二）が大ベストセラーとなったころである。伝統の桎梏から脱皮してその行き詰まりを打開しようとする新しい芸術運動もヨーロッパ各地で生まれるが、その代表例としては、一九二四年にアンドレ・ブルトン（ベンヤミンも大きな関心を寄せていた）がシュルレアリスム宣言を発表したことが挙げられる。

安吾の文学的出発は、ヨーロッパにおけるこの新しい芸術運動の世界的広がりと無関係ではない。伝統からの脱却は、同時に古典美学におけるシンボル概念の否定を意味する。安吾の場合、そのファルス性が注目されてきたが、根本的なところでは、むしろアレゴリーの精神によってファルス性が支えられているといっても過言ではない。

かくして、「木枯の酒倉から」、「風博士」、「黒谷村」を経て、安吾は、それまでの文学活動の総決算ともいうべき『吹雪物語』執筆にとりかかる。この執筆開始時期の前後に発表されたのが、「スタンダアルの文体」(「文芸汎論」昭和11年11月)であった。

私はスタンダアルが好きであるが、特に私に興味のあるのは、彼の文体の方である。(中略)彼の小説は一行ずつ動いて行く。それも非常に線的な動き方をするのである。百行のうちに二十人くらいの人物が現れ、なんの肉体もなく線のように入りみだれて動きまわっていると思うと、突然それらの人物が肉体をもち表情をもち恰も実の人物を目のあたりに見る明瞭さで紙上に浮きでていることに気付かなければならないのである。(中略)全然性格を無視した人間の把握の仕方、常に事件の線的な動きだけで物語る文体、そういうものが百年前にもあったのである。それが直接私の文学の啓示にはならないまでも、そういう荒々しい革命的な文体すら可能であるということを知ると、私は自分の文学の奇蹟を強く信じ期待していいような元気のあふれた気持になる。

この引用部分を読むと、安吾自身のその後の文学を自己解説しているような錯覚にとらえられるが、一方で、「散文化された、容易に統一されない現実の諸要素が、何らかの瞬間に、各々に含まれる絶対的な何か、あるいは真理を一つの映像として見せる」〈並列〉とアレゴリー的急転を述べているとも言える。『吹雪物語』は、このような「自分の文学の奇蹟」を期待して書き始められたのではないだろうか。

約二年を費やして昭和一三年に竹村書房から出版されたこの七百余枚の小説は、青木卓一、古川澄江、嘉村由子等の登場人物が〈並列的〉に取り扱われ、これといった中心を持たず、時間軸も錯綜するという点で、近代小説の基本的な掟を逸脱するがゆえにまったく理解されず、安吾に挫折感をあたえる。「自己の半生の体験を、自己にかかわる各時代の、各地の人々を、事件を、すべて吹雪の新潟という混沌とした現在の中に表現しようと志した」とし、「現在の瞬間の中に、凝縮された時空間、人間関係の中に自己の一切を、観念も、思想も、恋愛も、性欲も、生活も描こうとした」と述べた奥野健男の解説は、(7)『吹雪物語』の特徴を確かに捉えているが、そのことが、時間性の空間化というアレゴリー表現の重要な要素であることを、奥野はついに理解することがなかった。

残念ながら、『吹雪物語』は、それまでの安吾のアレゴリー的思考の総決算であったが、作品の完成度は十分ではなかった。志に技《わざ》が追いつかなかったのである。

5

安吾は、『吹雪物語』の失敗の後、混沌からやや整除の方向へ舵を切る。「篠笹の陰の顔」(昭和15年4月)に「私は近頃切支丹の書物ばかり読んでいる」とあるように、彼は、歴史なるものと正面から向き合い、やがて、初めての歴史小説「イノチガケ」(「文学界」、前編は昭和15年7月、後編は昭和15年9月)を発表する。真珠湾攻撃の前年である。

先にも述べたように、安吾の創作姿勢は時代の潮流とは無関係に安吾独自なものへと沈潜していこうとする。しかし、その沈潜の内実には常に状況が陰画として刻み込まれているはずである。〈坂口安吾と歴史〉というテーマでは、その陰画にどのような光をどのように当てるのかが重要となるだろう。不用意に時代状況と照らし合わせようとすれば、たちまちステロタイプ化された月並みな〈芸術的抵抗〉論へと滑り落ちていく危険性を、安吾のテキストは抱え込んでいるのである。

以上のことを前提として、昭和一五年に発表された「イノチガケ」についても触れておきたい。

「イノチガケ」は、前・後編に分かれ、前編では、一五四九年のキリスト教伝来以後、秀吉による禁令と弾圧によって、数々の殉教者を生み出したことについて「死を覚悟して潜入する神父達の執拗極まる情熱と、之を迎えて殲滅殺戮最後の一滴の血潮まで飽くことを知らぬ情熱と、遊ぶ子供の情熱に似た単調さで、同じ致命をくりかえす」ことの記述を試みようとする。前編の文体の特徴は、「アゴスチノ会のフランシスコは火あぶり。カルバリヨ火あぶり。フランシスコ会のフランシスコとラウレルも火あぶり。ゴメスは江戸で穴つるし。カブリエルは一六三二年捕えられて殺され方は不明。ルカスは長崎で穴つるし」という具合に処刑の種々を淡々と羅列するリズムが醸し出すイメージの増殖である。次に引用するように、一見、歴史的な事実を並べているようでいて、そこにはカーニヴァル性の漂うグロテスク・リアリズムがある。破壊的ユーモアがあり、極端な歪みが生じた世界への感覚がある。安吾の史眼が凄惨なまでに輝きはじめる部分のひとつである。次に引用するのもその一例である。

長崎では、十一月一八日、潜伏教師をかくまつた徳庵、レオナルド木村、ポルトガル人ドミニコ・ジョルジュ、朝鮮人コスモ竹屋、ショーウン等が漫火トロビによつて火炙りにされた。レオナルド木村は焔が綱を焼切つたとき、地面へ屈んで燠を掻きあつめて頭にのせて、「主を讃め奉る」を歌つた。小舟に乗つた信徒の少年達は二つの唱歌隊に分れ、火の絶えるまで、楽器に合せて聖歌を歌ひ、殉教の最後を見とどけた。

一六二〇年。アゴスチノ会のズニカとフロレスは日本人で信徒の船頭平山常陳の船で潜入。直ちに捕へられて長崎で火あぶり。平山常陳も火あぶり。ほかに累連者十二名は首を斬られた。

一六二一年。天川から兵士に扮して潜入した三人のゼスイトがあり、カストロは肥後島原に潜伏布教して一六二六年島原山中で行き倒れ。コンスタンツォは五島で捕はれて一六二二年田平タビラで火あぶり。ボルセスは一六三三年長崎で穴つるし。

ワスケス、カステレド、ミゲル・カルバリョの三名は交趾商人、マニラ人、ポルトガル兵士に扮して潜入。交趾商人に扮してきたワスケスは東洋的な容貌であつたと見えて、後には日本の武士に扮して牢内に忍び入り、とらはれの信者を慰問。カルバリョと共に一六二四年火あぶり。カステレドも一六二四年捕はれて火あぶり。

一六二二年。嘗て支倉六右衛門をローマへ伴ふた伴天連ソテロは日本人入満ルイス笹田を随へて潜入、直ちに捕へられて、二人共に火あぶり。

この年の九月十日に、長崎立山で五十五人の殉教があつた。三十名の日本人信徒が斬首され、次に二十五名の外人及び日本人の聖職者が火刑になつた。

出来るだけ苦痛を長くするために薪は柱から遠ざけられ、時々水をかけて火勢を弱め、又絶望の誘惑に曝されて逃げだすことが出来るやうに縄目がゆるく仕掛けてあつた。それは刑場を取まいた数万の信徒達に、彼等の信ずる師父等の信仰の足らないことを納得させるためであつた。

カルロ・スピノラ神父が最初に死んだ。丁度一時間後であつた。一度衣服に火がついたので苦痛を長くするために多量の水がかけられた。然し、結果は窒息死で、遺骸は長衣をつけたまゝ硬直してゐた。


大原祐治(8)によれば、「イノチガケ」における歴史記述は、切支丹資料を丹念に相互補完的に寄りあわせたものである。部分部分は歴史資料に忠実であるかに見えて、「穴つるし」が唐突に滑稽味をも醸し出しており、「遊ぶ子供の情熱に似た単調さ」と殉教の凄惨な結果とのギャップを突き放した眼で描いている。それを可能にしたのは、パラタクシスによるパッチワークの独自性ということになろうか。「イノチガケ」において、安吾は、「吹雪物語」では未完成だったパラタクシスの提示方法を、読者への伝達がさらに可能な方向で完成した。それは、「日本文化私観」や「真珠」、そして戦後の「堕落論」へと受け継がれる。

注意しておきたいのは、そのような歴史観＝史眼が具体的な形を見せ始めるのが、日本が中国大陸での侵略戦争にのめりこんでいった時期であったということである。偽りの総体ともいうべき現実の日本の姿を既存の認識の形式にあてはめることは、安吾にとって偽りの上塗りに過ぎない。パラタクシスは、安吾が現実を凝視しつつ表現者として生き抜くために、必要に迫られて生み出した方法でもあったといえよう。「啓蒙的言説の無力化とともに、ふたたび重苦しい『象徴』が復活し、それが日本を最終的には敗戦の悲劇」（松浦）へと導きつつあった頃、安吾は、パラタクシスの方法によってそれ自体がフィクションであった象徴の体系に対する姿勢を堅持していたのだ。

注

（1）本書Ⅰ―4において、安吾作品はシンボル概念を拒絶して成り立っているがゆえに、アレゴリーとして読み解くべきである旨を述べた。安吾作品のアレゴリー性について着目した論として、他に、菅本康之「歴史とアレゴリー――『紫大納言』の政治的読解」（『越境する安吾』坂口安吾研究会編、ゆまに書房、平成14年）、日高昭二「坂口安吾の〈戦争〉アレゴリーの爆弾」（「国文学 解釈と鑑賞 別冊 坂口安吾事典 事項編」至文堂、平成13年12月）などがある。

（2）「慶應義塾福沢研究センター通信」（第9号、二〇〇八年一〇月）

（3）川村湊「坂口安吾の歴史観」（「国文学 解釈と鑑賞」至文堂、平成5年2月）

（4）T・W、アドルノ、高木昌史訳「パラタクシス　ヘルダーリンの後期賛歌に寄せて」（「批評空間」No 5、平成4年4月）

（5）注4に同じ

（6）梶谷雄二「アドルノの『パラタクシス』について」（「WORT」第8号、昭和60年）
（7）奥野健男「『定本坂口安吾全集』第二巻解説」（冬樹社、昭和43年）
（8）大原祐治「ひとつの血脈への賭け——坂口安吾『イノチガケ』の典拠と方法」（『越境する安吾』坂口安吾研究会編　ゆまに書房、平成14年）

6. 橋と言霊——保田與重郎「日本の橋」をめぐって

1

昭和一〇年代に萩原朔太郎が「新しい」文学を述べるとき、その旗手として必ずといってよいほど挙げられるのは、『日本の橋』と『英雄と詩人』の作者、保田與重郎である。勿論、この「新しい」という評価には、その絶対的価値よりも当時の「状況」が染み込んでいるのであるが、朔太郎をして、結果としては一時期の特殊にすぎなかった日本浪曼派——なかでも保田與重郎——を、新しい文学の開拓者と錯覚させたものはなにか。

日本浪曼派のイロニーは「戦争中のわれわれにとっては、括弧つきであれなんであれ、いわば人間の進歩と革命を教えてくれた(1)」と橋川文三が述べているが、日本浪曼派を克服したと言い切れるほど、現代のわれわれは精神的に豊かで強く自由だろうか。むしろ、文学の現在を考える上でも、保田與重郎研究は、解決すべき重要な問題を抱え込んでいるのではないだろうか。

保田を考える場合、作品の内部からだけでは説明できない問題が数多くあると思われるが、本稿では「日本の橋」というエッセイを中心にしながら、彼の言霊論と「神聖帝権」という美的幻想との関連、及び、それを底辺で支える「母性」との関連について考えていきたい。

2

「日本の橋」初稿は、「文学界」昭和一一（一九三六）年一〇月号に掲載され、同年一一月、芝書店刊『日本の橋』に収録された。保田は、三年後に東京堂から『改版　日本の橋』を刊行する際、この初稿に大幅に加筆訂正をしてこれを決定稿とし、以後この決定稿のみを流布させる。

以下まず、分量にして約一・五倍の増補となった、この決定稿に至るまでの道筋をたどることによって、保田の思想形成について考察してみたい。

「日本の橋」初稿の重要なモチーフは、秀吉に従って出陣、小田原で戦死した十八歳の若武者堀尾金助を悼んで、その母が三十三回忌の供養にたてた橋の銘文に「一切の他力の命令に超越し、文芸の機能を自然に信じた心情、まことに心情の呼び名に価するものの表情と声」を感じ取り、そこに「浪曼的反抗」を見る、というところにあるといえるのだが、このモチーフは、昭和五年の「裁断橋擬宝珠銘のこと」（『炫火』第三号）に水源を発する。講談社版全集で二頁程度のこのエッセイは、橋の銘文にまつわる知識を、実体験としてではなく、浜田青陵著『橋と塔』（岩波書店、大正15年）から得たものとしている点で興味深い。即ち、その銘文を、活字という透明な記号として、ある意味では純粋に思考の対象とすることができたといえる。当時、裁断橋そのものは埋め立てられていて既になく、銘文のついた柱だけが仏庵の前庭に移築されていたのであり、此岸から彼岸へと幻視させる銘文のアウラは、すでに活字の中にしかなかったのであろう。

保田は、昭和一〇年、同様のモチーフで「橋」（『四季』第十三号）という短文を書く。講談社版全集で四頁程度の長さをもつ「橋」は、東海道を電車で行く旅人である「私」が、風景に「私」の身体を投影し、名古屋の田子の浦辺りを通過したとき、「車窓から一つの小さい石の橋」を見たという事実を話の枕にして、橋に関する随想を書き付け、後半部において、「ところで」と話題を転換して裁断橋擬宝珠銘のことを書く。各段落間で緊密に呼応するものがなく、全体としてまとまりに欠けた文章であるが、裁断橋擬宝珠銘についての叙述はそれなりの精彩をはなっていて、昭和五年の文章がかなりの部分で使われている。

「橋」には、橋の銘を述べた文章から、橋を中心にした文章への移行が認められ、以後、「日本の橋」決定稿に至るまで、《橋》にかかわる文章は、増殖という点で一貫していく。

《橋》のモチーフが強い力を発揮するのは、昭和一一年の「日本の橋」初稿に至ってである。それは同時に、このモチーフの歪曲化でもあったといえる。「裁断橋擬宝珠銘のこと」においては、銘に対して青年の素朴な感慨として、「母性の強さ」、即ち、「封建的桎梏に弱々しい母性により人間の純粋なる魂を通じて叫ばれた反抗」を見、「封建といふ制度悪へ対する綿々たる呪」を見ている。一方、「日本の橋」初稿においては、「神聖帝権」の夢想家として、国家に跪く母性へのモチーフのいびつな変奏が行われる。それは、保田における言霊論の成熟（？）と連関する。

同時にまた、その変化は、一九三一年に三月六日の地久節（皇后誕生日）を「母の日」とし、同年同月、大日本聯合婦人会（理事長　島津治子）発表会を行い、同年六月、機関紙「家庭」を創刊するなどの、権力による当時の一連の母性聖化運動と無縁ではない。時代の文脈の中では、若武者堀尾金助の母は、「靖国の母」のイメージに必然的に重なる。

「日本の橋」初稿の書き出しは、昭和一〇年の「橋」と全く同じであるが、決定的に違うのは、初稿においては、情景描写にとどまらずに、この「小さい石の橋」に対して、「それはまことに日本のどこにもある哀つぽい橋であつた」という虚構の網を初めてかぶせたことである。これは、キャッチ・コピーとしては絶妙であり、これによって、以下、橋の比較文化論と、和歌・伝説・史話・事実等をいっしょくたにした橋づくしによる「橋」の言霊の喚起へとなだらかな流れが形成される。日本の橋が「哀つぽい」というだけでは、日本は木の文化であり、ヨーロッパは石の文化であるという種類の文化論と同様に、極めて通俗的なものである。この上に独特の虚構をつくりあげる、その業の巧みさにこそ、保田の真骨頂がある。

坂口安吾が、昭和一一年九月二八日付『都新聞』の文芸時評欄に書いた「日本の橋」評の一節——「自己を語るにこういう身についた表現をもってしまえばもはや小説という形をかりる必要もない。なんなら之を創作篇に入れてもいいのだ」[2]——は、評論という形で客観を装いながら、内実は保田の主観の横溢にすぎない点をするどく突いている。

そこでは、方法としての《並列》と《意味の排除》という操作がうまく結び付き相乗的な効果を発揮している。

「日本の橋」で言及される夥しい数の橋は、作者が実際に見た橋であり、歌や伝説の中にのみ生きる橋であり、「はし」の語源的考察である。この結果、読者は、橋についての概念の混乱を引き起される。様々なレベルで様々な意味合いや歴史的背景を持つ「はし」が、並列され、攪拌されることによって時間軸と空間軸の破壊がいとも簡単に行われる。

そこにはそもそもの構成意識が欠如している、といっても過言ではない。このように構成のない構成は、西欧近代が構築した評論の形式を根底から問い直すものである。饒舌なまでに歌文の引用をし始める辺りから、冒頭におけるような比較文化的なパースペクティヴを持っていた近代主義的主体性を感じさせる「私」が掻き消されていく。このように語りが質的に変化していくことは、十分に注目に価する。

意のおもむくままに引用する歌文に主体を掻き消していく一方で、そうした引用によって醸し出される美の世界に陶酔していく主観だけは鮮明に残留していくというスタイルをとった語り、即ち、論理（歴史）ではなく感覚（美）を問題とする語りが、新たに生まれてくるのだ。決定稿において加筆された原稿用紙二〇数枚分の内容は、すべてこの変質した語りによってなされている。

かくして、「日本の橋」は、安吾も述べるような「創作篇」に接近していく傾向がある。あるいは、芥川龍之介が「文芸的な、余りに文芸的な」（昭和2年）で述べた、「話」らしい話のない小説、散文詩よりもはるかに詩に近い小説に接近していく傾向がある。日本近代文学史上における「日本の橋」の位置は、従って、評論ジャンルを超えた極めて特異なところにある。

「歴史を云ふよりも、美を語りたい」という保田の意図は、この構成のない構成において最も効果的に現れている。こうした配列の結果として、意味の空虚が生じることによって、保田調「日本の美心」が語られる。それは「内容や意味を無くすることは、雲雨の情を語るための歌文の世界の道である」とする保田の常套手段でもある。この時、《橋》は、「歌文」のメタファーになる。

「あさンづの橋」、「甲斐の猿橋」、「古い由緒の長柄橋」、等々、すべてが橋づくしの洪水の中では「意味や内容」を掻き消され、結局は熱田の裁断橋の銘文へと収斂していくような構造になっている。その意味でも、「日本の橋」で最も重要なのは、裁断橋に関する部分であり、究極的には、この部分のために全体があるといっても過言ではない。

「かなしい強さ」によって死ぬ息子と悲哀の母の心の美しさに照り返されて、想像上の「神聖帝権」の悲哀の美が、影絵のように浮び上がる。「日本の橋」における、陰影を帯びたロマンチシズムの基調は、そこにある。「我々の上代人は、征服の愉悦にむしろ早く悲哀の裏面をみてゐた」のであり、「遠征さへもが征服や人工でなく自然であつた」のであれば、保田のいうところの「つつましい日本の自然観」の中で、政治的幻想を含み込んだロマンチシズムが、重い位置を占めることは間違いない。

3

「日本の橋」初稿から、昭和一四年の決定稿にいたるまでの約三年間に、社会情勢は劇的変化を見せ、日独防共協定（昭和11年11月25日）、第一次近衛内閣成立（昭和12年6月4日）、蘆溝橋事件（昭和12年7月7日）、南京事件（昭和12年12月）、国家総動員法公布（昭和13年4月）、徐州占領（昭和13年5月）等、日本のその後を決定する様々な出来事が起っている。昭和一四年の決定稿で書き加えられた、最も重要な箇所、「来るべき日になつて日本のことばで行はれてゆく政治も文化も苦しく、そのことばが何か大へんな重荷となることと思はれる。この複雑なことばは日本の近代政治を流産するだらうし、日本のことばの世界で始められる政治の表現も、途方もない天才でも出なければ、もう何ともならないことかもしれない」の深い意味（あるいは錯誤）を、われわれはもう一度探ってみる必要があるだろう。初稿に大幅に加筆した部分の多くは、橋づくしのための様々な例であるが、この短いコメントにこそ、決定稿としての意義があるのだ。(3)

伊豆利彦は、「保田におけるひとつの飛躍」の契機が「昭和十三年五月から六月にかけての中国大陸を蒙古にまで赴いた旅行」であり、「直接ではないが徐州の戦争にあったことだ」と述べ、それによって保田が日中戦争の「世界史的意味」を痛感し、「悲観的、下降的、消極的だったのが、楽天的、上昇的、積極的」になり、「攻撃的、征服的、侵略的」に激変する、という。(4)その評論活動の初期において、彗星の如く才能の煌きを見せていた保田が、「戦場の美学の抒情家」（大岡信）に変貌する外因的要素を説明している点で、伊豆論の見解は重要である。

本稿では、その内因的要素を考察し、初期から胚胎していた、言霊論とそれに付随する「神聖帝権」という幻想の成熟・発展としてとらえようとする。

4

保田の文学的出発において、言霊論がらみの芸術論がいかにその根幹となっているかは最初に発表されたものが、大阪高校の「校友会雑誌」第七号（昭和4年2月）に掲載された「世阿弥の芸術思想」であることからも察せられる。

「世阿弥の芸術思想」において、保田は、象徴主義を次のように定義している。

象徴主義とは一より多を、有限より無限をあこがれるものである。富士谷御杖は「すべて多物を示さんにはその中の一くさをとりわくるに如かず」と云ってゐる。

これは、次に示すように、御杖の引用も含めて、土田杏村「御杖の言霊論」の模倣（あるいは剽窃）以外の何ものでもない。

象徴主義とは、結局御杖の如くに或る有限に於て無限をあこがれることに外ならぬ。（中略）象徴主義は常に一を以て多を表現しようとする。多と一々に尽くす仮無限を取らず、一に於て全き多を捕へる真無限につくのが、象徴主義だ。「すべて、多物を示さむには、その中の一くさをとり

わくるにしかず。[5]」(『万葉集　燈』二四頁)

保田の独創は、部分的には、引用(時には剽窃)の構成による独創であることが、ここに明確に示されている。さらにまた、言霊と、象徴主義という西欧的教養との結合をこの時点で土田杏村から学んでいたということは、「日本の橋」を考察する上でも重要である。

以後、同八号(昭和5年2月)「上代芸術理念の完成」、同九号(昭和5年6月)「宝生寺の彌勒菩薩像」が発表され、ほぼ同時期に並行して、前掲の「裁断橋擬宝珠銘のこと」が発表され、岩波書店の雑誌「思想」(昭和5年8月)に「『好去好来の歌』に於ける言霊についての考察」が掲載される。この際、言霊論は象徴主義と結び付きながら芸術論の根幹として、初期から保田の内部に強く存在していたのである。

以下、保田の言霊論を概観してみるが、その前に、保田は言霊を分析的・論理的に考える姿勢をそもそも持っていないのであり、そこに既に大きな問題がある、ということを指摘しておきたい。例えば、西郷信綱氏が言霊を「言語に精霊がひそみ、その力によって事物や過程がことば通りに実現されるのを期待する考え」(『詩の発生』未来社、一九六四年)と定義するのとは、全く違う位相で、保田の言霊論がある。

時間的順序を追ってみると、まず、「裁断橋擬宝珠銘のこと」(昭和5年)から「橋」(昭和10年)までの間に、前記「『好去好来の歌』に於ける言霊についての考察」という重要な論考がある。

「『好去好来の歌』に於ける言霊についての考察」の内容で注目すべき点は、第一に、「ことだま」は神の歴史的必然的顕現であるとすることであり、第二に、「こと」に対し人間意志を宣言する「ことあげ」は「神道にのる」場合以外には許されないとする点である。

上代に於いてはことだまは具体的表現者として考えられているのである。（略）「こと」は対象として、変化、即ち歴史であり、かかるものの自らの統制に「ことだま」と天皇の関係を示すものである。（略）憶良の歌は明らかに「ことだま」と天皇の関係を示すものである。（略）憶良が現実に見た「ことだま」の幸いは、私はここに於いて公地公民時代（白鳳時代）の神聖帝権を具体的意味と考えるのである。

憶良の歌「神代より言傳て来らく、虚みつ倭の国は　皇神の厳しき国　言霊の幸ふ国と　今の世の人も悉　目の前に　見たり知りたり」を引用し、それが「明らかに『ことだま』と天皇の関係を示すものである」とする保田は、古代における「ことだま」の幸＝「神聖帝権」の実現という図式を思い描いている。

さて、以上のような内容にもまして重要なのは、この論考によって、保田が、富士谷御杖の言霊論を自らの心核の奥深くに摂取したことである。それは、富士谷御杖を象徴主義者として近代文学的に再解釈した土田杏村経由のものであることは先にも述べた通りである。後に「近代の終焉」を唱えることになる保田が、ここでなし得た古代の発見は、同時に保田流に屈折した上での江戸の発見でもあったのである。

土田杏村の御杖解釈には、生の内面的な直接体験を基礎に人間本性の全体性を考える、ディルタイ系列の「生の哲学」の影響が色濃く見てとれる。それは、保田に、合理主義に対する非合理主義へ傾斜しやすくする道筋を示し、やがて「伝統」と「滅びの美学」によって善悪の彼岸へと突き進む遠因になるだろう。「御杖のやうな道徳観に於いていつも問題となるのは、その立場が善悪を超越し、随つて悪をさえ許すことになるので、狭い意味の理想主義者から非難されることだ」という、土田杏村の言葉は、図らずも「日本の橋」にすでに胚胎している保田の心性を予告しているといえよう。

「御杖に随へば、何等か言語を発すればそこに一面的に決定せられた或る世界が現はれ、具体的なる全生活の何れかの方面は否定される。（中略）言語はつねに真に在るものから何れへか偏向するのだ」、という杏村は、「一面的に断定せられ、同時に一面的に否定せられた立場を、すべてその中に包容するところの背後の全的統一の立場」に共感を寄せる。


一つの詞の決定が、かくしてそれとは全く反対の意味を喚び生かすことが、御杖の所謂「倒語」なのだ。人は直語によつて、却つてその所思の真を他人に伝へることが出来ない。倒語し、その所思を他人に察せしめることによつて、人はその所思を他人へ伝へる。倒語こそは古典を一貫した精神であつた。(6)

杏村のこの文章は、ステロタイプ化した非合理主義の礼讃に満ち満ちている。言葉に本来あるはずの伝達機能が否定され、意味の混沌を呼び起す「古典を一貫した精神」が象徴主義として賞揚される。こうした観点を持つことにおいて、稀代の論難家（あるいはハッタリ屋）、土田杏村が、保田に与えた影響は甚大なものがある。

ここで確認しておきたいのは、保田は、非合理主義を追及・検討したのではなく、それを非論理として「歌文」の中に溶かし込んだ結果、非合理主義そのものの持っていた、まやかしの整合性で取り繕っている世界に対する批判力をそいでしまったということである。一見、非合理主義を救抜しえたかのようでありながら、根本において非合理主義を減殺しているのである。磯田光一は、「戦後文学の精神像」（「文芸」昭和38年3月）において、日本浪曼派を再評価できる点として、「近代主義的人間観の盲点をついて、『精神』の非合理的自己充足性を救い出したこと」を挙げたが、それはせいぜいが、「救い出す幻想を与えた」という程度のことでしかない。つまり、保田を筆頭にして、日本浪曼派は、変革の幻想は与えてもついに現実の変革を冷徹に考察しようとはせず、不満を持ちつつ現実を追認していく恰好のモデルを提供するに終始するのだ。

保田の思考は、非合理主義といえるような強い主体を持ったものではない。そのことは、初期においては、かならずしも欠点ではなかった。強い主体を持たないからこそ、柔軟に（特に初期において）外来の思想や異種の学説を統合しつつ、保田流の独特の思想ができあがっていくのだ。

さらに、もう一方では、進歩的・科学的思考を十五年戦争下においても保持し、ついには治安維持法で逮捕されることとなる城戸幡太郎経由の弁証法哲学的言霊論の影響も、部分的に確認できる。要するに、土田杏村と城戸幡太郎との思想混合によって保田の言霊観は独特のものになる。

城戸の『古代日本人の世界観』（岩波書店、昭和5年）から引用してみよう。

> 古代の日本民俗の思想では、「言」は「事」と同じであつた。（中略）事には実現することと実現してゐることとの二つの対立が認められねばならぬ。事に内在してゐるこの実現の働きを古代の思想では産霊或は単に霊と称し、この霊によつて実現してゐる、またはすべきものを総称して事と名づけたのである。それでこの霊と事とを現代語であらはしてみれば霊は作用であり事は対象である。（中略）「はし」は原始語としては同時に橋や梯を意味するので「はし」といふ働きは箸が実現してゐるやうに食物と口との橋渡しをすること、一般に物と物の交通を意味する言葉である。

この著作は、古代日本人の唯物史を考察しようとしたものであるが、引用部分の、「こと」と「はし」の明快な語源解釈は、類書の中でも群を抜いている。前者は、言霊の説明として秀逸であり、後者は、「日本の橋」の中に、「橋も箸も梯もすべてはしであるが、二つのものを結びつけるはしを平面上のゆききとし、又同時に上下のゆききとすることはさして妥協の説ではない」、あるいは、「古い日本人のおもつたこのやうなゆきき、ことばでなされる人と人との交通」という表現に活用されている。因みに、この「交通」という表現には、マルクスのキーワードのひとつである「交通（Verkehr）」の影響が色濃く見てとれる。
「日本の橋」で、言霊という表現が出てくるのは、「神話のもつてゐた言霊の象徴的意味」という部分の他には、次のものがある。

渡ること飛ぶこと、その二つの暫時の瞬間であつた。もののをはりが直ちに飛躍を意味するそんなことだまを信仰した国である。(中略)言霊を考へた上代日本人は、ことばのもつ祓ひの思想を知り、歌としてのことばに於いてことばの創造性を知つていた。新しい創造と未来の建設を考えた。それがはしであつた。

「日本の橋」全編を貫く、歌――言霊――象徴――ハシの観念連合に、歴史(政治)が顕在化されて挿入される時、即ち、事=言、あるいは、歴史=詩という虚構の枠が完成される時、決定稿以前にも、次のような、司祭めいた野太い声で状況への発言がなされている。

我々は古代日本の橋を、一つの影響と本有とをつないだ創造を今日考へねばならぬときとなつたのである。(中略)我国の新知識と民衆と伝統を結ぶ日本の橋の必要を、僕は考へねばならない。しかし今の現代の形で新知識が本当にどこにあるのか、(中略)僕らはこの進歩主義のために日本のために橋をつくるのである。日本の橋は、僕が東海道の田子浦近くの車窓から見た橋のやうに哀れつぽいものかもしれない。しかしそれがマイナスかどうかまだ誰も架けてゐないからわからないのである。

（「『日本的なもの』批評について」、「文学界」、昭和13年4月）

「言霊私観」（「ひむがし」に連載　昭和17年～19年）になると、次のように、理性の破壊とも言うべき様相を呈してくる。

言霊といふのは、（略）簡単に言えば創造の神話を信ずる、又それを立場とする表現上の思想である。（略）言霊思想のこの大本は直ちに文化論にも政治上の指導論にも通ずるものである。

昭和四年の「世阿弥の芸術思想」から、昭和一七年の「言霊私観」までの言霊論を俯瞰してみると、「生の哲学」、象徴主義、マルクス主義など、当時の最先端の西欧的知性による言霊解釈の影響に始まり、十五年戦争下の状況と徐々に結びついていく過程で、それら西欧的知性に対して開かれた姿勢をなくしていき、独善的かつ日本的な先祖がえりをして、「言霊私観」にいきついた、という見取り図になろうか。この時、合理的思考は死に絶え、思想倫理の凋落が起り、言霊論はすでに論として崩壊している。

そして、当時においてすら空想世界のものであったはずの「神聖帝権」が、現実世界の裏から湧出しようとする力として、大真面目に意識される。

「裁断橋擬宝珠銘のこと」（昭和5年）→「橋」（昭和10年）→「日本の橋」初稿（昭和11年）→「日本の橋」決定稿（昭和14年）にみられる改稿過程が、保田における言霊論の生成変化と呼応する密接な関係にあることは、以上のことからも明らかであろう。

5

保田は、銘について、「裁断橋擬宝珠銘のこと」においては、「権力に対する浪曼的反抗は、この直截純情の文に一層の美しさと繊さを加へるのではなかろうか」と書いた。「反抗」に「美」と「繊さ」とを見る姿勢は、すでに後年の甘いヒロイズムと「滅びの美」をやや露骨な文飾で予告している点で注目に価する。

「日本の橋」では、そうした無防備ともいえる吐露はなく、「むかし私らは浪曼的反抗といふことばを愛した」という文章が代わりにある。「むかし」が十年前なのか、それとも百年前なのかわからないし、「私ら」が、保田以外には誰をさすのか皆目わからない、奇怪な文章である。

「橋」（昭和10年）においては、「むかし僕は浪曼的反抗といふことばを愛した」とあるから、「むかし」は、「裁断橋擬宝珠銘のこと」（昭和5年）を書いた頃のことであり、「僕」は保田自身のことだということがわかる。しかし、「日本の橋」においては、保田個人の判断を「私ら」とぼかし、時間感覚を徒に混乱させる言い方で「むかし」を使用している。野口武彦のいう、「意味論的転調」と「超時制的統辞[7]」の乱用が、この文章にも象徴的に現れているのである。このような恣意的操作によって、意味の空無化と時制の混乱を引き起こした上で提示される「浪曼的反抗」の例は、保田によれば、裁断橋擬宝珠銘の他に、憶良の歌、防人の歌、東歌ということになる。

結論をいえば、保田が提起する「浪曼的反抗」は、権力に一見対抗しているようでありながら、実は権力を支える力となるものである。それが「浪曼的反抗」の持つ権力的な意味であり、迫り来るファシズムに対し「浪曼的反抗」という特殊な距離を保つことで完成されるソフト・ファシズムの典型が、そこに認められよう。「日本の橋」で書いているように、「浪曼的反抗」は、「反抗でも抗議でも、さらに果敢無い反逆でも、まして又大仰に語られるべき個性解放の叫びの萌しでもない」、むしろ、「なげきを訴へる心の空しさを知る者のなほなげく心の美しさ」でしかない。「裁断橋擬宝珠銘のこと」においては、青年の直截な感慨で「母の強さ」と形容され、「封建といふ制度悪へ対する綿々たる呪」とまで書かれていた銘の意味が、「日本の橋」では、「しのび泣きをつつむ悲しさ」に変貌することからも、この「浪曼的反抗」の作為は明らかである。

それは、反時代的たらんとする周縁を擬装する中心に他ならない。しかし、保田が、意識的に「反抗」のポーズを取っていただけであるなら、同時代の共感をあれほど獲得することは不可能であろう。軍部の一部に対して批判的であることによって、ファシズムの態勢をより推し進めることが可能であることを、保田の活動は実証している。また、状況に対するイエスマンではなく、常に何かを喚起する幻想を与えることのできる批評家として、保田の存在価値は、状況によって一層高められたことだろう。権力を温存しつつ、同時に権力を攻撃する手際のよさは、最初から媚びる姿勢がないからこそ、より完璧に作用する。後代から見れば極め付きの「反動」と映る言説も、当時の状況下においては単なる「反動」ではなく、少なくとも括弧付きの「反抗」ではあるのだ。

「反抗」をめぐる言説と内実との乖離は、保田の民衆観にその根源を発する。その「民衆」は、プロレタリア文学的な「民衆」とは全く違うものである。当時の読者が、保田の「民衆」を、マルクス主義的色彩を持つ「民衆」と読み替えて、そこに誤解の入り交じった共感を示すことは充分可能であり、とりわけ青少年にはそうであったのかもしれない。

保田の評論に何度も繰り返されるモチーフの一つは、「民衆の美の源流を求めるなら、勢い宮廷にかへる」（「国粋芸術としての短歌」、『民俗的優越感』所収、昭和16年）ということであり、「日本の宮廷文学は、民衆のもつ神秘的な呪文的なしらべを多分に更生の種子としてゐる」（『後鳥羽院』思潮社、昭和14年）ということである。即ち、「民衆」と「宮廷」の相互関係によって生じる「伝統」（あくまでも源流は宮廷である）を想像し、それを固定観念として持っていることである。ここから、言霊＝神聖帝権という、保田なりの理想も生れてくる。

西郷信綱によれば、「和歌神授の考えが、日本の王権的論理の一部であり、これが和歌に奇怪ともいえる連綿たる永続性と国家の位置をあたえる有力な因子」であり、「和歌はたんに短歌形式であることによってではなく、同時に、その正統性の根源を宮廷に仰ぐことによって、形式が物神化されることによって、永続し、かつ芸術性を独自に磨いてきた(8)」のである。

文学と政治と神々をまつることを、和歌という形式に一体化したのが、後鳥羽院であることは特筆すべきことである。即ち、文学外の要素と結び付くことがその存在理由となるような文学の型を、最も明瞭に示し得たのが、後鳥羽院の芸術と実生活であった。「この院に絢爛たる歴史の総合と整理を、稀有なる将来の源流と流域を考へる」（『後鳥羽院』の序）というような、保田における後鳥羽院の発見は、保田の思想的発展を約束すると同時に、思想倫理の凋落をも決定付けた。保田が漸近線上をたどって権力に向かう内的必然性は、和歌が文学外の政治的要素と結合して初めて伝統の生命力を得てきたことと相同の関係にある。

橋が「歌文」のメタファーであり、「歌文」を統御する「宮廷の美」の主宰者が、「御製」の製作者、天皇であるという連鎖を考慮に入れれば、「神聖帝権」の倍音として切々と響いてくるのは、空想の世界での天皇親政による維新であろう。

この意味で、次に引用する西郷の『詩の発生』における指摘は、保田の評論活動の核心を言い当てている。

保田氏もロマン主義者らしく優雅なもの、美的なもの、内的なものを求めて出発しながら、実は皮肉にももっとも外的なものすなわち王権という支配権力に行きつき、それを丸抱えにしてしまった。和歌という優雅なる文学を機軸にする、宮廷と民衆、治者と被治者の美的共同体という政治的幻想がここに生れる。

「日本の橋」を印象強く締めくくる浪曼的反抗の例──「かなしみの餘りこの橋を架けた女性」が「心情によつて橋の象徴と日本の架橋者の悲しみの地盤を誰よりもふかく微妙にしつていた」とする内容が、ヒューマニズムの香りを感じさせながらも、その悲哀の美によって戦死者とその母を美的範疇の中にのみ形象化していく、という構図は、「宮廷と民衆、治者と被治者の美的共同体という政治的幻想」に裏うちされているのであり、厳しく批判されねばならない。「永劫に美しい感傷」に解消されてはならない問題をこそ、われわれは考え続けねばならないだろう。

ファシズムと美学との背中あわせの結合を誘発しつつ、それを巧妙に隠蔽してしまう機能は、「日本の橋」において最も典型的に発揮されているといっても過言ではない。「あはれにも美しく、念佛申し給へやとかいた」「若武者の母」は、そのまま「銃後の母」にイメージを重ね合わせることが可能である、それは、十五年戦争中に、異土で息子を犬死にさせてしまった多くの母親や縁者への、美化された悼みの表現になるだろう。そしてまた、犬死にを《散華》と呼び、天皇への《大義》の前に死を覚悟し、死の意味付けを考え続けた人々への熱い共感の表現ともなるだろう。

しかし、そうした短歌的抒情に浸り込んだヒューマニズムは、日本帝国主義を裏から支える論理に容易にすり代わる一面を持っている。そこでは、抵抗ではなく諦観が、状況の分析ではなく状況への信仰が、保身のために求められる。そして、社会的矛盾を拡大再生産しつつ崩壊へと向かう日本の実像ではなく、八紘一宇や神聖帝権などの理想形の虚像が、「永遠」、「伝統」、「精神」、「美学」などの装飾品にくるまれて現実にすり代わる。

6

保田は、「現代日本文化と民芸」（「月間民芸」昭和15年1月）冒頭において、高等学校文科生であった彼が、柳宗悦の『工芸の道』と『信と美』とを読み、とりわけ前者に感動して「その読後感のやうなものを誌し」たことを書いている。

「日本の古典や古美術と西洋の近代文学の混合の中に、ある入りまじつた情緒」を「浪曼主義と云つてゐた」頃のその文章を、彼が「私の書いた文芸評論のやうなもののそもくの始め」と意識していることに注目したい。彼自身が意識する文学的出発が、柳宗悦の民芸あるいは工芸における民衆の中の美に、保田流の粉飾を施したうえで強い共感と感心をよせることを契機としたということは、「日本の橋」を考察する上でも重要である。日本の美を考察するに当って「生命もなく美的芸術でもない橋」を対象にする発想は、柳宗悦「個性に依らざる美、心なくして生る美」としての「工芸の美」の提唱があって初めて可能であったろうし、「現実と美とが結ばれる時、大衆と美とが結ばれる時、その時こそ美に充ちる地上の王国が目前に現れるであろう」（『工芸の美』）という、柳の宗教的ヴィジョンが、保田の「日本の橋」にいびつに受け継がれて、美による宮廷と民衆との結びつきによる政治的幻想へと変貌していったと考えることも可能であろう。

保田における「民衆」が、マルクス主義的色調の「民衆」でないことは次の文章からも明らかだ――

「私は民衆にある美といふことを、無産階級的芸術観の気分や考へ方で似て尊重したのではない」(「現代日本文化と民芸」)。

こうして保田は、日本の美術の歴史を特殊化し、常に宮廷と民衆とをセットにして考えようとする。「少なくとも日本の美学の歴史で特筆されるもので、近来の革新的な考へとしては、柳田國男氏や折口信夫氏の文学上の運動と、柳宗悦氏の美学上の運動」として位置付ける保田は、柳の民芸運動が、民衆の必要から生まれる美を尊重し、その美を生み出す庶民への共感に支えられていたという側面を捨象し、「伝統の中枢に即して、しかも発剌の意欲をもつた斬新の変革的方法論」としか映らず、結局「その精神美学に感嘆」することとなる。

保田における柳宗悦の影響を考える際に、最も重要なのは、『信と美』に収録されていた「朝鮮の美術」である。この論考には、はからずも日本帝国主義の植民地史観が伏在しており、柳のいう「悲哀の美」それ自体に多くの問題が含まれている。

「朝鮮の美術」において、柳は、「若し玆に強大な民衆があつて、その宗教が地の宗教であるなら、その民族から産み出される芸術は必ずや形の芸術であらう」として中国の美を、「玆に美しい自然に恵まれた民族があつて、その生活が、境遇に保証せられてゐるならば、そこから現はれる芸術が色彩の芸術となるのは極めて自然な結果であらう」として日本の美を、「力とか楽しさとかが許されず、悲しさや苦しさがあつて宿命として身にまつはるなら、そこに生れる芸術は形よりも色よりも線をと自から選ぶであらう」として朝鮮の美をとらえようとする。中国——日本——朝鮮、それぞれの美を、形——

色——線で象徴しようとするなど、今から考えればあまりに大まかな議論であるが、これが、柳宗悦のような高度の見識と不屈の善意を持っていた人物においてさえ越えられなかった限界であり、文化論の陥穽の典型的な例といえようか。

柳によれば、「線」の美は、「淋しさを語る線」であり、「曲線は風に靡く姿」で「他の力に強いられる不安定な心の象徴」であり、要するに「朝鮮の歴史が苦悶の歴史であり、芸術の美が悲哀の美である」という結論に至る。そして、「悲哀の美」が、次のような考えに裏打ちされる時、太田哲男が述べるように、「柳の見解は結局は日本帝国主義の朝鮮支配を文化的に正当化するものであり、きわめて巧妙にイデオロギー的である(9)」ことになる。

> 朝鮮の友よ、貴方がたは民族の独立を、いつかは変化する政治に求める。然し朝鮮の不変な独立が、その芸術に於て果されてゐるとは思はないのか。今は永遠なものに心を注ぐべき大切な時ではないか。(中略) 滅びざる力が美にあると切に感ぜよ。剣は弱く美は強い(10)。

未来と彼岸における「永遠」や「美」の力など、現に苦渋の中に生きている人間にとって、何ほどのものであろうか。崔夏林が述べるように、「不幸な韓国の近代史をもって韓国美術の特質を判定するとか、不運が悲哀の感情を生むといった思考方式は、たいへん危険なもの」であり、柳が「韓国と日本の間の矛盾を現実的に把握しようとしないで、宗教や芸術という観念的・情緒的世界に置き換え、無化させている」[11]ことが明確に示されているのが、この文章である。

柳は一九二〇年代後半に入ると、「悲哀の美」論を克服し、「朝鮮文化と日本文化を結びつける、当時としては独特のインターナショナリズム」（鶴見俊輔『柳宗悦』平凡社、一九七六年）を底流にした民芸運動を開始する。しかし、保田の柳宗悦理解は、「悲哀の美」の段階を越えず、逆にそれをナショナリズムに転化していったのではないか、というのが、筆者の仮説である。

悲と哀と美との相関を述べる限り、「日本の橋」が、「悲哀の美」論を下敷にし、それを換骨奪胎した可能性は十分ある。とりわけ、それは、裁断橋の銘についての叙述に著しい。

「本邦金石文中でも名文の第一」と、保田がいうその銘文を引用してみよう。


てんしやう十八ねん二月十八日に、をたはらへの御ぢんほりをきん助と申、十八になりたる子をたゝせてより、又ふためともみざるかなしさのあまりに、いまこのはしをかける成、はゝの身にはらくるいともなり、そくしんじやうぶつし給へ、いつかんせいしゆんと、後のよの又のちまで、此かきつけを見る人は、念佛申給へや、卅三年のくやう也。

母が三十三回忌の供養のために、息子のいる彼岸へと架ける橋の哀切さは、今日も尚、人の心を打つものがあるだろう。しかし、その普遍的な感動は、当時の時代状況の中では、保田のいうところの「ランガアジユの魔術」（「ランガアジユの世界」）によって、微妙な陰影を帯びてナショナリズムへと変貌をとげる。この銘文は、保田によれば「名のないいくささえ、敗るる定命のもののために死すことさへ、一つの無情の悲願」とする「男子のかなしい強さ」に対する、「女のこころ」、即ち、「朝の門出にうちしをれしのび泣きをつつむ悲しさ」であり、「なげきを訴へる心の空しさを知る者のなほなげく心の美しさ」なのである。そして、「永劫の悲哀のゆゑに、『かなしみのあまりに』と語るこの女性の声」は、「この世にありがたい純粋の声」であり、「一切の他力の命令に超越し、文芸の機能を自然に信じた心情」なのだ。

彼らは美しさを寂しみを語り、寂しみに美しさを含めたのである。追迫せられ抑圧せられた彼らの運命は、止むなく寂しみと憬がれとに慰めの世を求めたのである。（中略）彼らの寂しさは心の底から滲み出てゐる。それは切な生命の声であつた。かゝる経験がその芸術を永遠のものにし、その作品を永劫の美に導いたのである。

これは、柳宗悦「朝鮮の美術」の一節である。しかし、この文章のトーンや発想が、根本のところで「日本の橋」と類縁関係にあることは明らかである。「日本の橋」最終部に、この文章を置いてもさほどの違和感はない。「朝鮮の美術」をその代表とする、柳の「悲哀の美」論が、日本帝国主義の植民地支配を図らずも正当化するイデオローグになるのと同様に、「日本の橋」は、イロニーによる屈折率の影響を受けつつ、軍国主義の国内支配を母性によって美的に正当化するイデオローグになる。

7

現実から遊離することが、現実の政治と最も深く関わり合うという逆説が生じたのが、昭和十年代であり、日本浪曼派の跋扈した時代であった。

死の美学は、死へと向かう男の美学であり、究極的には男の集団ナルシズムである。その意味で男性中心主義の観念の一つでしかない。保田は、そこに短歌的抒情に浸った《母性》の観点を入れることによって極めて効果的な戦争の美学を提起した。

鹿野政直によれば、「母性は、十五年戦争下では、女性を国家にトータルに吸収するための中心的な観念として活用」されたのであり、「『犠牲』の〝崇高さ〟をたたえることで、現状の肯定へと機能していったさま」が見てとれる。また、「〝人為〟にたいしての〝自然〟というべき」心情が、「無私の愛情を基調とするとのイメージを与えるため、ある場合には解放への幻想を吸収し、他の場合には自己の正当化に根拠を与えて、女性を国家に囲いこむのに大きな力を発揮した[12]」のであるが、この事は、意識下においては、母性を仲介にして男性を国家に結合する一助にもなった。このような《イデオロギーとしての母性》を活用した文学的形象の典型として、保田の「日本の橋」がある。

また、「生の哲学」と社会進化論の影響を受け、「戦争は自然法則である」（『内的体験としての戦闘』一九二二年）として、戦場の「鋼鉄のロマンチシズム」を称え、第一次世界大戦後の帝国主義イデオロギーを力強く作品に内面化して描き出したドイツの国粋主義的作家、エルンスト・ユンガーと対比すると、保田が「日本の橋」で述べた「浪曼的反抗」の母性的性格が改めて浮び上がってくる。

平塚らいてう、山田わか、山川菊栄らは、いわゆる「母性保護論争」（一九一八〜一九年）において、与謝野晶子が、女性の自活を唱えつつ、「欧米の婦人運動に由つて唱へられる、妊娠分娩等の時期にある婦人が国家に向つて経済上の特殊な保護を要求しようと云ふ主張に賛成しかねます[13]」と述べたのに対して、それを批判して論陣をはったが、牟田和恵によれば、彼女らによって「母性が国家・社会の礎であるという思想が精錬され確立してゆく」のである。「固陋で抑圧的な社会状況に挑戦する女性たちにとって、『母』としての性役割を確立することは西欧の新しい思想と慣習を摂取すると同時に国民として女性の地位と価値を高めうる最も望ましい戦略であっただろう」と述べる牟田は、続けて、「しかしそれは、家・親のためから国のため子のためへと、女性の自己犠牲の対象が移動するだけの結果に陥る危険につながる途でもあった」と指摘する。かくして、「女性の地位や権利を高めようとする思潮、そして個としての女性の自我を確立しようとする近代的な女性解放の思想が、女性の位置を家庭のなかに妻・母として固定化させる新しいジェンダーを創造し、セクシュアリティを閉じ込めて女性自身から疎外していく逆説」があり、こうして生まれた新たなジェンダー、新たなセクシュアリティの観念が「『国民』の観念と強く結びつき、近代の社会体制の維持形成にははなはだ機能的に働いた[14]」ということになる。

「日本の橋」が書かれる前にすでに、このような言説が、権力の側からでなく、女性解放の側からなされていたということを視野に入れて考えるなら、「日本の橋」は、国家に対する女性の自己犠牲を賞揚しつつ、そうした女性を母として、心の糧として生きる男性（息子）の自己犠牲をも巧みに賞揚するしかけを、歴史的文脈から見ても強く持っているといえるだろう。

「日本の橋」は、裁断橋擬宝珠銘はもちろんのこと、和歌の引用も含めて、女性的なものを評論のエクリチュールとして復活させたものだが、同時にそれは、統治される側、即ち、保田流の「民衆」の側から呼び込まれる、下からのファシズムの構成要因となる。この下からのファシズムは、自己の位置を定める過程では上からのファシズムに抗いながら、結局は同一の方向、即ち、国家のための死へと叙情的に収斂してゆく。

産める性、育てる性として、「母なるもの」が、歴史的に不当に扱われ、その悪弊が蓄積された結果、日本人の精神の心奥に或る象徴的価値をもち続け、現在も尚天皇制を根底に持つ画一主義やファシズムの温床になりえているとすれば、我々自身の無意識のファシズムを検証し、それを克服するためにも、初期保田における無意識のファシズムをあぶり出し、批判検討していくことが今後必要であろう。(15)

注

（1）橋川文三「ユリイカ」（第七巻第九号、一九七五年一〇月）の川村二郎との対話「保田與重郎をどうとらえるか」における発言

（2）坂口安吾「文芸時評」（『坂口安吾全集』第十四巻、ちくま文庫、筑摩書房）

（3）野口武彦は、「魔性の日本語について」において、この部分を昭和一一年の初稿に書かれているものと誤解して、「この文章がそのかぎりでは、敗戦を迎えるまでのその後十年間、粗暴な軍人発言が幅を利かし、動かしていった政治の、これは『流産』どころか破産してゆく顛末を適確に予感していたように読める」と述べている。しかし、「この文章」は、既に政治的破産が始まり、保田自身も国粋的変貌を遂げた後の昭和一四年の決定稿における付け足しである。

（4）伊豆利彦「日本浪曼派と戦争　序章」（「国文学　解釈と鑑賞」第四十四巻第一号、至文堂、一九七九年一月）

（5）『土田杏村全集』第十一巻（第一書房、一九三五年）

（6）右に同じ

（7）野口武彦「魔性の日本語について――保田与重郎のメタポリティク」（『近代小説の言語空間』所収　福武書店、一九八九年）

（8）西郷信綱『詩の発生』（未来社、一九六四年）

（9）太田哲男『大正デモクラシーの思想水脈』（同時代社、一九八七年）

（10）柳宗悦「朝鮮の美術」（初出は「新潮」大正一一年一月号、同年九月『朝鮮とその芸術』に収録。大正一四年『信と美』に再録）

（11）崔夏林「柳宗悦の韓国美術観」（「展望」筑摩書房、一九七六年七月）

（12）鹿野政直『婦人・女性・おんな』（岩波書店、一九八九年）

（13）與謝野晶子「女子の徹底した独立」（「婦人公論」大正七年三月号、引用は講談社版『定本　與謝野晶子全集』）

（14）牟田和恵「戦略としての女――明治・大正の『女の言説』を巡って――」（『思想』岩波書店、一九九二年二月）

（15）本書Ⅰ―7を参照願えれば幸いである。

付記　保田與重郎の引用は、講談社版『保田與重郎全集』に拠った。ただし、漢字は原則として新字体に改めた。

7. 保田與重郎と十五年戦争——内なる言霊、外なる戦争

1

十五年戦争が、満州事変・日中戦争・太平洋戦争を一貫するものとしての史観に立ってなされる名称であることを再確認した上で言うならば、保田與重郎の文学的生命は、十五年戦争と共に始まり、十五年戦争と共に終わったと言っていい。つまり、日本のアイデンティティーを「日本回帰」や「八紘一宇」、「五族協和」、「大東亜共栄圏」というキーワードで追及した十五年戦争下のファシズム体制——気宇壮大だが内面的には最も貧弱であり、真実の言葉が封鎖された時代——こそが、保田の文学にとっても、彼の文学の受容にとっても、重要な母体であったのだ。

しかし、日本浪曼派、なかでも保田與重郎が、一時代の特殊であったからといって、今日、保田の著作を読む価値がないかと言えば、全くその逆であって、十五年戦争が研究され続けるべき現代的課題をもっているのと同じく、保田を研究する現代的意義は十分にあるのだ。こうした意味において、保田と十五年戦争、または、保田とファシズムという問題は、今後核心となるべき研究テーマである。しかもその際、日本近代とは何であったかという問い掛けの地平から保田を考察していく姿勢こそが何よりも必要であり、日本近代の総体を括弧書きで対象化する或る種の普遍性を持った問題として、正

負両面の価値を持つ保田與重郎の問題がとらえられなければならない。その際、ステロタイプ化された保田像を一旦振るい落とし、保田の著作を丹念に「読む」作業から始めることが必要だろう。「日本の新しい精神の秩序の建設と、新しい地上の交通路の開拓といふロマンチックな世界的偉業は、一九三一年九月の満州事変に始まる」(「事変と文学者」『佐藤春夫』弘文堂書房、昭和15年)、「『満州国』は今なお、フランス共和国、ソヴェート連邦以降初めての、別個に新しい果敢な文明理想とその世界観の表現である。(中略)『満州国』といふ思想が、新思想として、また革命的世界観として、いくらか理解された頃に、我々の日本浪曼派は萌芽状態を表現してゐたのである」(「『満州皇帝旗に捧ぐる曲』について」『コギト』昭和15年12月、後に『美の擁護』に収録)という文章にも窺えるように、満州事変以降の歴史を、戦後の史家とは違う史観で以て一貫してとらえ、また、満州事変から半年後に創刊された「コギト」及び保田自身の来し方を、そうした歴史に接木しようとしている点で、保田與重郎は、極めて興味深い存在なのである。因みに、引用文の前者は支那事変を受けた発言であり、後者は日独伊三国同盟締結と大政翼賛会結成直後の発言である。

満州事変勃発時に保田がどのように日本と世界の歴史を考えていたのかについて、当時書かれたものから結論を導き出すのは難しい。右に引用した発言内容は、昭和一四年前後の「日本回帰」への「飛躍」以後、様々なヴァリエーションを伴って頻出するのであり、そこから満州事変勃発時(それは同時に保田自身の文学の出発期を意味する)にさかのぼって自己の思想的書き換えが行われ、彼自身のイデオロギーの再編成が画策されたと言えるのではなかろうか。次に引用するのも、こうした一貫した戦争観とそれを内面化する文学観の変奏の典型的な例である。

かりに我らの日の精神の象徴を求めるとすれば、イロニーとしての戦争と平和である。それは同一のものに他ならなかつた。（中略）大陸征戦の結果、国民の空想力と構想力は増大した。（中略）日本の今日の行動は、十九世紀フランスの国民が、ヨーロッパの地図の上に描き、世界史の上に描いた意味よりも遥かに雄大である。かくてこれは世界史上未曾有の雄大である。

（「昭和の精神」、「新潮」昭和13年4月、後に『蒙疆』に収録）

正しい戦争はその緒戦に於て戦争の思想を云ひ表し難いものがある。神示と神威がそこに示される所以であり、云ひ現し難いといふことは、その戦争が旧来の思想世界観の変更を表現してゐるからである。（中略）偉大な思想の変革が詩と戦争から始まつたのは当然であつた。詩と戦争とは最も近親した血族関係のものであることは、古典に描かれたところであるし、今日の事実に於ても、最も濃厚に神の統治に服してゐるものはこの二つだからである。

（「日本文化の世界構想」、「興亜」昭和17年3月）

戦後の著作もかなりの分量があるが、『絶対平和論』、『現代畸人伝』など、検討の余地のある評論を考えに入れても、戦後の保田は、戦前の保田の反復に過ぎないか、戦前の保田の理解のためにのみ存在すると言っても過言ではない。

本稿では、言霊論、倒語説という、彼の思想の根幹にかかわる要素に焦点をあてつつ、それが一つの重要な原因となって、戦争の進展とともに時局に手前勝手に傾斜していく様態を考察し、保田における十五年戦争の意味を考察しようとする。

2

昭和一三（一九三八）年四月から、保田は、「新日本」の特派員として、文藝春秋社特派員の佐藤春夫とともに、朝鮮、華北、満州を旅行する。この旅行で、間接的に徐州戦に接したことが、保田における戦争の問題に大きな変化を与えた、と指摘したのは、伊豆利彦である。

伊豆は、「日本浪曼派と戦争　序章」（「国文学　解釈と鑑賞」至文堂、一九七九年一月）において、創刊時の「コギト」同人たちが「戦争への関心をまったく示していない」ことを述べ、保田による「コギト」編集後記の内容の変遷を読解して、「保田の戦争に対する関心は、戦死者が続出するようになって急速に増大」し、デカダンスの感性でもって「ひたすら戦争における死を賛美する」ようになる時期、その転換点を、一人の俳優の戦死について述べた、昭和一二年一一月の編集後記の次の箇所に見いだしている――「上海のクリークに決死の突喚を試みて倒れた、その最後の行動は、舞台で死ぬより、はるかに美しい、彼の体で描かれた詩であり、又歌であらう」。そして、約半年後の大陸旅行を契機に、保田の戦争観がさらに決定的な変化を遂げた内実を論じて次のように言う、「大陸を旅した保田は、なによりも広大な大陸にくりひろげられる戦争の壮大さ、そこを舞台にくり返された民族興亡の歴史に感動し、この戦争の『世界史的意味』を痛感する。これを契機に保田の考え方は激変する。悲観的、下降的、消極的だったのが、楽天的、上昇的、積極的になる。攻撃的、征服的、侵略的になる」。

伊豆の見解は、さきに引用した「事変と文学者」の次の箇所によっても実証できよう、「昭和十三年五月十九日、皇軍は徐州城へ進入したのである。こゝにこの日付をあげるのは、この日こそ我が文学界と思想界に時局的転換を画した事変中の一駒だつたからである」。保田が言う所の「時局的転換」とは、即ち、「知性といったことばで、戦争を白眼視してきた態度は、沈黙する代りに転向を始めた」ということを指す。

大久保典夫は、『転向と浪曼派』(審美社、昭和42年)において、単行本『日本の橋』の初版(昭和11年)と改版(昭和14年)における収録論文の大きな差異に注目し、改版で削除された論文――「方法と決意」、「芸術としての戦争」、「現代と萩原朔太郎」、「童女征欧の賦」――が、「のちに彼が附焼刃と認めたヨーロッパ的教養の横溢した作品であった」と述べ、著書の構成意識の変化に保田の変貌の契機を見ようとした。

筆者は、徐州陥落を契機とする保田の変貌の内因的要素として、処女作以来、ディルタイ系列の「生の哲学」の影響をうけつつ、土田杏村経由で富士谷御杖の言霊論・倒語説を象徴主義的解釈を施して受容し、それを血肉化し、後には硬直化して行った、彼の文学的姿勢そのものの問題を指摘しておきたい。

こうした観点から考えると、「日本の橋」というエッセイと、彼の言霊論との密接な関連は興味深い。本書前章で述べたように、「裁断橋擬宝珠銘のこと」（昭和5年）→「橋」（昭和10年）→「日本の橋」初稿（昭和11年）→「日本の橋」決定稿（昭和14年）にみられるモチーフの変化とそれらの改稿過程を検討するなら、それが保田における言霊論の内実化と呼応しており、「日本の橋」全編を一貫する、ウタ――言霊――象徴――ハシの観念連合に、歴史（政治と進行中の戦争）が挿入されて、事＝言、すなわち歴史＝詩という虚構の枠が完成され、「神聖帝権」という政治的幻想へなだれ込んで行くという逆説が成立していく様相を確認できる。

「日本の橋」が保田の他の著作よりも有名であり、かつ今日でも読まれ続けるのは、実際の所、これが一つの《小説》であるからかもしれない。この《小説》は、文学と同程度に思想にも接続されていた。だからこそ、思想弾圧化で一つの神話を求めていた人々に呼び掛けるものを持っていたのだろう。しかし、「日本の橋」ほど、隠蔽された形で言霊に溢れている作品もめずらしいのだ。まさしく、言霊は彼の文学の核になっているのである。

保田と、彼が批判する京都学派の「世界史の哲学」とが決定的に異なるのも、言霊論の陰影があるかないかである。京都学派の理論は、一種の透明性があり、超時代的に応用可能であるが、保田の言霊論は、その混濁した内容が理解を困難にする。この言霊論・倒語説が、戦後において保田が読まれなくなる大きな原因にもなっているのである。

保田が初期の芸術論で剽窃する程深い影響を受けた、土田杏村の「御杖の言霊論」(「学苑」大正15年8月)から引用してみよう。

御杖に随へば、何等か言語を発すればそこに一面的に決定せられた或る世界が現はれ、具体的なる全生活の何れかの方面は否定せられる。まことに断定は、肯定と同時に或る否定なのだ。(中略)言語によつて我々は何等か一面的の決定をした。併し言語の表現するものは、単純にこの決定の一面ではない。それは一面的に決定することにより、却つてそれの否定したものを指示してゐる。更に進んでは、かく一面的に断定せられ、同時に一面的に否定せられた立場を、すべてその中に包容するところの背後の全的統一の立場を指示してゐるのだ。すべての言語は、さうした霊妙のはたらきを持つ。御杖はここに「言霊」といふ術語を使つた。

ここには、生の内面的な直接体験を基礎に人間の全生活に対する社会・文化・時代を考えようとする、ディルタイ系列の「生の哲学」が顔を覗かせているし、意味するものとしての言語と意味されるものとしての「背後の全的統一の立場」を考えるという点で、ソシュール的なシニフィアン/シニフィエ概念を先取りしたと読み取ることも可能である(杏村が大正末年までにソシュールを読んだとは考えにくい)。

杏村は、御杖の言霊論が「実は彼個人の創見になる一個の哲学と言ふべきものであり、歴史的には厳密に考証せられた説だとは言へない」とし、「言霊の真に歴史的の意義を説いたものとしては、契沖の方が御杖よりも勝れてゐる」と述べて一定の留保を付けているが、「御杖は歴史から神話を区別した我国最初の学者」、「真の意味の自由思想家」、「正しい意味の日本主義者」と評価する彼は、「御杖の聞くべきは、その根本哲学だ。古典を理解する時のその一般的方法だ」という。

私は御杖に於いて、象徴主義の一つの典型を見つめることが出来た。象徴主義とは、結局御杖の如くに或る有限に於いて無限をあこがれることに外ならぬ。（中略）詞は所思の正面ではない。それは詞の殺した一面だ。結局の合理性はその反対の不合理性を予想し、これら両者は更にその背景の非合理性を予想するが、御杖の場合では、その全的の非合理性は寧ろ不合理性の中に現はれ、不合理性を生かすのである。一つの詞の決定が、かくしてそれとは全く反対の意味を喚び生かすことが、御杖の所謂「倒語」なのだ。（中略）倒語こそは古典を一貫した精神であつた。（「御杖の言霊論」）

ここには、表現という形で制限されたものと無制限なものとの対立、そして、完璧なる伝達の不可能性とその必要性との間の葛藤という、表現と伝達のイローニッシュな様態が提示されている。ここに言われる「倒語」は、保田の言う「イロニイ」に近似している（一八世紀末から一九世紀初頭にかけて活躍した初期ドイツ・ロマン派のロマンティッシュ・イロニーが、同時代の江戸後期の思想家、富士谷御杖の「倒語」と類似した部分をもっているのは、不思議な符合である）。保田におけるイロニイが、文筆上の単なる修辞ではなく、世界との或る種の関係のあり方であることを考慮にいれるなら、尚一層、「倒語」との近親性が認められる。

こうして、言霊に近似するものとして象徴（シンボル）が、倒語に近似するものとしてイロニイが想定される。そして、これらの関連を「ランガアジユ」という言葉でとらえつつ、作者――作品――享受者（批評）の関鍵をのべたのが保田の「ランガアジユの世界」（「コギト」昭和9年3月）である。「ランガアジユの世界」は、ソシュール言語学を批評しつつ、その一方で御杖の言霊論をその先駆的業績として評価しようとするものである。

3

保田は「ランガアジユの世界」の冒頭で、「服部政己とソシュールらのジュネーブ学派の言語学について話したこと」をのべ、「かゝるひとつの難渋な思想」を知る前から「僕は漠然とかうした見解に近いものを考へてゐた」という。その理由として「広般な意味に於て言語に於ける『使用』の問題は、この国に於ける一つの伝統的な言語哲学の中心の主題であつた」ことをあげる。彼にとっては、その具体的な例として、「御杖一派の富士谷派の芸術哲学」があるのだ。

芸術「作品」の歴史は「芸術」概念の発見規定以前に遡るものでなくその以後の組織者に於て

成立したものである。つまり享受の主体的なもの、分析に於て問題の当面の方向を見出す。（中略）僕らの問題の解釈は批評の問題を享受主体の分析の歴史的段階に於て見出すこと以外でない。（中略）批評家は作品によつて一篇の各自のロマンを構成する。ファンタジーの構成は作品に於て、作品を通じてなされる。かかる創作的活動の契機として作品が存在する。（「ランガアジユの世界」）

芸術概念を近代のイデオロギーとして対象化して考察する視点は現在でも有効であるし、享受主体の分析を批評の問題としてとらえ、「批評又は享受に於ける創造」を考えるという点では、読者論を先取りしているともいえる。文学作品の生命が、作品そのものの中に実体として固定的にあるのではなく、それぞれの「歴史的段階」にたつ読者＝批評家の読書行為、即ち、作品の現実化、再生＝「創作的活動」にあるというのが、保田の主張である。保田の言語思想への洞察は、ある種の問題を孕みつつも、かなり深くかつ鋭いと言わざるを得ない。

彼はこうして、一方の極に読者＝批評家を置いて、「作家から分離した作品の中間的な存在の仕方をランガアジユの世界として捉へよう」とする。

保田のいう「ランガアジユの世界」は、それぞれの箇所で意味の微妙なズレがあって定義することが困難だが、ある程度の共通項から想定すると、型や規範や気分が先行する、制度化された言語の世界であり、事象について共同体内で作り上げられた共同幻想としての「ドクサの世界」であると同時に、一方で、制度化されていないランガージュを含み込み、多義的シンボルを抱え込んだものであるようだ。後者の場合、ランガージュは、人間が作り出す文化のすべての象徴行為を示すこととなり、例えば、「日本の橋」の場合には、「歌文」のメタファーを溶かし込みながら「橋」のランガージュを考察する方向付けをするし、『蒙疆』の場合には、「戦争」のランガージュが、日本古代への保田の夢を代行することになる。

作家はランガアジユの世界（作品）を中にして未来に展開せんとし、享受者（僕ら）は主体的には少くとも作品を彼方に於て過去へランガアジユの構造をその原型にまで展開せんとする。しかもこの過去に於て、僕らは一人の作家その人を見出さうとするのみではなく、いはゞその作家をつゝんだ一つの時代の生気に充ちた精神を考へねばならない。こゝに僕らは芸術の問題の、最も現代的な情勢を発見する。（中略）享受は主として作品に関係し、批評は芸術に関係する。そして前者は過去の芸術に結合する。この意味の芸術とはその各々の時代の生ける精神である。（「ランガアジユの世界」）

批評家保田が求めるものは、言葉の背後にあって表の言葉を支えている何かである。それを名付けようとすれば、とりあえず、「作家」であり、「芸術」であり、「時代の生ける精神」であるということになるのだろう。

ランガアジユとして現れる作品はランガアジユたる故に公共的であり、しかもランガジユの仲介者としての性格によつて——こゝで使用が云々されよう——極めて個別的になり得る。いはゞこゝに作家と評家に於ける意志があらねばならない。ランガアジユの伝統を抹殺するのが、作家の「使用」であるとき、評家は同時に伝統の規範主義——つまりランガアジユに付随したもの、そしてこのもの、ためにランガアジユがランガアジユでさへある——を意志的に変革せねばならない（「ランガアジユの世界」）

この「使用」はパロールに近い。制度としてのラングからいかにパロールを取り戻し、いかに意味生成をするか、が作家主体の問題であり、批評家の保田としては、倒語の末の新しいセミオティックな《読み》こそが、「変革」になるのだろう。

ヴァルター・ベンヤミンは、「言語一般および人間の言語」（一九一六年）において、「言語は何を伝達するのか」という問いを発し、次のように述べる、「それは、その言語に対応する精神的本質を伝達する。この精神的本質が自己を言語の形で（in）伝達するのであって、言語を通して（durch）伝達するのではないということを知ることが基本だ。（中略）精神的本質は、それが伝達可能であるかぎりにおいてのみ、言語的本質と一致する」（佐藤康彦訳、晶文社版『ヴァルター・ベンヤミン著作集』第三巻、一九八一年）。

ここで注目されるのは、精神的本質は「言語を通して（durch）伝達するのではない」という指摘である。これを、保田の「作品に於て、作品を通じてなされる」という記述と比較すると、保田の言霊論・倒語説の位相が見えてくる。批評家が作品によって各自のロマンを構成し、その構成が「作品を通じてなされる」のであれば、「一つの詞の決定が、かくしてそれとは全く反対の意味を喚び生かす」ことは、批評家にとってもテクストに拘束されないという意味で好都合であり、恣意的な解釈を容認することにつながる。事実、万葉集に「異常な国の日の慟哭の悲願と、嗚咽の哀歌」(『機織る少女』)を見、日本武尊に「神との同居を失ひ、神を畏れんとした日の悲劇」、「言あげと言霊の関係をつくる、神を失つてゆく一時期の悲劇」(『戴冠詩人の御一人者』)を見、後鳥羽院に「稀有の英雄と詩人の生涯」、「英雄のもつ永劫な悲劇」(『後鳥羽院』)を見る、保田独自の古典精神論は、テクストからの飛躍あるいは逸脱を必要とする。佐藤康彦の「ベンヤミンの言語論の成立」(晶文社版『ヴァルター・ベンヤミン著作集』第三巻の解説)によれば、「言語一般および人間の言語」という論文はベンヤミンにとっては、「たんに言語についての論考というにとどまらず、かれの形而上学、認識論、芸術論などの統一領域をなし、その生涯にわたる多面的な批評行為に底流する根源的思想となるもの」であるが、筆者は、ベンヤミンの明哲な言語観に、言語の本質を裏切るファシズムを「政治の耽美主義」として厳しく批判していく原型をみる。まさに保田と好対照だといえよう。また、興味深い対応として、保田もベンヤミンも、それぞれを大学在学中の二十四歳の時、即ち、評論家としてこれから地歩を築こうとする出発期に書き、それが後に自分の根源的思想となる言語論になることが挙げられる。

「ランガアジユの世界」について、筆者なりの結論をいうと、第一に、ソシュール学派との思想対話によって、近代主義の克服を近代主義的に試みていることである。それは不十分ながらも「近代の超克」をすでに準備しているし、御杖を手懸かりにしつつポスト・モダンの実質をそなえている。第二に、かくして血肉化された言霊論・倒語説が、文化の総体としてのランガージュ考察に結び付き、十五年戦争の進展と並行して自己完結し独善化して、「時代」や「精神」を声高にまくし立てる、時局への発言へと導火線を引く。第三に、以上のことを踏まえて、保田の出発期における言語論=文化論の問題が、摩訶不思議な戦争観の発生母胎として鮮明に浮かび上がる。

言霊論を特徴とする、彼の言語思想は、戦争を契機としたものではなかったはずであるが、戦争が言霊論に拍車をかけ、やがて言霊論の自己破産へと導くことは明らかだ。

4

大陸旅行後、昭和一三年から一四年にかけて、保田は彼自身にとっての代表作ともなる著書を相次いで出版している。昭和一三年九月、『戴冠詩人の御一人者』(東京堂)、同一二月、『蒙疆』(生活社)。昭和一四年九月、『改版 日本の橋』(東京堂)、同一〇月、『後鳥羽院』(思潮社)、『浪曼派的文芸批評』(人文書院)、『ヱルテルは何故死んだか』(ぐろりあ・そさえて)。

そして、「コギト」昭和一四年一月号に、「文明開化の論理の終焉」を発表する。

この数年の文学の動きは、合理から合理を追うてある型を出られぬ「知性」がどんな形で同一の堕落形式をくりかえすかを知る一つの標本的適例であつた。そんな時代に於て、己の頽廃の形式をまづ予想した文学運動があらねばならぬとすれば、日本浪曼派などはその唯一のものであろう。この意識過剰の文学運動は、従つて、今日から云つても、旧時代の没落を飾る最後のものとして十分なデカダンスである。

プロレタリア文学の隆盛があり、それが弾圧による転向で潰滅した後、今度は日本主義の隆盛がある。「一様に左翼化し、又一様に日本主義化したとき、何か滑稽な文学者の堕落」が始まる。「日本の文明開化の最後の段階はマルクス主義文芸であつた」かどうかは疑問の残る所だが、日本の文明開化に対する保田の批評は基本的には正しい。「日本の検察彈正も亦この付焼刃を奨励した」という指摘もその通りだし、「日本浪曼派的思考とその現実を準備せずして」という修飾句さえなければ、「今日日本主義化した文学と文士が、ひつきよう政策文学化することによつて開化論理の没落にさらにだめを押すのも亦亦当然である」という批判も的を得ている。

夏目漱石は「現代日本の開化」（明治44年）において、日本の開化が「外発的」であり、「皮相上滑りの開化」であり、「誠に言語道断の窮状」、「実に困つたと嘆息する丈で極めて悲観的の結論」であると述べたが、それから約三〇年たっていよいよ行き詰まった「開化」の末期的症状を、保田は剔抉している。

文明開化の論理は、翻訳と編集がへである。この非創造的「技術」によつて、充分その所謂日本的現実に適応する方法をも作り居る。（中略）その論理は文明開化の官僚の論理の一変型にすぎなかつたのである。（「文明開化の論理の終焉について」）

保田の文章を読むと、戦後半世紀を経た現在でも「文明開化の論理」の弊害に満ち満ちていることを痛感する。西欧的知性の権威の名をかり、「翻訳と編集がへ」によって自らを権威付けようとする日本的知性の横行は目に余るばかりである。「日本の文芸評論では大たい、私共が現にこゝでしてゐるやうに、トルストイとかカントとかゲーテとかいふ名をもつてきて、立派らしく見せるのである。さうするとある種の『知性』は、その下らぬ評論をトルストイとかゲーテが保証してゐるやうな錯覚を起す――これは文芸に於ける事大主義であり、又官僚主義である」。この引用部分の「トルストイとかカントとかゲーテ」をそれぞれ別のカタカナ固有名に変えれば、そのまま現代日本の現実に当て嵌まるのであり、論全体が彼の批評眼の冴えの頂点を示している。それはおそらくは、彼にとって最後の冴えであった。

「文明開化の論理の終焉について」は、西欧的知性との交流の中から生まれた初期の評論にある、近代主義、文化主義を相対化し自己清算するものとなっているが、自己清算の後に来たものは、かれの思想の自己破産であった。血で血を洗うがごとく、近代主義で近代主義を洗う所に、文学における初期保田の壮絶な闘いがあったし、その闘いが彼の批評を支えていたのであるが、文化主義の自己矛盾を清算し国学に傾斜する過程で、彼は、自己矛盾の緊張関係として批評の根幹にあったイロニー性を喪失する（ただし、倒語としてのイロニイは変形して継続する）。それは、「内なる言霊、外なる戦争」という対応する関係が、ディスクールとしての戦争の内面化に伴って、「内なる戦争、外なる言霊」へと逆倒して行く過程でもある。初期保田に垣間見られた文学の輝きは、これ以後消失する。「日本の『自由主義』作家の多くは、支那事変の一年を経過するまで、なほかつ日本の現実の圧力のまへに己の職場の伝承の改革を遅々としてためらつていたのである。昭和一三年四月、日本の文壇教養は知性文学の名によつてなほ事変に対して白眼視する余裕があつた。しかし九月日本政府の従軍作家派遣によつて、文壇と学芸は一切に変化した。さうして文学はあきらかに消失した」と書いた彼は、自分の文学の文学性の消失には気付こうとしない。

5

昭和一三（一九三八）年四月一日、国家総動員法が公布されていよいよ本格的な戦時体制が確立される。翌一四年、四月五日に映画法が公布され、また、九月一日に興亜奉公日が始まって生活刷新が叫ばれ、パーマネントが禁止されるなど、国民生活を物心両面から制御する戦時統制が強まる。江戸川乱歩が、短編集『銀地獄』に収録しようとした「悪夢」（昭和四年発表の「芋虫」を改題したもの）について警視庁検閲課によって全編削除を命じられ、以後終戦まで「時局のため文筆生活が殆んど不可能となった」（『貼雑年譜』序）のも、この頃のことである。東京日日新聞の昭和一四年三月三一日付夕刊では、この事件について、「創作小説の全編抹殺といふことは左翼小説以外稀有なことである」と報じている。大下宇陀児が述べるように「探偵小説は今度の事変で、大きな影響をうけ（中略）従来の探偵小説をかなり濃厚に特徴づけてゐたところの、ある種のデカダン性を排撃された」（「日本読書新聞」昭和一五年三月一日付）のである。弾圧の対象となった小説が、プロレタリア文学の次には、探偵小説であったことは注目に値する。

江戸川乱歩とは全く対照的なデカダンへの意志を宣言して日本回帰の論陣を張った保田與重郎は、我が世の春を謳歌することとなる。しかし、「文明開化の論理の終焉について」以後、昭和一四年を境界線にして、彼の書くものは徐々に独善的になり、ほとんど読むにたえなくなる。もともとパターン化しやすい思考は、彼自身の内部での西欧的理性の破壊とともにより一層同語反復を繰り返し、時局発言において悲憤梗概するさまは、田舎芝居の懸命さを帯びる。教条主義的プロレタリア文学を批判し、教条主義的日本主義を批判した彼は、自らのドグマには気付こうとしない。イデオロギーとしての日本主義に抗いながら日本主義を押し進めようとする彼は、便乗日本主義の愚劣さには鋭い批評眼をもちながら、日本主義そのものの本質には一点の疑惑も持とうとしない。不思議という外ないが、この不思議こそ保田の平常であった。乱暴な言い方をすれば、およそこのようにして、実質のない「新」・「大」・「真」を接頭語として乱発つつ、太平洋戦争期の保田は一貫する。「大詔渙発せられ、世界史上類ない大作戦が無比の大目的と世界変換といふ大影響を荷つて展開せられた」（「大東亜文化論の根柢精神」、昭和17年2月）、「この戦争と戦果の意味を、その真の思想として表現することが、当面の文化上のわが国の世界構想である。だからこの戦争から、文化を分たうとする如き旧来の思想を、我々は排斥せねばならない。すでに我々は以前に於て、わが大東亜戦争の真の緒戦といふべき、『満州国』といふ思想を、思想としてそのまゝに観ずるときに、十分に旧世界観を転換するに足る、新世界観の成立する意味を云つたのである」（「日本文化の世界構想」、昭和17年3月）。

しかし、保田にある転機が訪れる。昭和二〇年三月の応召である。講談社版全集の年譜によれば、前年一二月病床に伏し、翌年一月二日、重態に陥る。そして回復しないまま、三月に大阪兵営への入隊を告げられる。この直前に、保田は、「日の出」二月号と三月号にそれぞれ、「常に戦場に在り」、「目的は一つ」を発表する。

「常に戦場に在り」は、戦死した元帥山本五十六の「常在戦場の信念」について「盡忠奉公の一途に人力を盡す意味」であることを述べた文章であり、「目的は一つ」は、二三歳で戦死した特攻隊の遠藤中尉の新聞記事に感動し、彼の言葉「目的は一つ」に「盡忠帰一の使命観」を見、特攻隊の「生死一如の原理」を見て、「遠藤中尉の思想が、思想としても、日本思想の最高のものである」ことを説く文章である。いずれも散華の思想に彩られた死臭漂う文章であり、昭和一二年の雑誌「コギト」編集後記以来、保田の戦争に対する興味の在り所がうかがえる。

ディスクールとしての戦場を称えていた保田は、北支派遣部隊の一兵卒として大陸に渡るが、すぐに軍病院に入り、「盡忠奉公」もせず「生死一如の原理」による戦死もせずに敗戦の日を迎える。戦場の美学の詩人としては、あまりにも惨めなこの従軍体験は、しかし、彼にとって初めての現実の戦争ではなかったろうか。『蒙彊』を相対化する体験がそこにあったに違いないのだが、保田はその部分を空白にしている。この空白部分にこそ、「保田と十五年戦争」のもう一つの重大な意味がある。

しかし、戦後文学の作家たちが、自己の戦争体験を問い直しながら戦後の出発を始めたのと対照的に、保田の戦後は戦前（正確には従軍前の戦前）を反復しようとする。保田の自己欺瞞は、むしろ戦後において極まるといえよう。

8. 蓮田善明の昭和一六年――「鴨長明」を中心に

1

蓮田善明は、すでに忘れられた存在となっている。彼が話題になるとすれば、昭和二〇年八月一九日に、ジョホールバルで上官を射殺した後にピストル自殺をしたという、その特異な死に方であり、また、彼の影響を受けたとされる三島由紀夫との関連においてである。

朝日新聞二〇一〇年一二月三一日付において、三島が一八歳の時に学友東文彦に宛てた未公開の手紙が紹介された。この書簡の日付は、一九四三年六月五日であり、この年四月に新潮社から出版されたばかりだった、蓮田の『本居宣長』の感想として、「詩美の点では保田與重郎氏、純粋さの点では清水文雄氏に劣るやうです。しかし学問の点では保田氏などより確かでせう」と述べている。

本稿では、蓮田が「学問の点で」どのような位置にあったかを射程にいれながら、蓮田善明の昭和一六年を考察していく。

松本健一『蓮田善明　日本伝説』（河出書房新社、一九九〇年）において、「国文学研究者としての蓮田善明は、大津皇子を発見することによって、戦争に死にゆく世代としての自己を見出した。かれ自身の文学をさぐりあてたのである」、「かれが戦争に死にゆく世代としての自己を見出し、そのことによって蓮田善明という文学者になったのは、明らかに、「青春の詩宗――大津皇子論」によってである」として、昭和一三年を重要な転換点とみる。昭和一三年が蓮田にとっての転機の年であったことは間違いないし、松本のこの見解は画期的ではあるが、『蓮田善明　日本伝説』は、蓮田の自決からさかのぼって彼の転機をさぐるという傾向があり、「かれが戦争に死にゆく世代としての自己を見出し、そのことによって蓮田善明という文学者になった」という点については、そうであるとも言えるし、そうでないとも言える。

確かに、「死ぬことが今日の自分の文化だと知つてゐる」(「青春の詩宗――大津皇子論」、「文芸文化」昭和一三年一一月) という文言もあり、その後も、「「死ね」と我に命ずるものあり」(「詩のための雑感」、「文芸文化」昭和一四年六月) や、「死によつてその墓標の上に文化を生成せんとせる英雄のわざである」(『鷗外の方法』昭和一四年一一月) など、死と詩にまつわる様々な言説を、蓮田は残している。

しかし、昭和一三年以降の蓮田の文章を読んでみても、昭和二〇年八月一九日の自決が必然だったとは思えない。「応召日記」や「陣中日記」、そして妻子への手紙を読むと、さらにその思いを深くする。

蓮田の自決は、何かの偶然の組み合わせでは死なずにすんだ可能性もある生き方をしていたともいえる。そこが、彼の影響を受けたとされる三島由紀夫の練りに練った自決との違いであろう。

蓮田善明の昭和一六年を考えるということは、蓮田の文学が、中国での従軍経験を経てどうなったのかを考えることにも等しい。戦争の現実を前に、彼がどう変わったのか。変わったとすれば、その変化の内実こそが、日本人および日本文学の問題点を明らかにする契機になるのかもしれない。

2

蓮田善明は、一九〇四（明治37）年七月二八日に、熊本県鹿本郡植木町にある金蓮寺の住職の三男として生れた。一九二三（大正12）年四月に、広島高等師範学校文科第一部（国語漢文専攻）に入学し、斎藤清衛を師と仰ぐことになる。

後に雑誌「文芸文化」に集まる四人の同人たち、蓮田善明、清水文雄、池田勉、栗山理一は、皆、広島高等師範学校及び広島文理科大学の同窓生であり、したがって、斎藤清衛の門下生であった。「文芸文化」は、三島由紀夫の処女作「花ざかりの森」が掲載された雑誌として記憶されることが多いが、日本浪曼派の周辺と言ってもいいこの雑誌の性格を解明するには、広島高等師範学校及び広島文理科大学で古典文学を学んだ同窓生であること（つまり、東京帝大に対する広島高師及び広島文理大学の力関係に起因する諸事）、そうであるが故に同人の結束力が強かったこと（つまり、男性同士の絆が強かったこと）、などへの具体的な検討が必要になるのだろうが、本稿ではその余裕はない。

斎藤清衛が、蓮田善明や清水文雄にとって学問のみならず、人生においても師であったことは確かなことであるが、その影響の具体的内容はよくはわからない。斎藤清衛の専門は、中世文学であり、戦前は、広島高師、北京師範大、京城帝大などで教授をつとめ、戦後は広島文理大、都立大などの教授になった。斎藤清衛の人間性を示すエピソードは、四〇歳で突然広島高師教授を辞し、漂泊の旅に出たことで、おそらく、弟子たちにも強い印象を与えた出来事であったろう。清水文雄は、斎藤が八八歳でなくなった時の弔辞で次のように述べている。

先生は、八十八年のご生涯において、何度かの自己変革のための生活転換を決意し、かつ実行されました。わけても、昭和八年、先生四十歳の春、西行・兼好・宗祇・芭蕉ら放浪詩人の跡を慕い、教壇を去って、全国行脚の旅へ出られたことは、先生のご一生で、もっとも大きな出来事であったのではないかと思います。その年の五月十九日、先生は、『地上を行くもの』の行脚につぐ、『はてしなく歩む』の旅の第一歩を、東京府下千歳村の拙宅から起されました。東海道を歩みつづけて、東京にお着きになり、僅か三日間のご滞在のあと、「陰惨に濁ったままの東京の大空」よりも、「青空と白い雲、新緑の野と淙々として流れる水」の方に、先生の心は走っていたのかも知れません。その朝私は、先生を送って家を出ました。(清水文雄「しのびごと故斎藤清衛先生尊霊の御前に」、「続　河の音」、一九八四年一〇月)

この引用には、いくつかの意味がある。まずは、世間的な常識を越えた教授の放浪の旅であり(この旅を終えるとまた教職に戻るのであるが)、それに精神的意味を与える中世文学の効力の存在であり(後述するように戦中期は中世文学への共感が知識層において顕著であった)、全国行脚を弟子の家から始めるという、この濃密な師弟関係である。

『蓮田善明全集』全一巻（島津書房、一九八九年）の小高根二郎編の年譜で、「木綿和服に下駄ばき、雨傘、風呂敷包一つのいでたちで国内行脚」と記述されている、斎藤清衛のこの旅は、蓮田のなかで、昭和一六年一月の孤独な温泉行とそれを題材にしたとされる小説「有心」に遠く響くことにもなるだろう。

蓮田善明、清水文雄、池田勉、栗山理一の四人が同人となって雑誌を作ったのは、「文芸文化」が初めてではない。斎藤が放浪の旅にでた昭和八年の九月、この四人は、同人研究紀要「国文学試論」第一輯を春陽堂から刊行する。「国文学試論」は昭和一三年六月に第五輯を発行した後、発展的解消をし、翌月に同じ同人で「文芸文化」を創刊する。「文芸文化」は、昭和一九年八月の終刊号まで、一貫して蓮田善明を編集兼名義人としている。まさに、蓮田の後半生を注ぎ込んだ雑誌であった。

昭和一〇年に三一歳で広島文理大を卒業し、学費も含めた借金を返済するために、実入りの多い台湾台中商業学校へ赴任してから三年後、清水文雄の後任として成城高等学校へ就職したのは昭和一三年四月であった。同年七月に「文芸文化」を創刊し、いよいよこれから研究に邁進しようとするときに、蓮田のもとに召集令状が届けられる。一〇月一七日、成城学園の運動会のさなかのことであった。

同月二〇日には、熊本歩兵第十三連隊第二中隊に陸軍歩兵少尉として入隊、翌年四月五日には、中国戦線に向けて門司を出港する。中国の湖南省での任務が主だったようだが、九月には、進撃中に右腕前膊貫通銃創を負い、野戦病院に入院。一ヶ月程で退院後に原隊に復帰。召集解除になるのは、翌年昭和一五年の一二月であった。この間も、「文芸文化」に原稿を送り続け、「青春の詩宗——大津皇子論」や、「詩のための雑感」、「詩と批評——古今和歌集について」（上・下）などを、発表する。蓮田善明のように、従軍しながらその逆境をバネにして旺盛な執筆活動を展開した国文学者は、極めて稀であった。

筑摩書房の『現代日本文學大系　第六一巻　林房雄・保田与重郎・亀井勝一郎・蓮田善明集』（一九七〇年）における「蓮田善明年譜」（清水文雄編）では、次のように、昭和一五年九月二八日に、「渡河作戦で右腕前膊貫通銃創を負う」と記されている。これは、明らかに昭和一四年の間違いである。

昭和十五年（一九四〇）　三十六歳
一月「馬——戦地随想」を『国文学解釈と鑑賞』に、「詩と批評——古今和歌集について」（下）を『文芸文化』に、二月「文章」を『文芸世紀』に発表。五月「山にて」（随筆）を、「預言と回想」「山にて——その二」を『文芸文化』に発表。九月二十八日、渡河作戦で右腕前膊貫通銃創を負う。十月「『女流日記』に関聯する一問題」を『文芸文化』に発表。十二月二十五日、帰還。

また、小高根二郎編による『蓮田善明全集』の年譜では、蓮田の負傷を昭和一四年九月、召集解除を昭和一五年一二月と記述しているが、同じ全集の小高根による解説では、「善明は昭和十四年も押し詰まった十二月一日に招集解除となって帰還の途についた」と間違った記述をしている。

さらに、内海琢己「蓮田善明の詩人的性格——「鴨長明」論に見られる——」（『学苑』六一七号、昭和女子大学近代文化研究所、一九九一年三月）においても、「十五年九月二十八日に湖南省長沙の渡河作戦で、右腕前膊貫通銃創を負うまで連日過酷な戦闘を継続。同年十二月初め帰還の途につき」と記されており、間違った記述が継続されてきたことを示している。

それぞれ、単なるミスの連鎖とも言えるが、おそらくは、召集解除を右腕前膊貫通銃創の結果として強くイメージしてしまった結果、負傷後一年以上も戦線にいたことを考慮の外におきがちになったからであろう。蓮田における「戦争に死にゆく世代としての自己」のイメージと右腕前膊貫通銃創という事実とを安易に結びつけないことが、蓮田の文学を再検討する今後の研究には、必要不可欠なことである。

なお、『蓮田善明全集』に収録されている昭和一四年九月二八日付け、野戦第四病院より家族宛の手紙では、次のようにしたためられている。

突進したところを、右うでがたまに当つた。幸ひ大して傷むこともなく、筋や骨にもさはらず、負傷後も元気は変りなく、二日間は行軍をつゞけ、それから、自動車で後送になつた。心配無用、半月もたてばよくならう。

もちろん、この種の手紙は家族が心配しないように気配りをしたうえでのことだから、こう書いているからといって、本当に「心配無用」だったかどうかはわからない。しかし、蓮田のそれ以後の行動に対して、右腕前膊貫通銃創の影響を過大に認めないようにすることも十分に配慮されるべきことである。

3

「鴨長明」は、「文芸文化」昭和一六年四月号から連載を始め、七月号を除く毎号に掲載され、一二月号の第八回で完結した。その後、大幅に改稿されて、昭和一八年九月に『鴨長明』のタイトルで八雲書林から出版された。

連載第一回は、次のような文章から始まる。

帰還の途次より鴨長明を読みだして以来、私には、長明を想うてあるに非ずばこの世にあり得ぬ思ひがしてゐる。この頃ではいくらか他を想ふ暇も生じたやうにも感じるが、しかしそれも結局は長明から生ずる波紋の如きものである。そして長明に思ひ返る時、波紋の中心に投げつけられて波泡立つ激越の情に私は身を苦しめられるのである。そして此の激越の情に身を委してゐる時こそ私には自分の生命に落ちついて居られるのである。（中略）時には思ひ返して心静めてペンを取りかかつてみるけれども、長明の姿が私の心の底に浮かび上つてきたが最後、激越は、それのみ正しく、他に手の下しやうもないのである。

なぜ私が帰還の途に鴨長明などを思ひ出したりしたか。一般に長明を厭世隠遁者として人生の正面から外れた者として遇してゐる通年を以て、人は直ちに長明の生活態度を責め、私を責めるであらう。

まさに、激越な感情を露わにした文章で、単行本にするときには、この連載第一回の部分は削除されることになる。我が身を苦しめられながらも、それこそが自らの生命の基盤だと述べているのであり、この一見分裂した自己の有り様が、矛盾ではなくて、真実の生の姿であることが主張されている。実は、全編にわたって、この主張によって鴨長明の生が描かれ、それに狂おしいまでに共感する蓮田の生が浮かび上がるような構造になっている。

ここで注目すべきは、蓮田においては、この「激越の情」が、蓮田個人の領域には留まっておらず、鴨長明へ、さらには後鳥羽院へと、その伝統につながっていくキーワードのひとつでもあることである。単なる個人的感情についての表現ではないのだ。「私は後鳥羽上皇が王朝文壇の最期を必死に支へようと遊ばされたもの狂ほしいばかりの御執心とその御運命と御激越とをいつも痛ましくお思ひ申し上げてゐる」と連載第一回でさっそく述べられることからも明らかなように、隠遁詩人の系譜は、この「激越の情」の系譜でもある。さらには、「すき」の系譜でもある。そうであればこそ、「私は長明と唯歎きに歎いて詩神の手がしっかりと胸に叩きつけられるのを感じる」という、長明と自己との一体化が起こるのである。

たしかに、先に引用した連載第一回の冒頭は、傷心を負って中国戦線から帰還した蓮田が、その救いを鴨長明に激しく求める心情を綴っているように一応見える。しかし、実は、死ぬことが当たり前であった戦場から、生きていることが当たり前である日本に帰ってきた蓮田が、なおも生きるために、死の代替としての隠遁を日本の伝統として発見したこと、言い換えれば、死と隠遁の交換可能性と、そこからの文化生成の可能性を発見したことの宣言であり、また、そうした文化生成の手応えをつかんだことの確信の表明であった。この時点で、再び召集されて戦地に行くことは予想もしていないのではないだろうか。彼は、「唯歎きに歎いて詩神の手」を導き得るために、「激越の情」の系譜のなかで生きる方向性を見つけ始めていたのだ。

これ以後、昭和一八年に二度目の召集令状が届くまでの二年半あまりの間、蓮田は、凄まじい勢いで執筆活動を続けるのである。「文芸文化」に毎月のように書くのはもちろんのことであるが、「文芸世紀」その他にも、数多くの論文を寄稿している。

ちなみに、「文芸文化」昭和一九年一月号に、文芸文化同人著者目録として掲載されているなかで、蓮田の著作は、近刊の予告も含めて次の通りである。『鷗外の方法』子文書房、『預言と回想』子文書房、『本居宣長』新潮社、『鴨長明』八雲書林、『神韻の文学』一條書房、『古事記徴』子文書房、『花のひもとき』（近刊）第一書房、『国意と文意』（近刊）講談社、『忠誠心とみやび』（近刊）日本放送出版協会、小説『有心』（近刊）。また、「文芸文化」昭和一八年七月号の裏表紙、子文書房の全面広告に蓮田善明編『十二月八日』の近刊予告がある。

このうち、『鷗外の方法』と『預言と回想』は、それぞれ、昭和一四年と昭和一六年一月に出版されたものであるが、昭和一八年に出版されたものとしては、『鴨長明』、『神韻の文学』、『古事記学抄徴』（『古事記徴』を改題）の三点、昭和一九年に出版されたものとしては、『忠誠心とみやび』、『花のひもとき』（出版社が河出書房に変更）の二点、『国意と文意』と蓮田善明編『十二月八日』、そして小説『有心』は生前にはついに出版されなかった。

陸軍歩兵中尉として戦場に身を置き、死ぬこともなく日本に帰ってきた蓮田は、中世隠遁詩人の人生が自分の人生と共振していること、そして、それは強く正しき常識人としての人生ではなく、時代に抗い、「激越の情」を抱えたまま孤独な歩みを止めない魂が織り成す「すき」に偏った人生であることを、明確に意識することになった。それまで、古事記や万葉集の研究が主であった蓮田が、昭和一六年になって、中世文学を再発見するのである。

ここで言う「すき」とは、過剰なまでにある物事に入れ込んだ挙句、一般的に正当と目されるものから大きく逸脱してしまう精神の傾向のことである。蓮田の「鴨長明」論で描かれるのは、長明の和歌への「すき」であり、管弦、ことに琵琶への「すき」であり、男女関係も含めた人生そのものへの

「すき」である。

例えば、和歌への「すき」ぶりについては、連載第三回で次のように述べている。

ところで、長明の和歌への「すき」ぶりといふやうなことについて、まことに奇異の思ひをさせられるものがある。彼の「すき」は世の多くの「すきもの」達のやうに、桂歌を詠ませ給へと神に祈つたり、又明け暮れ工夫修業に熱心に身を入れたりして真面目に努力勉強したといふやうなものでなく、そのやうなことの代りに、唯、熱心とのみ言ひ得べきやうなものをのみ伝へて居り、それとても又些か常の熱心に異なるものであつた。

結局のところ、長明は、この「熱心とのみ言ひ得べきやうなもの」が高じて、和歌の世界から追われ、また、琵琶の世界からも追われることになる。こうして、この世に身の置き所がない人物の行き着く先は、死と等価にある隠遁ということになる。

蓮田が、このあたりで連想するのが、『晩年』（砂子屋書房、一九三六年）の作者、太宰治であろう。連載第三回のエピグラフには、太宰の「一燈」からの一節が掲げられている。

太宰については、例えば、「保田君。ぼくもまた、二十代なのだ。舌焼け、胸焦げ、空高き雁の声を聞いてゐる。今宵、風寒く、身の置きどころなし」（「もの思ふ葦」連載第五回「ふたたび書簡のこと」、「日本浪曼派」昭和10年12月）などを読むと、歎き方が、いかにも蓮田の「鴨長明」論にもふさわしい気がする。

連載第二回では、長明が家族と別離しなければならなかった事件での「常軌を逸した」様について、次のように述べる。

どうも彼のアブノーマルな心狂ひがうかがへるやうな気がする。大体子も妻もありながら之を捨てたやうな、世間一般の目からは非難され嗤はれるやうなことを仕つづけた放蕩の果てとでもいふやうなことはないか。しかも彼は決してそれを知つて分別はありながら妻子を狡く欺いたりしてゐるといふのでなく「世のならひ」と自分のけぢめの分別を知らないデカダン（変な言ひ方だが）ではなかつたか。例へば太宰治のやうな若者ではなかつたか。

長明と太宰治と結びつける発想は、佐藤春夫の論と比べても、論として少々逸脱しているようにも思える。しかし、この種の逸脱こそが、蓮田の論の輪郭を鮮明にしている要素でもある。

かくして、「潔癖な厭離者」、「奔放放埒」、「すきもの」、などのイメージを駆使して、鴨長明像が描かれていく。

蓮田は、昭和一六年一〇月号の連載最終回を、次のような言葉で締めくくっている。

往生も求めず、世心をもきびしく厭離して、唯この堺の小さな境涯に「発心」とのみ、ひとり気ほひ立つて侘びしれてゐた詩人。寧ろ私は長明と全く対蹠的におほらかに無辺際に広く深くあらせられた後鳥羽院の中に、黙契を見るのである。共に一切を映す責任の運命。

長明は、右のやうな詩の極まれる最後の薄い一線に佇立して、厭離のきびしい発心に、その情と直とを犇と守らうとしてゐる。人長明を評して仏教的厭世の徒となし、文芸界の徒としては僅かに方丈記を以て許すこととなす。しかしわれわれは、彼がこの極まれる境涯にその棲家いよ〳〵小さく、将に棲むべき所もなく、無に極まらんとする極小、極狭、極浅、極薄、極透、極軽のうち、何ものにも縋らずして、そこに自ら不湜に生を養ひ、文学芸能を養ひ、文化を養ひ、遂に近世文化の源たらんとしてゐる運命の不可思議なる風光を見のがしてはならない。「方丈記」一巻は正にかかる詩人の養生を語る文章である。

蓮田は、「方丈記」の文学としての真価を強く主張しているのである。

因みに、同じ号に、三島由紀夫の「花ざかりの森」連載第二回が掲載されている。おそらく、三島由紀夫は、蓮田の「鴨長明」論を熟読したのだ。

「方丈記」の真価について、鴨長明における「無に極まらんとする極小、極狭、極浅、極薄、極透、極軽」の文化を発見したことが、蓮田の最もオリジナルなところだ。蓮田は、その洞察力で、鴨長明の人と文学におけるフラジャイルな本質を嗅ぎ当てたのである。それは同時に、日本の古典、とりわけ中世隠者文学の本質を射抜く洞察でもあった。

フラジャイルとは、松岡正剛の用語と言っても過言ではない。壊れやすい、もろい、虚弱な、かよわい、などの意味を持つ。「無に極まらんとする極小、極狭、極浅、極薄、極透、極軽」もフラジャイルの意味領域に入るし、「長明と唯歎きに歎いて詩神の手がしつかりと胸に叩きつけられるのを感じる」のもフラジリティの根本に通じる行為であろう。

松岡には、『フラジャイル――弱さからの出発』（筑摩書房、一九九五年）という本もあるので、本稿では、詳しい説明はしない。筆者が次に引用するのは、インターネット版「松岡正剛の千夜千冊」の第九百九十二夜、小林秀雄『本居宣長』（二〇〇四年六月一八日）のページ[1]である。

これは、国学論としても、本居宣長論としても、また、小林秀雄論としても含蓄に富んだ優れた文章である。引用部分は、宣長が人情の本質をどのように捉えていたのかについての考察である。

宣長には、情というものについて、「はかなく児女子のやうなるもの」が本来のものだという確信があった。この確信が画期的だった。『排蘆小船』や『石上私淑言』での独得の言いっぷりをさす。

たとえば、「ただしくきつとしたるもの」は人情の本質をあらわさないというのだ。キッと虚勢をはるのは本質的ではないという。それは世間の風に倣ったもので、宣長には無縁だというのだ。そうではなく、「しごくまつすぐに、はかなく、つたなく、しどけなきもの」こそが人間の本来の本質だというのである。

これは驚くべき思想である。「はかなく、つたなく、しどけない」なんて、まさにフラジリティの根本に迫っている。

残念ながら、小林秀雄はついにこのことに気がつかないで終わっている。言葉を弄ぶことをできるだけ避けて、一歩一歩の思索を自問自答することは叶えているが、そこにフラジャイルな本質を嗅ぎわけはしなかった。

こういうことをさっと気がつくのは、どちらかといえば蓮田善明や吉川幸次郎や中島誠だった。

松岡正剛は、さらに吉川幸次郎の「日本思想史の素人である私は、かく〈めめしさ〉を価値として、〈ををしさ〉を反価値とする主張が、宣長のほかにどれだけ江戸の世にあるかを知らない。ただ彼が『紫文要領』を書きあげたのと、ほぼ時を同じくしてその門人となった賀茂真淵に、正反対の主張があるののみを知る。（中略）しかし、武断を少なくとも立て前の価値とする武士支配の時代にあって、宣長が〈めめしさ〉の価値を大胆に主張したのに対して、私は大きな敬意を表する」という言葉を引用して、「宣長のフラジリティは最も勇気のいるラディカルなフラジリティなのだ」と結論付けている。

昭和一六年に、〈ををしき〉戦場から帰ってきた国文学者蓮田善明が最初に発表した論文が「鴨長明」であったが、すでにそこには、後に出版する『本居宣長』に先行する形で、フラジャイルな本質が強調されていた。その意味で、蓮田の「鴨長明」論もまた、「ラディカルなフラジリティ」であると言えるのではないだろうか。

感受性豊かな少年三島由紀夫が、蓮田の『本居宣長』を読んで、「学問の点では保田氏などより確かでせう」と述べたのは、まさにこの点に、文学としての深みを感じ取ったからであったに違いない。

4

国立国会図書館近代デジタルライブラリーで、鴨長明というキーワードで検索すると、明治から、昭和一九年まで五六点の書籍がヒットする。そのほとんどは、方丈記をはじめとした長明の作品を載せた教科書か注釈書の類で、あとは、文学史の一章として、当り障りのない教科書的な記述に終始したものである。これらの中で、蓮田善明の『鴨長明』（八雲書林、昭和18年）のみが異彩を放っているのは言うまでもない。

近代デジタルライブラリーは、著作権が切れたものを扱っているので、改めて、古書を中心に昭和一五年までの長明研究を探してみても、その点数は驚くほど少ない。教科書を除いて、注釈の類も含めた長明研究は、次の四点を数えるばかりである。

（1）佐藤幹二『鴨長明と方丈記　岩波講座日本文学』（第20回配本、岩波書店、昭和8年）

（2）簗瀬一雄『鴨長明の新研究』（中文館、昭和13年）

（3）『原形本方丈記』（鴨長明学会、昭和14年）
（4）『鴨長明全集　上・下』（簗瀬一雄校註、冨山房百科文庫、昭和15年）

これらに、岩波文庫の『方丈記』（山田孝雄校訂、昭和14年時点で十三刷）を加えても、五点である。（1）は、文学史の教科書的な記述で、注目するような新見はない。（2）は、初めての本格的な研究書と言ってもいい内容であるが、六〇ページ余の鴨長明略伝に続く四〇〇ページのほどの作品研究は、伝本についての文献学的考察であったり、伝統的な作品解釈であったりして、基本的には、芳賀矢一以来の文献学的国文学の範疇を一歩足りとも出ない姿勢が貫かれている。つまり、文学の文学性を問うような研究ではない。鴨長明略伝も、文字通り人物〈伝〉であって、今日的意味での伝記研究や人物論ではない。蓮田が、佐藤幹二や簗瀬一雄の研究から影響を受けた形跡はない。むしろ、それらの研究の価値を認めない方向性で、蓮田の「鴨長明」論は書かれている。

こうした研究状況のなかでは、蓮田の「鴨長明」論は、群を抜いて独創的であったといえる。ただし、孤立した独創性であったかというと、そうでもない。蓮田の「鴨長明」論の根拠となるのも、ないし、原型をなすものは、すでにあった。

昭和一二年四月発行の雑誌「改造」に発表された佐藤春夫の評論、「兼好法師と鴨長明——或いはつれづれ草と方丈記と」（後に、『徒然草・方丈記』に収録される際、「兼好と長明と」に改題）である。佐藤春夫は、昭和一〇年七月発行の雑誌「中央公論」に、小説「鴨長明」を発表してもいた。

「兼好法師と鴨長明——或いはつれづれ草と方丈記と」は、「卜部兼好と鴨長明とはともにまだ明確な伝記もないらしい」という文章から始まる。そして、兼好と長明を比較しながら、それぞれの文学の特徴を明確にしていく。

先にも述べたような長明研究が少ない理由については、次のように書かれている。

方丈記は明治に入つて学校教育の勃興とともに最も有用な国文の教材として更に普及し、つれづれ草の教訓的な部分のみを抄録編纂したものや方丈記には国文学に共通の恋愛に関する和柄がないといふ愚にもつかぬ理由と古典の中では年代も新しくて理解されやすいといふ事とで青年受験学生が必読の書となつた観があつた。二者とも決して青年向きでない著述が偶然過つて青年の書とされ、俗解が行はれて通俗の書となつてしまつた結果はとかく専門の士から真価以下に遇せられる傾が生じた。

そして、この引用文のあとで、春夫自身も最近になって徒然草と方丈記を現代語訳する仕事の際に、精読してみて初めて真価が分かったこと、つまりは、徒然草と方丈記を中年になってやっと再発見したことを告白するのである。春夫の内面で十分に咀嚼された結果書きだされた内容は、とても分かりやすく、また、印象深い。例えば、次のような対比は、兼好と長明の本質を的確に言い表している。

彼等を、現代文学者として分類する必要性があると仮定したら、兼好は自由主義を奉ずる心理派の作家であらう。長明は人本主義の行動派であらう。

さらに、「長明は野暮な一克者であつたらう。そこに彼の文学も生命もある。兼好に比べて長明は迥に熱情の漢子である。それも、自我に目覚めた近代人である」、「長明は自我の人であるが、その強い自我は社会認識にまで拡張された」、「長明は寸分の狂ひをも気にする病的な潔癖家であつたらう」、「一見多情多恨世に拗ねた弱々しいひねくれ者のやうな長明は実は無垢な荒魂を抱いて狂ふが如き巨人であつた」等と描かれる鮮やかな人物像は、それまでに誰も書き得なかったものであった。

佐藤春夫「兼好法師と鴨長明――或いはつれづれ草と方丈記と」の独自性をまとめると、（1）自我の強い近代人として鴨長明を位置づけたこと、（2）それまでの人物伝から人物論への深化に成功していること、などが挙げられる。

一方、蓮田善明「鴨長明」論の特徴としては、（1）現代への古典世界の呼び出し（例えば、太宰治と長明像を結びつけたこと）、（2）研究ではなく評論への明確な意志を明示していること、（3）長明の歌を検討することにかなりの分量を割いていること、（4）長明の性格的な苦悩に焦点をあて、フラジャイルな本質を探り当てたこと、（5）言＝事という枠組みで長明の人と文学とを性格付けたこと、（6）「一見多情多恨世に拗ねた弱々しいひねくれ者」としての鴨長明のなかにこそ「無垢な荒魂」が宿っていることの意義を明確にしたこと、などが挙げられる。

ここで、（5）について、補足説明をしておく。言＝事、歴史＝詩という枠組みは、保田與重郎が『日本の橋』（芝書店、昭和11年）において、鮮やかに提示したもので、[2]その後、日本浪曼派の圏域にいる人々の間で、またたくまに共有されていった。例えば、「文芸文化」同人であった池田勉も、「もとより作品にも日本文芸の正統は発露してゐる。しかし、日本文芸の正統はさらに多くの行為や事件にも発露したのである」（「国文学の使命について」、「文芸文化」昭和16年2月号）とし、言＝事の枠組みを論の根幹にしている。また、「詩は必ずしも言葉なくしてよし。足下の花、天空の雲、而して又一片の言葉。神のものなればすでに完璧にして、荘厳せられたり。言葉なくして些かも欠除なし、東洋特に日本は此の沈黙の詩を知る。（中略）言葉なくして文学なしとし、言葉を量り言葉をつくすは近代西欧の文芸学の類」（「枯野の琴」、「文芸文化」昭和16年9月）という蓮田の文章も、言＝事の枠組みが根幹にある。

さらに事例をあげれば、小説「有心」がある。

時系列でいうと、昭和一六年一月に、阿蘇垂玉温泉の山口旅館に滞在して、小説「有心」を書き始めたことになるので、「鴨長明」の雑誌発表はその後になる。ただ、現在残っている「有心」は、生前未発表であるため、原稿の各部分がいつ書かれたのかは、正確にはわからない。「有心」と「鴨長明」は、同時並行で書かれたのかもしれないし、どちらかの主要部分が、もう一方の主要部分が成立した後に、書かれたのかもしれない。それぞれの原稿の成立過程はわからないが、確かに言えることは、「有心」が、もうひとつの「鴨長明」論の側面を持つということである。

「有心」に次のような記述があることからも、それは明らかである――「この十二月戦地から帰還の途中で、有り合せの『方丈記』を上海で買つて船中でそればかり読んできた。もうこれよりほかない、と思ふのであつた」、「「方丈記」は、先づ初めに唯歎きだけで書かれたといふ稀有の詩を、次に言葉でなくて寧ろ行動でした詩であり、次に厳しく詩人の住処を、詩人の位置を意志し、占められてそれによつてのみ詩が書かれ（文字でなしに）てゐることを教へた。そして隠遁といふのが詩人の詩の烈」、「この『方丈記』が他に実は内容とて何もなく唯歎きに歎いてゐるといふだけの本だつたといふことに、新しい稀らしさで目を瞠らされるのであつた」。

「有心」の記述によれば、水前寺駅で豊肥本線に乗る前に、本屋で、『平家物語』、リルケの『ロダン』、金剛巌の『能と能面』を買う。リルケの『ロダン』は、高安国世訳の岩波文庫もあるが、この本は、昭和一六年六月の出版であるから、おそらく、昭和一五年に出版された、ライナー・マリア・リルケ『ロダン』（石中象治訳、弘文堂書房）であろう。エピグラフは、ポンポニウス・ガウリクス「彫刻の言葉、「文筆家は言葉を通して働きかけ　彫刻家は行為によつて作用する」であった。これは、ロダンの作品を、「言葉でなくて寧ろ行動でした詩」としてとらえようとするメッセージでもある。書店に入ってリルケの『ロダン』を買い求めた理由は、おそらく、このエピグラフにあったのではないだろうか。なお、訳者石中象治は、「日本浪曼派」同人でもあった。

蓮田の「鴨長明」論を支えているのは、佐藤春夫の論を基本線としつつ、それを部分的に強調し、過激な内容に仕上げていくアレンジの才能であった。もっとも根底にある文学観は、保田與重郎の〈言

＝事〉という枠組みであるが、個々の各論は、佐藤春夫の著作のアレンジである。

それまで、国文学講座の一章か、北畠親房の『神皇正統記』の一節でしか目にすることがなかった後鳥羽院について、「日本の我等の文芸と精神との歴史を考へる者は、一度この院を通らねばならないといふことを、私は以前から考へてゐた」（『後鳥羽院　日本文学の源流と伝統』思潮社、昭和14年）として保田與重郎が、西行・長明・兼好を経て芭蕉に至る隠者文学の代表としての後鳥羽院を華々しくクローズアップし再発見したことを受けて、蓮田善明は、佐藤春夫と日本浪曼派のアウトラインに沿いながら、鴨長明を再発見したのだ。

5

昭和一四年に東京帝国大学国文科を卒業した西郷信綱の卒論は、「佐藤春夫論」であった。それをもとにした論文が、翌年、「佐藤春夫論——伝統についての試論」（『国語と国文学』至文堂、昭和15年8月）として発表される。

戦後、国文学研究を一新し、古代文学研究の先端を走っていった西郷信綱の若書きの論文をここで引用するのは、その妥当性を検討するためではない。「佐藤春夫論——伝統についての試論」が、昭和一五年時点で、若き国文学徒にとって同時代の佐藤春夫がどのような存在であったのかについて、一つの典型を示しているからである。

西郷の主張は、近代日本の知識人たちが、やがて日本の前近代性の壁にうちあたって日本回帰に堕していくことの典型を佐藤春夫に見るところにあるので、次のように、手厳しい。

むかしの抒情も涸れてしまひ、自己を社会的にも再建できなかつた落漠さの中で、氏はすさみきつた理知でもつて、退屈と焦燥とを反芻するよりほかになかつた。（中略）中世の隠者たちの閑雅な境地が、この時どんなに羨しく見えたことであろう。我々はこのごろの氏が、中世の古典文学のなかに親しい共感を見出してゐられる事実が、おのづと胸のなかに入つて来る思ひがする。（中略）ともかく現代の文化面に、中世への共感が積極的に動いてゐるといふこと、そして佐藤氏も氏独自の道を辿つて其のなかに入つて行つたといふことを銘記しておきたい。佐藤氏の歩いた道は、日本の近代文学の特種相を、そのまま映し出してゐるからである。

そして、「日本文学の伝統を思ふ」において鷗外を高く評価する佐藤春夫について、「中世文学の世界への烈しい共感が湧いてきた氏の精神の上限には、自己と対蹠的に森鷗外の「新しい日本人」としての偉大さが毅然として映らざるをえなかつたのである」とする。

笹沼俊暁『「国文学」の思想――その繁栄と終焉――』（学術出版会、二〇〇六年）では、このころの佐藤春夫について、やや一般論ではあるが、次のようにまとめられている。

古典を重視する佐藤の態度は、やがて、昭和戦前・戦中期での日本主義的な時代風潮とぴったり重なりあう結果をもたらしてしまった。昭和期に入ると佐藤は、「日本文学の伝統を思ふ」(一九三七年)、「文学的民族主義」(一九三七年)、「日本文学の中心」(一九三八年)、「日本文学の系譜」(一九四二年)、「日本文芸の道」(一九四五年)などをとおして、日本の古典の「民族的」な「伝統」を賛美する時局的な発言を多くすることになる。日本の文学の「みやび」の伝統が宮廷そして天皇を中心として継続してきたことを讃え、芸術の使命を「日本精神」に寄与することに置いたのである。(中略)昭和戦前・戦中期において、一般の人々が日本の古典文学に関心をもつきっかけをつくっていたのは、アカデミズムの「国文学」ではなく、むしろ佐藤春夫のように多くの読者をもつ文壇作家や批評家だったと考えられる。

西郷信綱と違って、蓮田は、佐藤春夫に全面的に追随し、そこから己の独自性を発展させていった。もちろん、蓮田善明における佐藤春夫の影響は、「鴨長明」だけにはとどまらない。『鷗外の方法』、『預言と回想』、『神韻の文学』などにおける森鷗外や永井荷風、あるいは樋口一葉についての見解およびそれらを基本とした近代文学への見解は、佐藤春夫の近代文学論からの影響が大である。

佐藤春夫の文学論のなかで、鷗外・荷風・一葉について書かれたものは、次のようなものである。

(1)「陣中の竪琴――森林太郎の「歌日記」に現れた日露戦争」(「文芸」一九三四年三月)

(2)「鷗外の卓上演説」(「文学界」一九三四年六月)

（3）「陣中の竪琴補遺」（「浪漫古典」森鷗外特輯号、一九三四年七月）
（4）〔「おかめ笹」解説〕（岩波文庫、一九三八年一月）
（5）「詩人荷風」（岩波文庫『珊瑚集』解説、一九三八年一月）
（6）〔「うた日記」解説〕（岩波文庫、一九四〇年五月）
（7）「学ぶべき糧」（朝日新聞一九四一年六月一四日）　＊一葉について
（8）「一葉小論」（『樋口一葉全集』第一巻後記、一九四二年一月）
（9）「樋口一葉論」（「二松」第二七号、一九四二年一〇月）

こうしてみると、蓮田が、日本浪曼派の中で実質的に最も影響を受けたのは、佐藤春夫（昭和一二年に日本浪曼派の同人となっている）であったと言えよう。

「青春の詩宗――大津皇子論」を発表した後、それまで地味な古典研究者であった三六歳の蓮田が、突如として、しかも戦地にあって「詩のための雑感」や、『鷗外の方法』など近代文学の論文を次々に書くようになったのは何故かが、筆者にとっては謎であったが、佐藤春夫に全面的に寄りかかった上での論であれば、疑問は氷解する。

しかし、蓮田は、佐藤春夫という沃土に根付いた木ではない。佐藤春夫という養液によって、突如拡大した水耕栽培の球根のようなものではないだろうか。だから、そこには、脆さがある。

『蓮田善明　日本伝説』において、松本健一は、蓮田の思想的最大弱点を次のように説明する。

蓮田はわれわれの無意識＝文化そのものがすでに古典だ、と考えているにちがいない。（中略）蓮田のように考えれば、日本人はすべてが皇民であるという国柄（＝国体）に素直になればいいのである。その無意識＝文化である日本の自覚、つまり古典の再認識のみが必要なことなのであって、ほかはどうでもいいのである。（中略）蓮田のほうはイデオロギーを排除する発想をもちつつも、では国民がイデオロギーではなくて何に拠って、どのような原理によって生活しているか、ということになると、家族的な情愛といったものしか思いつかないのではあるまいか。そしてその家族的な情愛も、かれ自身のまったく私的なレベルにおいて了解されるだけで、国民は？というふうにかしこまって考えると、かれの頭に原理として浮上してくるのは、古典だけなのである。ここに国文学徒インテリとしての蓮田の思想における最大弱点がある。

これは、松本が別の箇所で述べるように、中支戦線の洞庭湖東部の山地にあってさえも「日本の古典を美の原理と考え、そこにたどりつくことをもって志とした詩人の一途さとそれゆえの欠陥」のことでもある。

この「思想における最大弱点」を筆者なりに言うと、根の弱さということになる。弱い根からは、ときに鮮やかな色の花が咲くこともあるし、ときには、エキセントリックな実をつけることもある。時代をより鮮明に反映することもあるし、時代が過ぎればその鮮明さが古色蒼然としたものになることもある。蓮田と比較すると、小林秀雄や保田與重郎が持っている文学の根はもう少し太い。
この「弱点」は、近代日本の知識人にある程度共通する弱点なのか、それとも蓮田個人に限定される弱点なのか。それは、蓮田善明を考察する際に、常に、かつほぼ永続的に出発点としなければならない問いである。

注

（1） http://www.isis.ne.jp/mnn/senya/senya0992.html
（2） 詳しくは、本書I—6を参照されたい。

9. 三島由紀夫「憂国」論――エロスのモナド

1

「憂国」は、「小説中央公論」冬季号（昭和36年1月）に発表された。表現方法、内容ともに、三島文学のなかでも異色の作品だといえる。

「憂国」を最も早い段階で評価したのは、江藤淳であった。江藤は、「文芸時評・下」（「朝日新聞」昭和35年12月20日）において、「『帝国陸軍』叛乱という政治的非常時の頂点を、『政治』の側面からではなく『エロティシズム』の側面からとらえたという、三島氏のアイロニイ構成の意図は、ここで見事に成功している」と述べた。「小説中央公論」冬季号は、販売の都合上多くの文芸雑誌がしていたように、実際には一ヶ月前の昭和三五年一二月に店頭に並んでいたが、江藤はそれを読んですぐさま原稿を書いたのである。

以後、様々な「憂国」論が出ているが、死とエロスの問題が基本となって展開されてきた。この際のエロスとは、青海健「眼差しの物語、あるいは物語の眼差し――三島由紀夫『憂国』論」（「群像」平成二年七月）を除いて、異性愛についてのものであることが疑う事なき前提であった。本稿では、この前提を再検討し、「憂国」という作品が孕む問題を、異性愛と同性愛の位相を解明しつつ新たに読み解いていきたい。

2

「憂国」は、いくつかの枠組みを強固に設定した小説である。まず、〈壱〉章の新聞記事風文語体の枠（枠1）がある。〈壱〉章は、次に全文引用するように、二八〇字余りの短い章であり、作者自身による作品の梗概とも読めるもので、簡潔に中尉と妻麗子の自決の意味が述べられる。別の言い方をすれば、〈壱〉章の読解枠のなかで作品が受容されるように、作者側から誘導されている。神谷忠孝は、「明治天皇大喪の日に夫婦で自殺した乃木大将と妻静子の殉死を想起させる意図」[1]を指摘しているが、新聞記事風にすることで事実であるかのような錯覚を与え、あるいは、「乃木大将と妻静子の殉死」という事実を連想させるのである。

　昭和十一年二月二十八日、（すなはち二・二六事件突発第三日目）、近衛歩兵一連隊勤務武山信二中尉は、事件発生以来親友が反乱軍に加入せることに対し懊悩を重ね、皇軍相撃の事態必至となりたる情勢に痛憤して、四谷区青葉町六の自宅八畳の間に於て、軍刀を以て割腹自殺を遂げ、麗子夫人も亦夫君に殉じて自刃を遂げたり。中尉の遺書は只一句のみ「皇軍の萬歳を祈る」とあり、夫人の遺書は両親に先立つ不幸を詫び、「軍人の妻として来るべき日が参りました」云々と記せり。

烈夫烈婦の最期、洵《まこと》に鬼神をして哭かしむの概あり。因みに中尉は享年三十歳、夫人は二十三歳、
華燭の典を挙げしより半歳に充たざりき。

簡潔にして雄勁であり、新聞記事風という設定でも、三島由紀夫の文章構築力の冴えが感得できる。しかし、後に検討するように、〈弐〉章の後半を過ぎると、文章は過剰な細部に傾いていき、〈壱〉章で構築したと思われた作品世界の柱や壁に亀裂や歪みが生じ始める。

野坂幸弘は、「〈壱〉と〈弐〉以下には、齟齬を来す部分」があるとし、中尉の遺書は「皇軍の萬歳を祈る」だったはずなのに、〈肆〉章では「皇軍萬歳」に変わっていること、また、「事件発生以来親友が反乱軍に加入せることに対し懊悩を重ね」の部分について、武山中尉切腹の時点では親友は蹶起軍に加入したのであって、「叛乱軍」という言い方が事後報道的な表現であること、さらに、〈参〉章では、「奴らを討たねばならん」という懊悩に意味づけが変化していることを指摘した。(2)

ここで、二月二九日までの二・二六事件について、簡略に経過を述べれば、次のようになる。二月二六日未明、皇道派青年将校二二名が下士官・兵一四〇〇名余を率いてクーデタを起こす。二七日、東京市に戒厳令を施行。二八日午前に「戒厳司令官ハ三宅坂付近ヲ占拠シアル将校以下ヲ以テ速ニ現姿勢ヲ徹シ各所属部隊ノ隷下ニ復帰セシムベシ」との奉勅命令。二九日午前五時一〇分、討伐命令。その後「兵に告ぐ」のラジオ放送。叛乱軍の帰順。

澤地久枝「暗い暦」(3)では、次のように述べる。

二・二六事件をどう評価するにせよ、二十六日払暁から二十九日夕刻までの経過は、のちに叛乱罪で処刑される男たちが、まるでなぶり殺されるような憤懣を書き遺す、実に不可解な経緯をたどっている。

まず二十六日、川島陸相から「蹶起の趣旨ニ就テハ天聴ニ達セラレアリ」にはじまる大臣告示が、叛乱をおこした部隊に伝達される。伝達者は山下奉文、しかも告示は二種類あった。つづいて戦時警備令が下達されるが、これは叛乱部隊を正規の警備部隊に編入し、占拠中の場所で警備につくことを命じている。正規の命令なく出動して殺傷をおこなった部隊が「公民権」をあたえられ、食料その他正規の軍隊として待遇されたのはこの命令による。二十七日、緊急勅令により東京市に戒厳令施行。「叛乱」部隊は麹町地区警備隊として区処され、これを知った磯部浅一は万歳を唱えている。二十八日、「出動」部隊は占拠をやめて原隊へ復帰せよという天皇の奉勅命令が第一師団の各部隊に伝えられるが、「出動」して叛乱した部隊にこの命令は伝達されない。そして二十九日、伝達されなかった奉勅命令に違反したという名目で、叛乱の烙印がおされ、鎮圧がおこなわれる。

澤地によれば、「叛乱をおこした部隊」は二六日の時点では「正規の軍隊として待遇」され、二七日時点では「麹町地区警備隊」であり、「叛乱の烙印」は二九日（つまり武山信二中尉切腹後）になるが、三島の設定では、奉勅命令が出た二八日には蹶起軍は叛乱軍とされ「皇軍相撃の事態必至」ということになる。事実上の叛乱を起こしたことと「叛乱の烙印」を押されたことは微妙に違うので、「親友が反乱軍に加入せることに対し懊悩を重ね」という叙述は、間違いとまではいかないにしても、切腹の動機としてはやや不十分ということになるだろう。

先の野坂の考察に従って作品を読めば、武山中尉の切腹について、作者側で設定された切腹の動機もすでに作品内で揺れているということになり、微に入り細をうがった切腹の場面が、作品の必然であったかどうかに疑念が生じないでもない。とすれば、切腹を描き出した作者には、副次的に別の動機も紛れ込んでいると想定できるのである。藤田尚子が、「憂国の情があるように描かれつつ、それを裏切る形で自己の肉欲に溺れ、至福を感じる中尉のどこに一体、死の必然性があったのだろうか[4]」と述べるのも、この切腹の動機が作品内で十分には描き切れていないことを意味してる。強い枠組みを必要とした理由のひとつがそこにある。

次に、〈弐〉章では、この夫婦の外形＝「美男美女ぶり」を、結婚記念写真という枠（枠2）で提示する。新聞記事には写真がつきものではあるが、〈壱〉章の余韻のもとに夫婦の輪郭が明示される。「まことに凛々しい顔立ち」をし、「青年の潔らかさといさぎよさ」をよく表す「濃い眉」と「大きくみひらかれた瞳」を持つ男と、「艶やかさ高貴さとが相映じてゐる」「やさしい眉の下のつぶらな目」と「ほっそりした形のよい鼻」、そして「ふくよかな唇」を持つ女。あまりに完璧であるがゆえに、「不吉なもの」を呼び込む可能性を示唆する記念写真。

「共同討議　三島由紀夫の作品を読む[5]」において、松本徹は、日本の近代作家が常に個性的な表現を追い求めてきたのに、「憂国」においては「ある限りの月並みなことを書いて」作品を作り上げる大きな冒険を敢行していると評価し、柘植光彦は「才子佳人という意味でも月並み」であり、「美男美女であるということがまわりの人々の目から保証されている」あるいは「みんながそう言っていんだという、証拠をつくっていく」という設定が、段階を踏んで「型にはまって、ある意味でうまくいっている作品」だとする。つまり、紋切り型で月並みな表現を積み重ねつつ、それを逆転して様式美・形式美にまで高めたという見解であり、以後もこの種の位置づけが定説になってきた。確かに、イロニーを排除したという点で、三島はここでロマン主義の封印をしたということになる。典型的な才子佳人で、ありえない夫婦だから小説としてはありえるかもしれないという形象を作り上げていくことにある程度成功したのである。

枠2のアナロジーとしては、舞台設定として、四谷青葉町の家の中という枠（枠3）がある。「憂国」は、演劇や歌舞伎で言えば、全一幕、すべて武山中尉の自宅の中でドラマが展開されている。枠3は、様式美を醸し出す前提のような機能をはたしていると言えよう。別の観点から言えば、この小さな家の中は、嗅覚でとらえられる範囲内にある空間でもあり、事実、「匂ひ」が際だつ濃密な空間に設定されている。それは、嗅覚に関する叙述がなくても、例えば「瓦斯ストーヴに温められた寝室」と描かれるだけで相応の嗅覚イメージが浮かぶようなつくりになっており、激しい交情の際には「香りの高い花の焦げるような匂ひ」が立ち、中尉の「胸の肉付のよい両脇が濃い影を落してゐる腋窩には、毛の繁りに甘い暗鬱な匂ひが立ち迷ひ、この匂ひの甘さには何かしら青年の死の実感がこもつてゐた」

ということになる。中尉の外套が「馬糞くさい匂い」を消していることを意識させるのも、このような稠密な空間内であるからこそ可能なのであり、かくして、武山と麗子の行為が叙述として生きてくるのである。やがて切腹の場面では、「生ぐさい匂ひ」がたちこめ、切腹後は「階段の中ほどから、すでに異臭が鼻を突」くことになる。エロスと死の過程が、匂いでも追体験できるのだ。

さて、典型的な才子佳人ではあっても典型的な夫婦ではないことは、この男女の愛が、家族を増殖しない愛であることからも明らかである。それは、生殖行為ではない愛なのである。〈弐〉章に見られるように、初夜の時から床に入る前の軍刀と懐剣とによる死の黙契で示されるように、子供を産む予定は皆無であり、夫婦はいつでも死ねる状態にあることが強調される。一般的読者の予想では、これに続く叙述の流れは禁欲を伴う純潔の様相なのだろうが、次に引用するように、作品はその予想を大きくくつがえすものとなっている。

二人とも実に健康な若い肉体を持つてゐたから、その交情ははげしく、夜ばかりか、演習のかへりの埃だらけの軍服を脱ぐ間ももどかしく、帰宅するなり中尉は新妻をその場に押し倒すことも一再ではなかつた。麗子もよくこれに応へた。

初読の際に、この桁のはずれた転調にとまどう読者も多いのではないだろうか。この転調に抵抗なくついて行ける読者は、枠1に沿ってやがて来る悲劇の予兆として読み解くかもしれない。生殖行為ではない愛にして、激しい肉欲とその結果としての快楽を伴う愛の讃美は、その後も連綿と続く。特徴的なことは、作品内では決して肉欲で溺れるという規定をしないことであろう。逆に、教育勅語の「夫婦相和シ」の「訓へにも叶つてゐ」る「道徳的」な愛であることが強調されるのだ。「かれらは床の中でも怖ろしいほど、厳粛なほどまじめ」で、「おひおひ烈しくなる狂態のさなかでもまじめ」なのである。

全体のテーマに関わるものとしての、道徳的性交という枠（枠4）がここで発動される。道徳的性交という枠は、「厳粛な神威」と「身も慄へるやうな快楽」の対置を基盤とする。

武山にとって、公の大義に守られた私的な肉の快楽は、「渾身の自由」を伴う「至情の歓び」である。一方、妻麗子にとって武山は、「良人が体現してゐる太陽のやうな大義」と結びつく媒体でもあり、「そのかがやく太陽の車に拉し去られて死ぬ」ことも「快適」ですらある。二八日に帰宅した武山が切腹を決意し、「二日の間忘れてゐた健康な欲望が頭をもたげ」ている時も、「二人の正当な快楽が、大義と神威に、一分の隙もない完全な道徳に守られたのを感じた」のであり、「美と正義に鎧はれた」武山は、「自分の肉の欲望と憂国の至情のあひだに、何らの矛盾や撞着を見ない」のである。まことに稀有な発想が、作品の通奏低音となっている。

柴田勝二は、「天皇を頂点に置く縦軸の人間関係に奉仕することが第一の『大義』であるならば、友人や妻といった横軸の繋がりを重んじる武山の『大義』の内実は、明らかに天皇制国家の美徳から逸脱する性質を帯びている。それが目立なく埋め込まれているのは、彼と麗子の振舞いが性の快楽に至るまですべて『道徳的』であることが、叙述の表層で強調されているからである[6]」として、武山の「大義」が縦軸ではなくて横軸の人間関係に基づくがゆえに、天皇制から逸脱していることを明らかにし、本稿で言うところの道徳的性交という枠の機能を言い当てている。

また、「自分の肉の欲望と憂国の至情のあひだに、何らの矛盾や撞着を見ない」という点については、藤田尚子の「まだまだ緊迫した状況が続いている最中に、仲間を思うこともなく、密室の中で、ひたすら快楽を追求していた中尉の姿は奇異でさえある[7]」という妥当な指摘があるし、作品内における「憂国の至情」の位置づけそのものに疑問を呈した、神谷忠孝の次のような指摘も十分な説得力を持っている。

ここに出てくる「憂国」の至情とは、何だろうか、作品の内容に忠実に読めば、二・二六事件に蹶起した青年将校たちの心情は「憂国」であり、その青年将校に一体感をもつという意味では中尉の心情は「憂国の至情」である。しかし中尉の動機は反乱軍の汚名を着た将校たちを討伐する側に立ちたくないというものである。だとすれば天皇の勅命にそむいて切腹するということは天皇への批判ということになる。そう考えると「憂国の至情」の真の意味は、国を憂えて蹶起した将校たちを叛乱軍とした天皇の行為を憂え、抗議として切腹することが中尉の「憂国」ということになり、この心情はのちに書くことになる「英霊の声」の主題につながる[8]。

「憂国」という作品は、精読すればするほど、作者による枠組みがほころびてくるのであるが、それは、枠組みがそもそも脆弱だったからではなく、作品の内実が作者による枠組みを結果的には内破するものだったからだとも考えられる。

3

以上、枠1から4は、「憂国」の原稿を書き上げた一九六〇年一〇月一六日までに設定されたが、作者による自作解説という作品以後の枠（枠5）もまた重要である。作品の受容と解釈という点では、むしろ、この枠5がもっとも影響を与えたとも言えよう。

まず、昭和四一年六月に河出書房新社から『英霊の声』を刊行する際に、二・二六事件三部作と銘打って「憂国」「十日の菊」「英霊の声」が収められたことをあげておきたい。現時点で三作を読めば、それぞれ二・二六事件を作品の背景にはしているが、登場人物もそれぞれ全く異なり、三部作と言えるほどには相互関連性がないことは明らかである。「十日の菊」は戯曲であってジャンルも違うし、「憂国」と「英霊の声」はジャンルは同じ小説ではあるが、語りの位相や視点の位置も、作品の色合いも異なる。三島由紀夫が三部作としたのだから三部作だという論理は、あまりにも単純すぎるのである。

その『英霊の声』という単行本の巻末に評論「二・二六事件と私」がある。ここで三島自身が「二・二六事件三部作」と述べていることも付け加えておきたい。「二・二六事件と私」では、「「十日の菊」

を書く一年前に、私はすでに二・二六事件外伝ともいうべき『憂国』を書いて、事件から疎外されることによって自刃の道を選ぶほかはなくなる青年将校の側から描いていた。そしてそれは、喜劇でも悲劇でもない、一篇の至福の物語であった」とあるが、「二・二六事件外伝」という位置づけは、『花ざかりの森・憂国』新潮文庫「解説」（昭和43年9月）でも継承され、「『憂国』は、物語自体は単なる二・二六事件外伝であるが、ここに描かれた愛と死の光景、エロスと大義との完全な融合と相乗作用は、私がこの人生に期待する唯一の至福である」と述べられている。

そのほか、『三島由紀夫短編全集』「あとがき」（昭和40年8月）の「徹頭徹尾、自分の脳裏から生れ、言葉によってその世界を実現した作品は、『憂国』一編といふことになる」もある。

要するに、「憂国」は作者の側からの解釈枠が、枠1〜5に示されるように、作品内外で様々に張りめぐらされた小説なのである。

こうした枠組みにそった解釈を後押ししたのが、江藤淳であった。江藤は、冒頭で触れた「文芸時評・下」（「朝日新聞」昭和35年12月20日）の他にも、集英社版『新日本文学全集33　三島由紀夫集』（昭和37年3月27日）「解説」（脱稿は昭和37年2月）で、「二・二六事件という政治的異常事の中心を、エロティシズムの側面からとらえようとすることで、その意図は見事に成功している。大義に殉ずる忠節の念が高ければたかいほど、エロスの燃焼は完全であり、その喜びもはげしい」と述べ、ほぼ朝日新聞の「文芸時評・下」を踏襲している。こうして、愛と死、大義とエロスを巡って「憂国」読解の強力な先入観が形成されたのである。

しかし、今、江藤淳の文章を読み返してみると、褒めるために褒めた空疎な美文でしかないようにも思える。二・二六事件の「中心」をどのように「エロティシズムの側面からとらえ」ているのか、どのレベルでどのように「見事に成功」したのか、はたして「大義に殉ずる忠節の念が高ければたかいほど、エロスの燃焼は完全」だと作品に依拠して本当に言えるのか、等々、疑問は多い。江藤淳が提示した解釈枠は、見直されるべき時期にきているのである。

では、三島はなぜそのような枠組みを必要としたのだろうか。おそらく主たる理由のひとつは、作品の内実が、枠がなければ作者にとって思わしくない解釈をされる内容であったからであろう。何かを書くことは、同時に何かを隠蔽することであるが、「憂国」の場合、先述のような枠組みが、何ものかを隠蔽する手段として機能しているのではないだろうか。枠組みをはずして読み解けば何が見えてくるのだろうか。

4

青海健は、先に述べた枠組みを離れて、〈見る／見られる〉の視線の問題として「憂国」を読み解き、「憂国」研究の新局面を開いた。青海の卓見は次のようなものだ。

『憂国』には二つの禁止が、つまり死とエロティシズムの禁止があると言ったが、この二つのモチーフは三島文学の中で独自の展開を見せている。まず三島文学のエロティシズムについて考えるとき、誰しも男色の問題に逢着するだろう。[1]『仮面の告白』で初めて表層へと浮かび上がり『禁色』でその展開を遂げたこのモチーフはなぜかそこでプツリと跡絶え、以後再び日の目を見ることはないのだが、しかし秘められた主題として作品の背後に秘匿されているというのが私の考えである。たとえば『愛の渇き』の主人公《ヒロイン》悦子が〝男〟であるのは言うまでもないにしても（園丁の青年三郎への悦子の眼差しは、男の眼差しである）、『沈める滝』の不感症のヒロイン顕子も（主人公昇は〝女〟となった顕子に失望する）、『鏡子の家』の巫女的主人公鏡子も（この作品も鏡子が四人の分身たちの一人に身をまかせる、つまり巫女から〝女〟へとなりかわることで閉じられている）、すべて〝男〟なのではないか。メタファーとしての男色がむしろ作品そのものを支えているところに、これら諸作のからくりがあるのだといえよう。『憂国』のヒロイン麗子を〝男〟だと断定するのはおそらくテクストの誤読だろうが、しかし私はあえて麗子を〝男〟であると決めつけたい誘惑にかられる。というより、私はそのような誤読そのものをここで肯定しておこう。彼女は〝見る〟者としてほとんど〝男〟的な位置にあるからだ。〝見る――見られる〟小説として『憂国』を読むとき（中略）、[2]麗子の眼差しはその〝女〟をかなぐり捨てて夫の裸体を眼で淫しており、その「最後の営み」の場面はほとんどメタファーとしての男色なのである。[3]新婚である夫と妻の性交という設定は一つの仮面にすぎず、これは明らかに秘儀の隠喩としてのペデラスティであり、三島はその禁止を『憂国』で侵犯している。

（中略）この「最後の営み」の場面で、麗子は今まで一度も洩らしたことのない「要求」を口にすることによって〝女〟としての禁止を犯している。夫の裸体をその目で淫するという〝女〟であることの禁止の侵犯が〝男〟の物語からの逸脱を意味するのは明らかだだが、麗子はその指で夫の目を瞑らせることで見る者としての自己を位置づけるのだ。麗子の眼差しは男の眼差しであり、同時に〝男〟の物語を砕破する眼差しである。

青海の考察の優れたところは、作家三島由紀夫をめぐる様々なエピソードに惑わされることなく、作品の精読の中からにじみ出てきた問題を、着実に言語化して積み上げていることである。「男の眼差し」という表現も、例えば、夏目漱石や芥川龍之介が女性を描いても、結局、男性の視線でしか書けていないというような言い方とは質的に異なる種類の表現なのである。

「『仮面の告白』で初めて表層へと浮かび上がり『禁色』でその展開を遂げたこのモチーフはなぜかそこでプツリと跡絶え、以後再び日の目を見ることはないのだが、しかし秘められた主題として作品の背後に秘匿されているというのが私の考えである」（傍線1）の指摘について、前半は誰もが認める事実である。従来は、前半の見解をもとに、以後三島は同性愛については主題も含めて書かなくなったとするのが一般的であり、年譜で示される作家の人生がその証左とされた。幼少年期の同性愛的指向から脱皮して、やがて女性への性的意識が発育し、結婚して子供を得ることで普通の大人へという筋道は、異性が強制的に隔離された戦前の旧制中学や旧制高校を出た世代にとって、さほど珍しいことではなかった。三島の場合は、さらに、筋肉質の肉体に鍛え上げた文武両道の文豪へと変貌を遂げていたのである。仮に、三島という作家が同性愛者であったとしても、それをもとに作品を同性愛者の証拠のようにことごとしく詮索することは、野暮であり、さらには作品に対する冒瀆である、という考え方も過去には多かったのかもしれない。

また、同性愛問題に触れようとすると、様々に流布する〈三島由紀夫伝説〉に作品が絡め取られてしまい、結局、作品が正当には読まれないということにもなる。三島の文学は、自身が同性愛者であるのかないのかまでもひとつの〈売り〉にしているふしがある。このことは、寺の小僧時代の同性愛を小説化した水上勉の、ある意味堂々と開かれたスタンスと比較するとよくわかる。読者が三島の仮面をいくら剝いでみても、その度に新たな仮面が現れてしまうのだ。

しかし、「憂国」という作品に関する限り、筆者は、同性愛のテーマが「作品の背後に秘匿されている」とする青海の見解に賛同する。その理由の第一は、異性愛のエロスとして読もうとするとどうしても不可解な部分が、同性愛のテーマに置き換えて読むことで理解でき、さらに、「憂国」を『仮面の告白』の延長上に位置づけることが可能になるからである。また、理由の第二には、後述するように、筆者にとって、セジウィックのクイア理論が「憂国」を読むことで初めて納得のいくものになる事情があり、それによって、「大義」とエロスの特殊な結びつきが明らかになるからである。

まず、理由の第一から考えてみたい。先述した枠組みで異性愛の物語として読もうとした時、どうしてもそこから逸脱してしまう不可解な要素、あるいは、ミシェル・フーコーが言うところの写真のプンクトゥム(9)のようなものは、(1)「馬糞くさい匂ひ」という表現、(2)「凛々しい」及び「男らしい」というイメージ群、(3)「髭」及び「剃る」というイメージ群、(4)「腸」にまつわるイメージ群、である。なお、(2)～(4)は、作品内で頻出するイメージ群である。

(1)について、この表現は、〈参〉章で、二八日の夕刻に帰宅した武山が、軍刀をはずして外套を妻に渡す場面で出てくる――「うけとる外套は冷たく湿つて、それが日向で立てる馬糞くさい匂ひを消して、麗子の腕に重くのしかかつた」。この後、武山は「ただ一つの死の言葉」を語ろうとするのである。筆者の疑問点は、荘厳な死を前にして行われる「大義と神威に、一分の隙もない完全な道徳に守られた」最後の性交がやがて始まる場面のとっかかりの部分で、消えているはずの「馬糞くさい匂ひ」のイメージをなぜ呼び出そうとするのか、である。場面にそぐわないはずなのだ。結婚初夜に死の黙契をした麗子であれば、その細い腕に重くのしかかるのは、まず軍刀であるほうが場面にあっている。たしかに、麗子は渡された外套を「外套掛にかけ、軍刀を抱いて」良人に従って茶の間へあがる。だから、まず外套、次に軍刀という順序は、意識しないリアリズムによるという考え方もできる。しかし、「憂国」で展開されているのは様式美であって、様式美であれば、夫が妻に最初に何を渡すかの順序は重要である。また、意識しないリアリズムであったとしても、そこに「馬糞くさい匂ひ」のイメージを付加することは必要とは思われない。

記号論的に言えば、妻が夫から受け取ったのは、表層的には冷たく湿った外套であるが、深層的には、今は消えているが太陽光を当てれば立ちのぼるであろう「馬糞くさい匂ひ」なのである。

「憂国」という作品内だけではこの「馬糞くさい匂ひ」という表現が何を意味するのかは不可解なのだが、三島文学のイメージ連鎖という観点からすぐに連想されるのが、『仮面の告白』冒頭近くで描かれている、「最初の記憶、ふしぎな確たる映像で私を思い悩ます記憶」、すなわち、同性愛を五歳で意識した最初の記憶としての汚辱屋《おわい》である。その汚辱屋は、「私」にとって「坂を下りて来るもの」であり「これこそ私の半生を悩まし脅かしつづけたもの」である。

坂を下りて来たのは一人の若者だつた。肥桶を前後に荷ひ、汚れた手拭で鉢巻をし、血色のよい美しい頬と輝く目をもち、足で重みを踏みわけながら坂を下りて来た。それは汚辱屋《おわい》――糞尿汲取人――であつた。

糞尿という汚物の匂いは、『仮面の告白』の主人公「私」にとって「大地の象徴」である。生後四九日目の「私」は祖母によって母の手から奪い取られ、以後、「しじゅう閉《た》て切った・病気と老いの匂いのむせかえる祖母の病室」で育てられる。母の自然な愛ではなく、常軌を逸した祖母の愛は、それとは正反対の世界にいる糞尿汲取人の若者への憧れを誘発するが、それは、「私がそこから拒まれている」ということの逸《いち》早い予感がもたらした悲哀の、投影」である。五歳の「私」は、女性への愛ではなく、糞尿汲取人に対する嗅覚とともに「そこから拒まれている」男性への愛の予感に目覚めるのである。ここで言う糞尿汲取人に対する嗅覚とは、男性の精液に対する嗅覚のメタファーに他ならないのであり、

「馬糞くさい匂ひ」もまた同種のメタファーの範囲にある。

そのメタファーの一例として、水上勉の小説「男色」（「話の特集」昭和42年4～6月）を挙げておきたい。なお、水上勉は一九一九年生まれで、三島は一九二五年生まれなのでほぼ同世代の作家であり、「男色」と「憂国」は雑誌掲載時期も約一年半の差でしかない。

「一二歳の頃、京都の禅刹某派の末寺である孤峯庵で、私は男色の世界を知った」で始まる小説「男色」の主人公「私」は、八歳で母の許を去って小僧として寺にあずけられ、一二歳で兄弟子の雲水の夜とぎをつとめることになる。その後、寺を出奔して、年齢が上がるにつれ女性に対する性意識も発達して、妻子を持つ。中年の作家となった「私」は、ある時、「雅美」こと稲田正雄と出会う。何度か雅美に誘われることもあったが、もう男を抱きたくはないと思う「私」は、雅美との肉体関係を望まない。しかし、あるきっかけで、雅美を抱くことになる。次に引用するのは、その雅美との性交についての描写である。


その夜、巧みな雅美の誘導で私は恍惚を味わった。それは、女性の場合とことなった、しかし、確かな快感だった。生ぐさい干し藁に身をすくめて、かわいた馬糞の匂いにうまった気分にも似ていた。いったい、私はこれまで、いくたりもの女性と寝ていながら、故郷の干し藁の感触や、かわいた馬糞の匂いを味わったことがあったろうか。（『水上勉全集』第一二巻、中央公論社、昭和51年11月）

この引用でも明らかなように、「かわいた馬糞の匂い」は、体液と体臭（汗を含む）の入り交じる男性同士の愛に独特な表現であり、異性愛では決して使われないのである。加えて、「生ぐさい干し藁に身をすくめて、かわいた馬糞の匂いにうまった気分」や「故郷の干し藁の感触」については、そのような臭いに包摂された空間を意味しているとも考えられる。

次に引用するのは、司馬遼太郎『箱根の坂』上巻（講談社、一九八四年）で、伊勢新九郎（後の北条早雲）の妹・千萱のところに、駿河の守護今川義忠が初めて通う場面である。千萱が、闇の中で若い男性を嗅覚とともに感じる様子が描かれている。

> 千萱の部屋は古い形式の建物で、南側が蔀戸になっている。（中略）千萱のまわりは、闇である。麻衾に紅色を打った夜具を顔までひきあげたまま、さすがにふるえがとまらない。正体のさだかでないおびえが千萱の身を襲いつづけ、そのくせ、悪寒も熱も伴わずに快いというのは、どういうことであろう。
>
> 闇に、義忠の体臭が満ちている。真新しい稲わらのようなにおいで、汗の重苦しい匂いもまじっている。

司馬遼太郎は、一九二三年生まれで、水上勉よりは年下、三島由紀夫よりは年上になる。おそらくこの世代においては、性的描写に関して、男性の体臭を含めたその場の雰囲気を描くときに、「かわいた馬糞の匂い」や「故郷の干し藁」、そして「真新しい稲わら」などが想起されるのである。

以上のことを勘案して「憂国」に戻れば、武山中尉から妻麗子に渡された外套＝潜在化した「馬糞くさい匂ひ」は、作品の深層では男性同士の愛を開始するサインであったとも考えられよう。


さて、『仮面の告白』では、いまわしい「最初の記憶」は、あと二つある。そのひとつは、「美しい騎士」ジャンヌ・ダルクの絵本であり、もう一つは、練兵から帰る兵士達の汗の匂いである。

「美しい騎士」の絵本に見入ったのは、やはり五歳の頃で、「凛々しく抜身を青空にふりかざして、『死』へか、ともかく何かしら不吉な力をもった翔びゆく対象へ立ち向っていた」騎士が、男装をした女性＝ジャンヌ・ダルクであったことを知らされて、「私」は打ちひしがれる。ここでは、男性讃美と女性蔑視をあからさまにしている。また、練兵から帰る兵士達の汗の匂いについては、「その匂いは、もちろん直ちに性的な快感に結びつくことはなしに、兵士らの運命・彼らの職業の悲劇性・彼らの死・彼らの見るべき遠い国々、そういうものへの官能的な欲求をそれが私のうちに徐々に、そして強く目ざめさせた」と述べられる。

まとめると、「ふしぎな確たる映像で私を思い悩ます記憶」は、汚辱屋、「美しい騎士」の絵本、練兵から帰る兵士達の汗の匂い、の三様であり、「私が人生ではじめて出逢ったのはこれら異形の幻影だった」ということになるが、そのすべての要素を併せ持っているのが、二月二八日夕刻に自宅に帰った武山中尉であったということになる。

つまり、「憂国」においては、『仮面の告白』の同性愛のモチーフが、より濃密に反復されているのである。

5

次に、(2)「凛々しい」及び「男らしい」というイメージ群と(3)「髭」及び「剃る」というイメージ群について述べる。これらのイメージ群は相互補完的な関係にあり、顕著な男性性のイメージを呼び出すという点が共通する。

(2)は、「まことに凛々しい顔立ち」、「その濡れた逞しい背中の肉が、腕の動きにつれて機敏に動く」、「男らしい顔」、「凛々しい眉」、「男の至上の美しさ」等、作品全体に一本の太い柱のように貫かれているイメージなのだが、頻出するのでいささかくどい印象を与える。

(3)は、「麗子は首筋に中尉の髭のこそばゆさを感じた」、「見苦しい剃り残しをしてはならない」、「剃られた顔」、「つややかな頬に青い剃り跡を光らせて」、「中尉の五分刈りの頭を抱きしめた」、「青い剃り跡の頬は灯を映して、なめらかに輝いていた」等、死を決定した夫婦の最後の交わりをめぐる場面でのみ頻出するイメージである。

「青い剃り跡」が性交にからんで強調されるのは、異性愛恋愛小説においてではなく、同性愛小説の文脈においてであろう。(2)と(3)が相乗して醸し出すコンテキストは、青海も言うように「メタファーとしての男色」を示している。筆者は、先述した「二人とも実に健康な若い肉体を持つてゐたから、その交情ははげしく」で始まる、桁のはずれた転調にも驚いたが、「私にもお名残によく見せて」で始まる、さらに桁のはずれた大転調には、当初、とまどいを伴う驚きを感じた。青海は、この部分について、「麗子の眼差しはその〝女〟をかなぐり捨てて夫の裸体を眼で淫して」（傍線2）いるとして、「新婚である夫と妻の性交という設定は一つの仮面にすぎず、これは明らかに秘儀の隠喩としてのペデラスティ」（傍線3）であると論じており、筆者のとまどいの理由をうまく説明してくれる。筆者なりに言えば、「憂国」は、異性愛を描くと見せて、実はねじれた形で同性愛を描いているということになる。作品前半はまだ異性愛の要素も強かったが、後半にあたる二月二八日夕刻以降の部分では、愛の内実が同性愛に決定的に変化しているのだ。

他の作家による同性愛小説の文脈で、「青い剃り跡」イメージが出てくる一例としては、福島次郎『三島由紀夫――剣と寒紅』（文藝春秋、平成10年3月）を挙げておこう。これは評論・評伝の類ではなく、小説として描かれたもので、小説は、「私」と「三島由紀夫」の同性愛を中心に展開される。次に引用するのは、その性交の場面である。

三島さんは、自宅の二階でも、数度その行為に及んだ。（中略）小兵のわりに大きな顔、照り光る白い皮膚、青い髭そりあと、張りつけたたような濃く太い眉毛の左にある切り傷、いつもつばきに濡れている赤い唇――人の幾倍かの精気が凝固しているようにも思えた。

ここでも、性交の相手の描写として「青い髭そりあと」や「張りつけたたような濃く太い眉毛」が強調される。異性愛恋愛小説、なかでもエロ小説と呼ばれるものの性交描写の多くは性器中心主義であるから、描写のスタンスは全く違うものになるはずである。

（4）の「腸」にまつわるイメージ群は、当然のことながら切腹の場面に集中する。「刃先は腸にからまり」、「腸に押し出されたかのやうに、刀身はすでに刃先まであらはれて」、「腸が弾け出てきたのである。腸は主の苦痛も知らぬげに、健康な、いやらしいほどいきいきした姿で、喜々として辷り出て股間にあふれた」、等の表現である。

切腹の場面は、ある場合には、『仮面の告白』における、グイド・レーニの「聖セバスチャンの絵画」への連想とともに、サディズム、性倒錯的衝動、被虐的官能として解釈され、別の場合には、「作家ミシマの十年後の自死の儀式のシミュレーション」の「胡散臭さ」[10]とともに読まれ、あるいは、切腹を露悪的にまで追求したリアリズム描写という読み方をされてきた。それぞれ一理はあるものの、十分な納得には至らない。「憂国」における切腹の不可解なところは、腸の表現方法であり、「健康な、いやらしいほどいきいきした姿で、喜々として辷り出て股間にあふれた」というイメージが、大義のもとに死ぬこととそぐわない印象が残る。

しかし、「腸」にまつわるイメージを同性愛小説のものとして読み解くときに、別の側面もひらけてくるのではないだろうか。

次に引用するのは、稀有な表現力を持つドイツ人作家、ハンス・ヘニー・ヤーン（一八九四〜一九五九）が、血とエロスを描いた「水中芸人」の一部である。なお、「憂国」の濃密でうねうねとした、何かを内に秘めたような文体を読みながら、筆者がすぐに連想したのが「水中芸人」であったことを申し添えておく。引用は、種村季弘訳、『十三の不気味な物語』（白水社、一九六七年一二月）による。

わたしは彼を観察した。わたしは、これまでにどんな人間にも見たことのない珍しい特徴が彼にあるのを発見した。乳首が稜角をするどく殺いだ鉄でできているようで、手を触れると怪我をしそうに思えるのだった。耳は小さくて、ほとんどまんまる、皮膚は赤黒く、片方の腕に一箇所だけ明るい部分が、つまり、真白にはめこんだ腕輪がみえた。――なんという野獣、なんというみごとな人間獣――とわたしは考えた。彼は、泳ぎ手のほとんどがそうであるように、痩せぎすというよりはむしろやや太りぎみだった。手は大きく頑丈で、それでいてたこだらけの手のひらがおとぎ話の国の小枝のように腕という樹幹のうえにはえていた。彼は飢えてはいなかった。父母から受けついだその姿態、この、たとえば肺、腎臓、腸、血管、心臓など完璧な五臓六腑をそなえた姿態に賛歌をささげながら、むしろだれよりも大きな金貨を手に入れていた。（中略）わたしは彼をむさぼるようにみつめた。

引用部分は、同性愛者である白人の「わたし」が聖カタリーナ島を訪れて、観光客相手に「海豚のように水中を自在にはねまわる」芸をする若い男たちの中に、「彼」アウグストスを見初める場面である。ここで描かれているのは、見ることに徹した同性愛であり、「みごとな人間獣」としての外形描写の後に、「肺、腎臓、腸、血管、心臓など完璧な五臓六腑をそなえた姿態」にも視点がいくこと、つまり、内臓への言及があることである。愛する相手について、この種の描写は、倒錯傾向を伴わない一般的な異性愛恋愛小説では皆無であろう。仮に、この種の描写を、男性同士の同性愛における内臓愛の描写としておく。この内臓愛は、悲劇と密接に関連する。ある時、「彼」アウグストスは、水中芸の最中に誤って「おびただしい見物たちが甲板に陣どっている一隻の平底船」のスクリューにまきこまれ、腹部を切り裂かれて死亡する。「屍の近傍の海水」が、「あわい鮮紅色」に変色するなかに、「わたし」が見たのは、「うす赤くどす黒い、ずたずたに破れた肉の雑巾」であった。「わたし」は、「死体の首に纜を巻き、あいているほうの端を自分のからだに巻きつけて」、ずぶねれになりながら死体を陸にひきあげ、立ちつくす――「恥ずかしさと悲しみにうちのめされ、心ここにない風情で、あらゆる人間を敵にまわして」。

「憂国」と「水中芸人」を比較すると、エロスと死の問題の扱い方が、本質的には同じ種類のものであることがわかる。

先に述べた、内臓を含めた愛の描写が一般的な異性愛恋愛小説では皆無であることは、一種の伝統的なものでもある。それは、伝統的な女性美攻撃の際に、美しい女性の内臓への言及がなされることでも明らかであろう。澁澤龍彦『幻想博物誌』では、一〇世紀のフランスの修道僧オドン・ド・クリュニーの言葉として次のように引用している――「肉体の美しさは、ただ皮膚にあるのみだ。もしも人間がボイオテイアの大山猫のように、皮膚の下にあるものを見ることができるならば、誰もが女を見て吐き気を催すことになろう。女の魅力も、じつは粘液と血液、水分と胆汁とから出来ている。いったい考えてもみよ、鼻の孔に何があるか、腹のなかに何か隠されているか。そこにあるのは汚物のみだ。それなのに、どうして私たちは汚物袋を抱きたがるのか」。

禁欲的生活を讃美するためになされる、この女性美攻撃について注目したい点は、女性美を相対化し攻撃する際に、美しい皮膚の下にあるものとして、腹＝汚物袋を引き合いに出していることである。この場合、腹とは腸を示している。男同士の同性愛の場合は、「馬糞くさい匂ひ」や汚辱屋についての検討でも明らかにしたように、腹＝汚物袋を含めた、あるいは、それを越えたものであろう。

「憂国」の「腸」にまつわるイメージ群は、したがって、切腹の描写のなかに同性愛的嗜好を内在化させ、死とエロスを二項対立ないし二項並立するものではなく、死とエロスを一体化させるものと言うことができる。

以上、（1）～（4）のイメージ群は、すべて、同性愛を描くために埋め込まれたものと言っても過言ではない。

青海は、「夫の自刃を見届ける『職務』を負った麗子こそ真に見る者」であり、「『憂国』の本当の主人公は武山中尉ではなくその妻麗子だと思う」とするが、これは、〈見る／見られる〉関係の行為と被行為とを上下関係で見ているので、見る方を主、見られる方を副として自動的に位置づけた結果にすぎない。「憂国」は、むしろ、同性愛における見られることの快感、即ち、中尉の〈見られる欲望〉を描いているのであり、であれば、主人公は中尉でなければならない。見られる身体（エロス）はそのまま見られる切腹（死）へと連続していく。妻麗子は、女の仮面をつけられた男、あるいは、作品前半では典型的な女性として描かれながら、後半で同性愛の男性のメタファーとなってしまうヤヌスの双面神の役割を担っている。「憂国」の内実は、恋愛小説であり、同時に芸術性を高めた同性愛小説でもあるのだ。

6

「憂国」における切腹は、「軍人としての公の行為」であり、「戦場の死と同質同等の死」であり、「大義」と結びついた死である。にもかかわらず、野坂幸弘の言うように「二・二六事件とそれに関わる『憂国の至情』なるものが、ごく僅かにしか描かれていないように見える[11]」のは、同性愛のエロスとしての死をダブルイメージとして含み込んでいるからではなかろうか。

セジウィックは、『男同士の絆』（上原・亀澤訳、名古屋大学出版会、二〇〇一年）において、「男同士の絆」＝ホモソーシャル（homosocial）と同性愛＝ホモセクシャルの両者の間に本質的相違はなく、区別できない連続体をなしていること、つまり、ホモソーシャルとホモセクシャルは、グラデーションの問題でしかないことを主張した。

ホモソーシャルとは、ホモ（セクシャル）と見なされることを恐れる男同士の社会で、いわゆる体育会系であったり、東映ヤクザの任俠世界であったり、戦前の旧制中学高校や帝国陸海軍であったり、企業戦士の群れ集う会社であったりする。近現代の資本主義社会を支える根幹にあるのが、ホモソーシャルである。それは、ホモ・スキャンダルを恐れるホモフォビア（同性愛嫌悪）と、さらにミソジニー（女性嫌悪）を伴う。だからこそ「女の交換」、つまり異性愛を愛と呼び、同性愛はあたかもないものであるかのように排除し、実は女性をも排除するのである。しかし、ホモソーシャルとホモセクシャルは区別できない連続体をなしている、これがセジウィックのクィア理論の根幹にある。

セジウィックのクィア理論に従えば、武士道で鍛えた三島由紀夫は同性愛から卒業しているという類の考え方は意味をなさない。なぜなら、武士道や「楯の会」から同性愛まで、男同士の絆は、区別できない連続体をなしているからである。同様に、「憂国」における武山中尉の男らしく凛々しい外形及び行動は、『仮面の告白』における、五歳の「私」と区別できない連続体をなしているわけである。「憂国」切腹場面におけるエロスの問題も、ある意味で当然のこととも言える。

以上のような観点を踏まえてまとめれば、異性愛を書いているようでいて、実は同性愛を書くというねじれが、「大義」のもとに許される愛として「憂国」で完成したということになる。「憂国」で描かれる新たな道徳は、大義と同性愛の一致するところに生まれる。。それは、大義ではなく常識にすぎない一般的な道徳とは全く別のものである。「自由」ということばが、作品内にしばしば出てくるのも、こうした観点からなら納得できる。「ここに描かれた愛と死の光景、エロスと大義との完全な融合と相乗作用は、私がこの人生に期待する唯一の至福である」や「徹頭徹尾、自分の脳裏から生れ、言葉によってその世界を実現した作品は、『憂国』一編といふことになる」という自作解説は、このような隠蔽された同性愛を作品として昇華しえた満足感から発せられたのではなかろうか。『仮面の告白』で提出された同性愛のテーマは、『禁色』ではどこか通俗的一般的なところがあって、本質的かつ芸術的な同性愛表現には到達していない未消化な部分があったが、「憂国」でひとまず完成したわけである。

ホモソーシャルな「文化的天皇制」を主張する「文化防衛論」を発表するのは、その七年後のことになる。

注

(1) 神谷忠孝「逆説としての殉死『憂国』」(『三島由紀夫論集 2 三島由紀夫の表現』所収、勉誠出版、平成13年4月)

(2) 野坂幸弘「『憂国』」(「国文学 解釈と鑑賞」第六五巻第一一号、至文堂、平成12年11月)

(3) 澤地久枝「暗い暦」(文春文庫、昭和57年1月)

(4) 藤田尚子「三島由紀夫の短編小説『憂国』論」(「成蹊人文研究」第8号、平成12年3月)

(5) 「国文学 解釈と教材の研究」(第26巻第九号、昭和56年7月)

(6) 柴田勝二「三島由紀夫『憂国』論――「大義」としての肉体」(「相愛大学研究論集」第13(2)号、平成9年3月)

（7）注4に同じ

（8）注1に同じ

（9）ロラン・バルトの写真論『明るい部屋』で用いられた写真構造に関する概念で、ストゥディウム（一般的な文化的コードに従って受容される要素）に対して、プンクトゥムは、その文化的コードをはずれて不意に私を突き刺す写真の細部のことを言う。

（10）青海健「眼差しの物語、あるいは物語の眼差し――三島由紀夫『憂国』論」（「群像」平成2年7月号）

（11）注2に同じ

10. 村上春樹『ねじまき鳥クロニクル』論――固有名の行方

1

四方田犬彦は、『羊をめぐる冒険』の書評として書かれた文章「聖杯伝説のデカダンス」（『新潮』、一九八三年一月号）において、「村上春樹の作品における固有名の分配の不均衡」に言及し、「ミッキー・スピレインからディープ・パープルまで」過剰にあるのに対し、「主人公はもとよりあらゆる登場人物が固有名詞を剥奪されている」と述べた。

確かに、村上春樹が紡ぎ出す小説の風景には、例えば、自宅のFMラジオや行きつけのクリーニング店のカセット、さらに喫茶店のBGMなど、物語の後景に主人公の意志に関係なく流れている音楽――ポップスからクラシックまで様々な固有名――が克明に書き記され溢れかえっている。それら固有名の無秩序なまでの現出は、登場人物の趣味や傾向、あるいは作品そのものの色調を鮮明にするためのものではなく、かえって、外見的な特徴のない主人公〈僕〉が、いつも受け身で抱え込むことになるカオスをこそ暗示している。固有名は次々に現れ、そしてまたたくまに消えて行く。それらは、結果として、場末の土産物屋で売られるモナリザの絵皿のようにキッチュ（がらくた、まがいもの）の性格を帯びることになる。

以上のことは、『ねじまき鳥クロニクル』（第一部、第二部は一九九四年刊、第三部は一九九五年刊）についてもほぼ当てはまる。第一部から第三部までの副題――「泥棒かささぎ編」、「予言する鳥編」、「鳥刺し男編」――が、それぞれ、ロッシーニ、シューマン、モーツアルトの楽曲からとられたものであれば、作品という器の組成にあたって既成の固有名による共鳴（ないし不協和音）が果たしている役割は少なくない。作品冒頭において、〈僕〉は「台所でスパゲティーをゆで」ながら、「FM放送にあわせてロッシーニの『泥棒かささぎ』の序曲を口笛で吹いて」いる。そこに唐突にかかってくる電話の内容が、「知らない声」の〈女〉からのテレフォンセックスなのである。作品冒頭から、ロッシーニの歌劇とテレフォンセックスがキッチュとして並置され、〈僕〉が当惑しながら「ねえ、あなたはいったい――」と言いかけたところで、電話は唐突に切れ、〈僕〉の意識は宙づりになる。また、第二部において、〈僕〉は、失踪したクミコから届いた別れ話の手紙に書かれている不倫の衝撃的な内容を読み、FMラジオから流れるシューマンのピアノ曲『森の情景』の第七曲『予言する鳥』とそれについての女性アナウンサーの説明を聞きながら、不倫をしていたクミコが「その男の体の下で腰をくねらせたり、脚を上げげたり、相手の背中に爪を立てたり、シーツの上によだれを垂らしたりしているところを想像」し、クミコとの六年間の生活に「何の意味があったのだろう」と自問する。シューマンのピアノ曲とクミコのセックスが〈僕〉の頭の中で並列に接続され、〈僕〉は心の中に更なる空虚を抱え込む。

作品の中で起こる出来事は、このように、〈僕〉の所に電話や手紙や夢という形をとった何か（あるいは誰か）が唐突にやってきて、〈僕〉に当惑を与えたまま中途半端に消え去り、〈僕〉の空虚だけが深まっていくというパターンを反復する。そして、登場人物以外の固有名が過剰に引用され消滅する光景の中で、失業中の〈僕〉は、行方不明になったワタヤ・ノボルという名の猫を探し、その後失踪した妻のクミコのことを思って困惑しながら、世田谷の住宅街にある借家に住み、レモンドロップをなめ、裏手にある空き家の涸れた井戸の底に入り、スパゲティを食べ、シャツにアイロンをかけるという生活のサイクルを繰り返す。〈僕〉のその生活は、一六歳の少女笠原メイによれば、「あなた自身はすごくマトモなのに、実際にはものすごくマトモじゃないことをしている」生活なのである。

2

聖杯伝説には、アーサー王やランスロットなど、その実体に見合う固有名が登場する。例えば、森の奥で育てられた〈清らかな愚か者〉パルチファルは、円卓の騎士となるが、罪を犯して流浪のすえに神の恩寵を悟り、やがて誰もが尊敬する聖杯王となる。パルチファルという固有名で示される登場人物は、どのような内面的変化があろうと、単独性を持ったあり得べき人格として首尾一貫してその名で呼ばれるのであり、途中で突然「イワシ」や「カササギ」という名に変更されることはないし、まして「名前のない男」に変わってしまうことなど決してない。それは、物語を成り立たしめるアプリオリな掟である。

近代においては、聖杯伝説を代表とする中世騎士物語の発展形として、ゲーテの『ウィルヘルム・

マイスター』等のいわゆる教養小説が生み出される。主人公が自我に目覚め、恋愛や裏切りなどの人間関係の悲哀を経験し、現実の壁に傷つきながら、人生を遍歴し自己形成をしていく過程を描いた長編小説である。ゲーテ以後、ノヴァーリス『青い花』やトーマス・マン『魔の山』、あるいはロマン・ロラン『ジャン・クリストフ』等を経て、日本の近代小説においても、数限りない程、教養小説ないし教養小説的なものが生み出され続けている。これらの小説に共通するキーワードは、苦悩であり、遍歴であり、成長であり、理想であり、人格形成である。もちろん、これらのキーワードは、正反両極へのベクトルを孕んでいるのであり、人格形成の不可能性こそがテーマになる場合もあることは言うまでもない。

『ねじまき鳥クロニクル』は、一言でいえば、失踪した妻を探して遍歴する〈僕〉をめぐる小説である。その点において、教養小説の枠組みを借りているとはいえる。しかし、その遍歴する場所は、家の近所であり、〈圧倒的な無感覚〉を呼び起こす涸れた井戸の中である。騎士に試練を与える荒野でもないし、ドラゴンの棲む城でもない。〈僕〉は、探し当てた妻と劇的な再会の抱擁をすることもないし、遍歴の過程で人格的な成長を遂げるわけでもない。それどころか、登場人物の固有名に関する物語のアプリオリな掟すら無視され、加納クレタが途中で名前のない女になり、作品冒頭に登場する「知らない声」の（従って名前のない）〈女〉が実は妻のクミコであったりする。この作品では〈名指す／名指される〉という行為の根幹が変形している。

一般的に言って、物語における登場人物の実体と固有名は不可分なものである。つまり、作品の〈全体〉という概念を保証するものとして固有名がある。不思議の国のアリスは、小さな瓶の液体を飲んで背の高さが10インチに縮んでも、あるいはケーキを食べて突然9フィートに伸びてしまっても依然としてアリスであり、木製の人形だったピノキオは、正真正銘の人間の子供になってもピノキオである。そこには、心と身体の一対一対応という揺るぎ無い観念が前提としてある。物語の登場人物は、それぞれ他とは違う固有の身体を持ち、その人物の心も身体と同様作品世界にひとつのものであり、だからこそ、その人物の固有名は、たった一つのものであるという観念である。『ジキル博士とハイド氏』のような二重人格物語でさえ、この観念を前提とした上での逸脱の物語として描かれている。しかし、『ねじまき鳥クロニクル』の登場人物たちにとって、人間の実体は可変的なものであり、その実体が変化すれば、名前まで変わるのである。時にはクミコのように声までが別種のものになる。固有の身体を持ちながらも、その固有名は一対一対応するものではないのだ。一対一対応するのは、登場人物以外の固有名、すなわち、先に述べたキッチュ群である。

3

「名前がないという一事が、彼の小説の独自性をつなぎとめる命綱だったような気がする」(「村上春樹の名前をめぐる冒険」、『ユリイカ』一九八九年六月臨時増刊)と畑中佳樹は述べたが、『ねじまき鳥クロニクル』では、本当の名前が隠されていることが強調される。〈僕〉が、いなくなった猫について相談するために、クミコに指示されて霊能力者加納マルタと初めて顔をあわせたとき、彼女は、「マルタというのは、私の本当の名前ではありません」と強調するし、赤坂ナツメグの名刺には名前が書かれずに住所だけが真っ黒な活字で印刷されている。名前を聞こうとする〈僕〉に対して、ナツメグは「どうして私の名前があなたに必要なのかしら？」と答える。他者の名前は、〈僕〉にとっては「たとえば後ろから呼びかけるようなときに、名前がないと困る」という程度の必要性しかなく、ナツメグにとって「だったら、それはべつに本当の名前でなくてもいい」のである。(注)

妻の失踪を予感させるちょっとした家庭の諍いをきっかけに「ひとりの人間が、他のひとりの人間について十全に理解するというのは果して可能なことなのだろうか」と思い始めた〈僕〉にとって、他者の本当の名前を知ることは、その人間の本質を知ることと同様に困難である。登場人物は、その時・その場に必要な役割を演じており、総体としての人間性が問われることはない。だからこそ、現実へと近づけば近づくほど、〈僕〉自身は現実からずれていき、限りなく現実からずれていくことが、〈僕〉の現実を構成する。それは、〈僕〉が無意識に引きつけてしまう種類の現実でもある。だからこそ、〈僕〉とクレタが、夢の延長ではなく、初めて「本物の現実」の中で「ときどきクミコと交わっているような錯覚」に襲われながらも性交をもった翌朝、加納クレタは名前を失うことになる。「ねえ岡田様、私にはもう名前がないんです」と彼女は言う。「娼婦であることをやめ、霊媒であることをやめ、加納クレタであることをやめた」彼女は、解放された新しい人間にふさわしい名前をさがそうとして見つけられない。クレタにとって、『ねじまき鳥クロニクル』は、自己の本質である名前をついに見つけられないまま終わる作品である。

『ねじまき鳥クロニクル』には、もう一人、別の意味で名前を見つけられない登場人物がいる。失踪後、暗黒の部屋に閉じこめられている妻のクミコである。彼女は、失踪する以前から、もう一つの声（＝もう一人の人格）を持つ名前のない女として、〈僕〉に卑猥な内容の電話をかけてくる。嫌気がさした〈僕〉は、電話のベルを黙殺するようになる。

第二部の終末にあたる部分において、フランク・シナトラの古い唄がＢＧＭで流れている区営プールでひとりで泳いでいるとき、〈僕〉は、「あの女はクミコだった」のであり、「クミコはあの奇妙な部屋の中から〈僕〉に向けて、死に物狂いでそのたったひとつのメッセージを送りつづけていたのだ」という啓示を受ける。そのメッセージとは、「私の名前をみつけてちょうだい」というものである。

綿谷ノボルは、一人の人間のアイデンティティを永遠に奪い、「不特定多数の人々が暗黒の中に無意識に隠しているもの」＝「暴力と血に宿命的にまみれている」ものを外に引き出すことができる魔力と現実世界の権力とを併せ持った危険な人物であるが、妹のクミコまでもがその毒牙にかかって名前を失っているわけである。〈僕〉は、「もしあの時点で彼女の名前さえみつけることさえできていたなら、たぶんそこに隠されているはずの何らかの方法を用いて、クミコを闇の世界から救い出すことができたはずだ」と後悔し、この広い世界にあって、クミコを愛しクミコから愛されている自分だけが彼女を救出できる資格を持っていたことに気付く。第三部において、赤坂ナツメグは、当て所無い闘いを続ける〈僕〉に対して、「それでいったいどこからあなたはクミコさんを救いだすことになるのかしら?その場所には名前のようなものがついているのかしら」と問いかけるが、その闇の世界を象徴する不思議なホテルの部屋において、「スピーカーからは匿名的な古典音楽が流れ」ており、「顔のない男」がいる。レヴィナス風に言えば、顔がないとは、固有名がないということである。また、〈僕〉の住む世界において、音楽に関わる固有名が溢れていることを考えれば、「匿名的な古典音楽」が流れる空間は、綿谷ノボル以外のあらゆる固有名が奪われ、人間存在の根拠が剝奪された特殊な空間であると言えよう。

第三部第三三章「消えたバット、帰ってきた『泥棒かささぎ』」において〈僕〉は、クミコを取り戻す最後の闘いを敢行するために、井戸の底に入り、その壁をワープして、不思議なホテルにたどり着く。そして、ボーイが口笛で吹く『泥棒かささぎ』を導きの糸にしてホテルの迷路をたどり、208号室へたどり着く。『泥棒かささぎ』という固有名を持つ曲の口笛が引き起こす空気の振動は、名前の奪われたこの異様な空間の裂け目を切り開き、〈僕〉をクミコのもとへ誘導する。

4

『ねじまき鳥クロニクル』が提示するのは、ほとんどのものが揃っているが決定的な何かが欠如している世界であり、何かの顕現によって地と図が反転するとき、他のすべてが無意味と化す危険な何かを孕んだ世界である。〈僕〉は、その境界線を綱渡りしながら、「もっとひどいことにだってなりえた」

可能性を回避して、クミコを助け出そうと遍歴する。

物語作者としての村上春樹は、モノを凝視して、その向こう側の世界を総体として捉えようとする姿勢は持っていない。彼は、異なる二つの世界を並べるだけであり、その二つの世界が二つながら存在してしまうことの痛みを書き記す。異なるふたつのモノが、線状に（あるいは時間的に、あるいは価値的に）整理され、つまりは秩序付けられて並ぶのではなく、ただ類同性によって、また、時には偶然に、並置される――それは、『ねじまき鳥クロニクル』における歴史意識とも密接につながっている。均質的で空虚な時間の積み重ねとしての歴史ではなく、〈今このとき〉の意識に満たされることで、日常的な流れから切断され選び取られた過去への跳躍として歴史はある。

「皮剥ぎボリス」についての話などの間宮中尉の体験談は、史実とは別のものであり、ベトナム戦争体験を題材にしたティム・オブライエンの小説や、スティーヴン・キング原作の映画「ショーシャンクの空に」と共鳴関係にある。それは、ノモンハンという戦争の歴史に肉薄するのではなく、かつて現実だった歴史から限りなくずれながらも、戦争の、あるいは暴力の本質を寓意化していく。こうした歴史のずれ方は、〈僕〉の現実のずれ方とも共振する関係にある。

遍歴する過程で〈僕〉が出会うのは、笠原メイであり、霊能力者加納マルタとその妹クレタであり、赤坂ナツメグとシナモンの母子であり、間宮中尉であり、ギター弾きの男である。重要なことは、これらの登場人物との出会いが、クミコを探すためには直接的に何の効果ももたらさないということである。結局、〈僕〉は、いろいろなものを失いながら、涸れた井戸の中から壁抜けをして、たった一人で名前のない場所に存在する不思議なホテルに象徴される世界に戦いを挑むほかないのだ。クミコは、失踪する前に〈僕〉の人間性の特徴を述べて「あなたの中には深い井戸のようなのが開いているんじゃないかしら」と述べるが、彼ら登場人物は、その〈僕〉の中の「深い井戸」に向かって、「王様の耳はロバの耳！」と叫びにやってくるのである。そして、叫んだ後に、金やバットや歴史の教訓というアイテムを〈僕〉に与えて消えていく――まるでプレステのRPGのように。

『ねじまき鳥クロニクル』がわれわれに提示するのは、ひとつの物語というよりは、ひとつの言説であり、しかも、笠原メイや間宮中尉の手紙を含めて多くのアレゴリカルな断片から成るひとつの言説なのである。同時にそれは、一年五ヶ月の間に〈僕〉が会ったすべての人の記録（クロニクル）であり、すべての会話の記録である。それらは、物語のカタルシスによってひとときの愉楽を提供するようなことはせず、この世界にある有形無形の暴力を前にして闘おうとする人々にとって、共苦する想像力の礎にこそなるだろう。

注

名前のない世界は、第三部において特に強調される。次に列挙する。引用末の括弧内は、新潮文庫版第三部のページを意味する。

○名刺には住所だけが真っ黒な活字で印刷されていた。（中略）僕は女の顔を見た。「名前はないんです

ね?」(48)
○金というものを真に意味づけるのは、その暗い夜のような無名性であり、息をのむばかりに圧倒的な互換性なのだ。(49)
○スピーカーからは匿名的な古典音楽が流れていた。(70)
○僕とクミコはその猫に名前をつけ損ねて、結局そのまま六年間もすごしてしまったのだ。(中略)新しい正式な名前をつけておく必要がある。この猫にサワラという名前をつけようと僕は思った。(87)
○「あなたの名前が知りたいですね」と僕は言った。「というか、なにか名前のようなものがあるといいですね」(98)
○それでいったいどこからあなたはクミコさんを救いだすことになるのかしら? その場所には名前のようなものがついているのかしら(126)
○金には名前がありませんからね。(205)
○彼女たちが口にする名前も明らかに偽名だった。(213)
○僕とシナモンの祖父にあたる名前のない獣医のあいだには、奇妙な共通点が幾つか存在していた。僕らは幾つかのものを共有していた——顔の青いあざ、野球のバット、ねじまき鳥の声。(346)

II

教材「舞姫」の誕生——日本文学協会編『日本文学読本　近代文学　小説編二』の成立

1

森鷗外「舞姫」は、戦後の高校で教育を受けたものが必ずといって良いほど教科書で出会う国語教材（いわゆる定番教材）のひとつで、文語体にもかかわらず生徒の反応が良いということで、長い間、国語教員側からの評価も高かった。

「舞姫」がなぜかくも長い間定番教材たり得たのかについて、時代背景も含めて、目配りの効いた概観としては、伊藤誠子「『舞姫』と教科書——定番教材『舞姫』を学校現場で読み続けるために」（「山口国文」第三二号、山口大学人文学部国語国文学会、二〇〇九年三月）が参考になる。その要点部分を次に引用する。

『舞姫』は、当初「近代的自我」の目覚めと挫折を問う作品として昭和三〇年代初頭に高等学校の国語教科書に登場した。また、「現代国語」という科目の誕生により、明治時代の文語体の作品という点からも採録する教科書が増えた。さらに高度成長期時には時代に適合した面もあり、「友情」や「恋愛」を考えさせる教材ともなりうるために『舞姫』の教科書への採録は増加していったと考えられる。一方「精選」を課題とする昭和五三年の学習指導要領の改訂は、漱石や鷗外ら「文豪」と言われる作家の作品を教科書に残すことにつながった。

筆者が、本稿で検証してみようと思うのは、「当初『近代的自我』の目覚めと挫折を問う作品として昭和三〇年代初頭に高等学校の国語教科書に登場した」のかどうか、である。

また、野中潤「定番教材「羅生門」「舞姫」の起源」（「定番教材の誕生」連載第3回、WEB版ちくまの教科書「国語通信」）(1)によれば、森鷗外「舞姫」が教科書に初めて採録されたのは、一九五六（昭和31）年で、教科書は、『標準高等国語総合編2』（教育出版）と『現代文新抄全』（清水書院）であるという。野中論の良いところは、次に引用するように、論の立て方が具体的なことである。

戦前に最もたくさん採録されたのは、「山椒太夫」で延べ95回、ついで「高瀬舟」85回、「乃木将軍（詩）」59回、「曾我兄弟（戯曲）」56回、「安井夫人」43回、「即興詩人（翻訳）」29回などとなっています。現在の高等学校国語教科書において定番教材としての地位を確立している「舞姫」の採録はまったく見当たりません。

ところが、敗戦後の「舞姫」の採録数は、延べ128回にも及びます。2位の「高瀬舟」が34回ですから、「羅生門」の場合と同様に、圧倒的な採録数だと言っていいでしょう。「舞姫」は、現代の高校生にとっては必ずしも読みやすいと言えない文語体で書かれていますから、敗戦後よりもむしろ戦前の教科書にこそふさわしいのではないかと思えるのですが、実情はまったく予想に反したものなのです。

「舞姫」の物語内容は戦前の価値観からするとおよそ「教育的」ではないですから、使われなかったこと自体はまったく不思議ではありません。しかし、敗戦後になるとどうして他の鷗外作品を押しのけ、採録数において突出した教材であり続けているのだろうかと考えると、〝不思議〟としか言いようがありません。(中略)しかし、外国人の少女を妊娠させた上に、裏切り、発狂させて捨て去るという物語を、どうして国語の教科書に採録して教室で読み続けなくてはならなかったのでしょうか。


野中論では、同じ年に、「羅生門」が明治書院『高等国語 総合2』と数研出版『日本現代文学選』、そして有朋堂『国文現代編』に、「こころ」が清水書院『高等国語二』に初めて採録されたことも述べている。そして、「舞姫」、「こころ」、「羅生門」という「3つの定番教材の起源が〝敗戦後〟という時空にあること」に焦点を当て、「3つの定番教材に共通しているモチーフとして、「死者の犠牲を足場にして生きることでイノセント(無垢性)が損なわれ、汚れを抱え込んでしまった生者の罪障感」という問題を抽出することができ」るとする。

「3つの定番教材の起源が〝敗戦後〟という時空にあること」への視点は重要であり、次に導き出される分析には筆者もおおいに期待するのだが、それら作品に共通しているモチーフが、「死者の犠牲を足場にして生きることでイノセント（無垢性）が損なわれ、汚れを抱え込んでしまった生者の罪障感」の問題に帰着するとなると、その観念的な把握にいささか疑問も生じてくる。「生者の罪障感」については、否定はしないが、それは「3つの定番教材」にとっていくつもある必要条件のひとつにすぎない。「生者の罪障感」は、多くの文学作品にも共通するものであり、定番教材であることの議論の根拠としては曖昧である。

2

以上が、検定教科書における教材「舞姫」の起源をめぐる議論である。この議論を、教材一般の議論にもどして調査すると、すなわち副教材にまで範囲を広げると、検定教科書以前の教材「舞姫」の起源が見えてくる。それが、一九五四（昭和29）年発行の藤村作、西尾実監修、日本文学協会編『日本文学読本　近代文学　小説編二』（秀英出版）である。これは、高等学校用国語副読本であり、その巻頭が森鷗外「舞姫」、そして、島崎藤村「破戒」、黒島伝治「豚群」、田宮虎彦「絵本」の順に作品が収録され、

『日本文学読本　近代文学　小説編二』（秀英出版）

その後に「近代小説の流れ――この本を学ぶ手引きとして――」という解説が付き、巻末の三頁で、「近代小説百選」というタイトルで読書案内として、百作品の作品名、作者名、出版年が列記されている。

なお、日本文学協会は、一九四六年に「学問と教育の民主化、学界のセクショナリズム打破という旗じるしをかかげて創立された[2]」学会であり、近代部会はその日本文学協会の近代部門であった。猪野謙二が中心的な存在であり、伊豆利彦、紅野敏郎、草部典一たちが、若手の論客として活躍していた。日本近代文学会の機関誌「日本近代文学」の創刊が一九六一年であるから、日本文学協会は、当時は唯一の全国的な学会であったわけである。

この時期の副教材は、現在のそれとは授業での役割比重が異なり、新制高等学校によっては、検定教科書と同等に近い用いられ方をしていた。その理由のひとつは、少なくとも戦後から昭和三〇年代前半までの検定教科書の分量がそもそも少ないという事情による。検定教科書の分量が少ない理由は、第一に教科書の価格をおさえる必要があったことであり、第二に必修三単位分の内容しか必要でなかったことである。

筆者は、「舞姫」が誰が、いつ、どこで、どのような状況で教材化したを、野中論の具体的な部分にならって可能な限り具体的に考察する。考察の対象は、『標準高等国語総合編2』（教育出版）と『現代文新抄全』（清水書院）より二年前に出版された、日本文学協会編『日本文学読本　近代文学　小説編二』（秀英出版、一九五四年三月）をめぐってである。

本稿では、「舞姫」が教科書に採録される以前に教材として成立していたことを論証していくが、その論旨の流れは、以下の通りである。なお、歴史的に叙述する部分に関しては、敬意をこめて、人物の敬称を略すこととする。

（1）戦後の新制高校における「舞姫」の授業実践を日本で最初にしたのは、文献で確認できる限りでは、大学を卒業したばかりの新任教諭、伊豆利彦であり、一九五〇年後半か一九五一年、埼玉県立浦和西高でのことである。業者による謄写版（ガリ版）印刷のテキストであった。

（2）日本で最初に高等学校用国語副読本の形で「舞姫」を教材化したのは、『日本文学読本　近代文学　小説編二』（秀英出版、一九五四年三月）である。そこに掲載された「舞姫」の設問と参考問題は、おそらく紅野敏郎によるものである。

（3）日本文学協会編『日本文学読本』における近代文学関連の編集及び執筆は、伊豆利彦、紅野敏郎、草部典一の三名である。三名とも、大学を卒業してから数年後の青年であった。

（4）日本文学協会編『日本文学読本　近代文学　小説編二』に収録された「舞姫」は、新制高校で実際に副教材として使われ、その教育実践や、教材としての評判を踏まえて、『日本文学読本　近代文学　小説編二』の出版から二年後に、『標準高等国語総合編2』（教育出版）と『現代文新抄全』（清水書院）という検定教科書に同時期に採録された。

3

（1）については、日本文学協会近代部会発行の「葦の葉」二二八号（二〇〇三年二月）から同二七五号（二〇〇七年六月）まで断続的に全三二回に分けて連載された（現在は中断している）伊豆利彦「私と日文協の五〇年」の第二五回「出発点としての浦和西高時代」（「葦の葉」二五七号、二〇〇五年九月）に次のような記述がある。なお、「私と日文協の五〇年」全三二回は、現在、伊豆利彦のホームページ（http://homepage2.nifty.com/tizu/）で読むことができる。

教科書は2年以上は文部省発行で、1年から三省堂その他から出版された検定教科書だったと思う。（記憶がたしかでない。ご存知の方のご教示をいただきたい。）

それにしても、どれも薄い教科書で、教材の分量が少なかったから、教師は自由に補助教材をえらんで教えることが出来た。当時の指導要領は教師が自分の工夫で自由に授業することを奨励していたように思う。

三年生には「旅」という単元があって、「奥の細道」などがあったのではなかったか。私は大学用の作品がみっしりつまった古典文学選を使い、古事記や、万葉集、古今集、伊勢物語、更級日記などの旅の歌や文章をとりあげて、旅のあり方の変遷を考えた。

二年生には樋口一葉を「たけくらべ」「にごりえ」「十三夜」を文庫本を使って読み、明治という時代の女の生き方をいまに比べて考えた。

一年生には、島崎藤村を藤村詩集を中心に読み、また、森鷗外の「舞姫」を読んで、〈近代の悲哀と煩悶〉を考えた。

伊豆利彦は、一九二六年生まれ。一九五〇年九月に東京大学を卒業した後、同年一一月から、一九五三年三月まで、約二年半の間、埼玉県立浦和西高等学校教諭を勤めた。一九五三年四月からは、横浜市立大学専任講師に就任する。

一九四九年に検定教科書が始まるが同年の新学期には間に合わず、高校で使用するのは翌年からなので、伊豆が赴任した浦和西高では、第二学年と第三学年は文部省著作教科書、第一学年は検定教科書という具合に分かれるのである。

〈近代の悲哀と煩悶〉とは、「遂に、新しき詩歌の時は来りぬ」に始まる「藤村詩集」の序の中のことばで、「また思へ、近代の悲哀と煩悶とは幾多の青年をして狂せしめたるを。われも拙き身を忘れて、この新しきうたびとの声に和しぬ」から来ている。

彼が着任してまもなく一年生に行った授業は、翌年、「文学教育の任務と方法」（「文学」一九五一年三月号、岩波書店）という彼自身の論文のなかで紹介されているので、以下にその一部を引用する。

昨年の秋、就任草々にうけもったのは高等学校一年の生徒だったので、最初の教材として、「藤村詩集」から「序のことば」およびその他若干の詩をえらんだ。悲哀と煩悶に満ちた明治の青春をロマンチックにうたいあげた藤村の詩、とりわけその「序のことば」は、少年期から青年期に移行しようとする生徒たちひとりひとりがもっている悲哀と煩悶に直接訴えかけるであろうし、この「近代の悲哀と煩悶」こそ日本の近代文学の根柢を流れているものであると考えたからである。（中略）僕の意気込みは相当すさまじかったのである。

伊豆利彦の大学卒業論文のテーマは「若菜集の成立」であったので、この授業では、数ヶ月前に書き上げた卒論の余韻のなかで、島崎藤村の文学的出発を高校生たちに伝えようとしたのだろう。彼自身が「それは文学的ではあったかも知れぬが、文学教育ではなかった」と回顧しつつ記述する授業内容は、「序のことば」を説明しながら、明治維新後の西洋文化が青年を熱狂させたことを語り、北村透谷の「凄惨をきわめた理想のためのたゝかい」を情熱を込めて語り、「こんなに暗い現実の中で、しかもおのれの胸の奥深くもえる青春の情熱はやみがたく、新しい詩を生み出すためにたゝかった藤村の既望と絶望が交錯する苦闘」を論じるものであった。

このような授業の流れのなかで、鷗外の「舞姫」も読まれたのであった。北村透谷から島崎藤村を経て、「舞姫」へと至る近代文学の流れは、猪野謙二の文学史観と呼応しつつ形成された。実は、伊豆利彦の卒論そのものが猪野謙二との交流によって成立したとも言えるのである。

「私と日文協の五〇年」第一〇回（「葦の葉」二〇〇三年一一月号）には、次のような記述がある。

私のテーマは「若菜集の成立」で、二葉亭四迷や北村透谷などの近代文学文学創出期の努力と重ね合わせて、藤村の文学的出発について考えるというのだったから、いろいろ質問があって猪野さんを訪ねたのだと思うが、質問そっちのけで、自分の考えを語ることが多かったように思う。

猪野さんは一九四八年十一月に丹波書林から「近代文学の指標」を刊行され、季刊「日本文学」第一集に「透谷から藤村へ」を発表されていた。日文協では一九四九年の第四回総会で「近代主義からの脱却」、一九五一年の第六回総会で「明治文学とナショナリズム」を発表され、日文協の近代文学研究の基本方向を示されたのだった。

いまも私の心に残っているのは「透谷から藤村へ」である。それは観念が先行して肉体を喪失し、ついに死ななければならなかった透谷に対して、肉体に固執し、我執に苦しみ、受動的な苦悩の日々をへてついに新しい詩の世界を実現した藤村の文学的戦いを解明したものであったと思う。

多分それは、〈文学の端緒〉として、〈近代的自我の確立〉を強調し、熱い情熱で透谷を論じた小田切秀雄さんに対抗する猪野さんなりの思いがあったのだろう。

ここで重要なことは、伊豆の「舞姫」授業実践が、太田豊太郎における〈近代的自我〉の目覚めと挫折という観点からのみではなく、「観念が先行して肉体を喪失し、ついに死ななければならなかった透谷に対して、肉体に固執し、我執に苦しみ、受動的な苦悩の日々をへてついに新しい詩の世界を実現した藤村の文学的戦い」の鷗外バージョンとしてなされたであろうことだ。後に述べるように、一九五四年段階における紅野敏郎の「舞姫」教材化も、伊豆と同じく、小田切秀雄の〈近代的自我〉の目覚めと挫折という観点ではなく、猪野謙二の観点からなされたのである。

なお、「当時の指導要領は教師が自分の工夫で自由に授業することを奨励していたように思う」とあるのは、現在の指導要領の強制的な役割と比較すると興味深い。引用部分からもうかがえる自由闊達な授業が、当時において一般的なものだったかというとそうでもない。戦前の訓詁解釈的な授業の方が一般的だったし、また、大学受験準備という制約のなかで自己規制してしまう教師の方が多かったはずだ。

佐藤泉『国語教科書の戦後史』（勁草書房、二〇〇六年）では、次のように述べられている。

一九五一年の「中学校　高等学校　学習指導要領国語科編（試案）」には「（試案）」という文字が添えられていた。そして一九五五年の「昭和三十一年度改訂版高等学校学習指導要領国語科編」にはこの文字が消えている。消えた文字には小さくはない意味があった。「試案」として提示された学習指導要領は「この書は、学習の指導について述べるのが目的であるが、これまでの教師用書のように、一つの動かすことのできない道をきめて、それを示そうとするような目的でつくられたものではない」（「文部省学習指導要領（一般編）試案」序論、一九四七年三月）、「学習指導要領は、どこまでも教師に対してよい示唆を与えようとするものであって、決してこれによって教育を画一的にしようとするものではない」（「文部省学習指導要領一般編（試案）」序論、五一年改訂版）というように、この文字は教育統制を避けようとする意志を積極的に表示するものだったのだ。提示された学習指導要領はあくまで教育研究の「手引き」「補助」として位置づけられていた。

が、「試案」の文字が消えた学習指導要領は、何をどのように教えるかについて国家が一律の基準を提示し、現場に対し実質的な拘束を加えようとするものへと転換していく。

こうしてみると、伊豆が浦和西高に勤務していた頃が、指導要領の歴史においても教員個人の自由な授業が保証されていた稀有な時期（一九五一～一九五四年）にあたることが明確になる。一九五六年に「舞姫」・「羅生門」・「こころ」が、初めて複数の検定教科書に採録された理由の一端として、この稀有な時期（一九五一～一九五四年）に教員個人の自由な工夫や発想が学習指導要領によって守られており、それまでにない教材を試しそのノウハウを蓄積していくことが可能であったことと不可分の関係にあると想定してよいだろう。

4

日本文学協会編『日本文学読本　近代文学　小説編二』は、四月からの授業に間に合うように一九五四年三月に出版された。日本文学協会編『日本文学読本』シリーズは、全一〇巻の予定で、まず、『古典入門　中世文学』、『近代文学　小説編一』、『近代文学　小説編二』、『日本文学史』の四冊が同時に出版される。『近代文学　小説編一』に採録された作品は、国木田独歩「忘れ得ぬ人々」、田山花袋「一兵卒」、夏目漱石「吾輩は猫である」、志賀直哉「出来事」、宮本百合子「播州平野」であり、『近代文学　小説編二』に採録された作品は先にも述べたように、森鷗外「舞姫」、島崎藤村「破戒」、黒島伝治「豚群」、田宮虎彦「絵本」である。

「日本文学」（日本文学協会）一九五四年五月号の裏表紙に掲載された秀英出版の『日本文学読本』シリーズ広告には、次のような説明がある。

○教材は民族文学の遺産としてどのようなものを継承しなければならないかの観点から選んだ
○作品解説、時代概観を付し、作品がどのような社会との関連において生れたかを理解させるようにした
○設問・頭注は以上の目的にそうよう配慮し、なお時代時代の語法表現を詳説した

ここで注目しておきたいのは、設問についてである。佐藤泉『国語教科書の戦後史』も次に述べるように、適切な設問とはどのようなものかを考えることは、時代の新しい流れであったわけである。

最初の文部省著作教科書には、各教材がきわめて無愛想な顔をして並んでいるだけで、前節に紹介したような壮大な緒言、あるいは編集意図を直接語った単元の趣旨やリード、あるいは学習の手引き等々は、その後に登場する民間会社の検定教科書の発意による。文部省著作教科書も、後年の版になると巻末にまとめて学習の手引き風の設問を付けるようになった。

教科書に適切な設問を配置することによって、作品理解を深める方向に学習者を導いていくということは、今日では当たり前のようになっているが、実は、戦後の検定教科書から始まったのである。この設問をめぐる問題系について、いち早く論を展開したのが、紅野敏郎「鷗外と教科書——『安井夫人』をめぐって」(『日本文学』第三巻第三号、日本文学協会、一九五四年三月)であった。紅野は、麻生磯次編『言語と文学　一上』(秀英出版)と新村出監修成城国文学会編『現代国語　二下』(実教出版)という二冊の高校教科書を検討材料とし、両者とも鷗外については「安井夫人」を、漱石については「三四郎」を採録していることの問題点を指摘した後に、次のように論じている。

鷗外、漱石にもどっていえば二人の共通点と差異とを日本近代化のコースの中で際立たせることによって二人の並はづれた偉大さと、その偉大さを以てすら乗り越えることの出来なかったわが国の近代文学の限界を明らかにさせねばならぬ筈だ。百の作品や文学者を総花的に並べ立てるよりも二人の本質に、より鮮かな証明を与える操作が営まれて然るべきであろう。（中略）猪野謙二氏が追求している二人における東洋と西洋との対決、即ち道徳と科学との対決の仕方などを底辺として、教材の選択並びに設問が試みられなければならないであろう。（中略）二人の留学と帰朝後の態度を較べることによって明治の知識人の生き方をかなり明らかに読みとらせることも出来よう。大ざっぱに見ても、幼時培われた漢学的教養に西洋的な近代知性をどうかみ合わして行くかは一生まつわりついた問題であった。よく引用される「全く処女のような官能を以て、外界のあらゆる出来事に反応して内には挫折したことのない力を蓄えていた（「舞姫」）というベルリンでの鷗外の秀才青年らしいエネルギッシュな態度の中には明治政府派遣要員としての烙印がおされていた。（中略）最も二人の本質を探りあてるにふさわしい教材を何よりもまづ選定すべきであった。

このように論じた後で、秀英社版教科書の設問（計四問）を検討し、「このままの設問のみでは「安井夫人」が鷗外諸作品中に示める位置すら明らかにされない状態ではなかろうか」と批判する。そして、結論として次のように述べている。

鷗外作品は漱石との関係をぬきにしてはいけない。そこで鷗外の「妄想」漱石の「現代日本の開化」、「私の個人主義」などを活用すること。その上に立って日本の近代化の特色をあきらかにする方向へ少くとも持っていくこと。

「鷗外と教科書――『安井夫人』をめぐって」が発表された同じ月に、『日本文学読本　近代文学　小説編二』が出版されている。この副読本の特徴のひとつは、各教材に付された設問数が多いということである。

資料的価値があるものとして、「舞姫」の設問を以下にすべて引用しておく。設問の問一から問一八までは、頭注と同じく本文上部の欄外におかれ、それぞれ設問の対象となる本文部分の上に配置されている。また、問一九から問二四、及び参考問題二問は、本文が終わってから二字下げ一頁立てで表示されている。

問一　豊太郎のおいたちを簡単に述べなさい。

問二　ベルリンで学ぶうちに豊太郎はどのように変りましたか。

問三「所動的、器械的の人物」ということを例をあげて説明しなさい。

問四「辞書たらんはなほ堪ふべけれど」と考えたのはなぜですか。

問五　豊太郎の地位はどうして危かったのですか。

問六　豊太郎の本性はどういうものだったのですか。
問七　こうのような危急存亡の時に、豊太郎とエリスの仲が離れ難いものとなったのはなぜでしょうか。
問八　日曜なのに心が楽しくなかったのはなぜですか。
問九　豊太郎を送り出すエリスの気持を簡潔に言ってごらんなさい。
問一〇　相沢のことばをどう考えますか。
問一一　相沢に対する豊太郎の約束をどう考えますか。
問一二　エリスは手紙でどんなことをいってよこしたのですか。それによって知られるエリスの性格を言ってごらんなさい。
問一三　豊太郎はどんな位置に立っているのですか。そんな位置に立つようになった原因はなんですか。自分の立場を知った豊太郎はこれを切り抜けるためにどうしますか。
問一四　帰って来た豊太郎と迎えるエリスの心持を比較してごらんなさい。
問一五　大臣のことばを承諾したのはなぜですか。
問一六　どうして豊太郎はこんなに苦しむのでしょう。
問一七　エリスはどうして発狂したのですか。このことに対し豊太郎はどれだけの責任を感じ、また、責任をとりましたか。
問一八　「ああ相沢謙吉が・・・・」というのはなぜですか。

問一九　作者は、この小説で何を語ろうとしているのですか。
問二〇　1　太田豊太郎は、どのような生き方をしたいと願っていたのでしょうか。
2　この願いは、どうして実現されなかったのですか。
3　この願いは、どうしても実現することができないものだったのですか。
4　もし実現できるとすれば、どんな生き方があったと思いますか。
問二一　太田豊太郎がエリスを捨てて帰国した本当の原因はなんですか。
問二二　太田豊太郎のエリスに対する愛情について考えてごらんなさい。ほんとうにエリスを愛していたといえるでしょうか。
問二三　太田豊太郎は、帰国後どんな生き方をしたと思いますか。
問二四　太田豊太郎のような人物をみなさんはどう思いますか。

【参考問題】
一　同時代の小説「浮雲」（二葉亭四迷）と比較してごらんなさい。
二　鷗外が後にこの時代のことを書いている「妄想」を読んで感想を述べなさい。

特に、参考問題の二、「鷗外が後にこの時代のことを書いている「妄想」を読んで感想を述べなさい」に注目しておきたい。これは、紅野敏郎「鷗外と教科書——『安井夫人』をめぐって」の結論の一部、「鷗外の「妄想」漱石の「現代日本の開化」、「私の個人主義」などを活用すること」と密に呼応する。それは、伊豆利彦や草部典一との共同討議を前提として、紅野敏郎が『日本文学読本　近代文学　小説編二』における教材「舞姫」の担当者のひとりだったことを意味するのである。

5

紅野敏郎は、一九二二年に兵庫県に生まれた。一九五二（昭和27）年に早稲田大学国文科を卒業後、京華学園教諭となり、一九六〇年に早稲田大学の専任教員になる。[1]

彼は、『日本文学読本　近代文学　小説編二』の出版前後にどのような状況だったのだろうか。紅野敏郎が『京華学園百年史』（京華学園、一九九九年）に寄稿した「私の「京華」専任教師時代」では、次のように描かれている。

京華の国語科の専任教師として勤めさせていただいた七年間の歳月、それは戦時下の入隊、捕虜生活、敗戦後一年以上経ての復員、帰ってみれば戦後の混乱、二束三文の値で父母亡きあとの土地を売り払っての上京、衣食住ともに不自由をきわめた大学生活、そのなかでの向学心。京華に勤めたころも六畳一間の、四世帯共同の台所と便所の、平屋のアパート生活（中略）であったが、勤め場所としては、天下第一等のところだったと今の私は思っている。

（中略）

日本文学協会で私なども加わって作った副読本のなかに、森鷗外の「舞姫」や太宰治の「走れメロス」や黒島伝治の「電報」なども採り入れ、それを教室で扱ったときの生徒たちの鋭い反応も忘れ難い。これら教材の多くは、やがてのちの「現代国語」と称される正式の教科書に堂々と入り込んでいった。

（中略）

当時は自分の課目は、同僚とも相談するが、各自で問題をつくり、調整ということはなく、自由に採点し、そのまま通信簿に記入していたが、このおおらかさが各自の授業の工夫につながり、またそれが自然と教師としての切磋琢磨となったように思う。

太宰治の「走れメロス」が、日本文学協会が発掘した教材であることについては次章で述べる。重要なことは、紅野敏郎も京華学園の教壇に立って「舞姫」の授業をしたことと、その際、自分たちで編集した『日本文学読本　近代文学　小説編二』を「教室で扱った」ことが明記されているということである。

『京華学園百年史』に掲載されている教職員名簿によれば、紅野敏郎の在任期間は、非常勤の期間を含めて、一九五三（昭和28）年四月から一九六六（昭和41）年三月三一日までである。所属は中学校と高等学校普通科男子部、及び女子中学校・高等学校普通科女子部であった。このうち七年間が国語の専任教師であったわけである。一九五四年度に男子部高校二年の担任をし、次の年度に同じく男子部の高校三年の担任をしている。一九五六年度は女子高校三年の担任で、次の年度に女子高校二年の担任をしている。また、着任翌年の一九五四年には、第八代の教職員組合委員長に就いている。

実は、紅野が京華学園に在職したことは、彼にとっても、そして『日本文学読本　近代文学　小説編二』にとっても重要な意味があった。なぜなら、京華学園の国語科には、日本文学協会近代部会のリーダーでもあった猪野謙二が同僚として在職していたからである。猪野謙二は、京華学園の創立者磯江潤の孫娘の夫でもあった。

京華学園は、一八九七年、東京府本郷区瀧岡町三六番地に京華尋常中学校として創立された。戦前は、東京府下の名門校のひとつであった。一九〇二年に京華商業学校を、一九一〇年に京華高等女学校をそれぞれ設立し、着実に発展していった。

戦後の学制改革により、一九四七年に京華中学校・京華第二中学校・京華女子中学校を設立。翌年、京華学園高等学校（普通科・商業科）設立。一九五三年に商業科は京華商業高等学校として、男子部と女子部に分かれていた普通科は京華高等学校・京華女子高校としてそれぞれ独立した。

猪野謙二は、一九一三（大正2）年に仙台市で生まれた。一九三七年に東京帝国大学文学部国文科を卒業後、東調布高等女学校教諭となる。翌一九三八（昭和13）年九月に京華学園に着任し、一〇月に磯江潤の孫娘と結婚。翌年一二月召集令状が来て兵役につく。衛生兵として応召され、三年後の一九四二年一二月召集解除されたが、翌年七月に再び衛生兵として応召され一九四五年九月に召集解除となる。[2]「併せて五年にもなる兵隊暮らしから解放されて敗戦後の学園に戻ってきた」[3]とあるから、戦時中のほとんどが軍隊生活にとられ、京華学園での教育と研究の期間はわずかであった。

戦後、経営者一族の一員として、旧制中学から新制中学・高校への切り替えに尽力した猪野は、その後、『近代文学の指標』（丹波書林、一九五一年）、『近代日本の文学』（福村書店、一九五一年）、『近代日本文学史研究』（未來社、一九五四年）、『島崎藤村』（要書房、一九五四年）、『近代文学の指標 増補改訂版』（御茶の水書房、一九五六年）、『日本文学の近代と現代』（未來社、一九五八年）という具合に立て続けに著作を発表する。併行して、『近代日本文学講座　第三巻』（河出書房、一九五一年）に「写実主義成立前後」を、『岩波講座　文学　第四巻　国民の文学』（岩波書店、一九五四年）に「日本の近代化と文学」を、『岩波講座　文学の創造と鑑賞　第一巻　文学の鑑賞』（岩波書店、一九五四年）に「日本文学の鑑賞のために」を執筆している。

また、一九四八年には日本文学協会の書記長に選出され、その後数年間、若手リーダーの一人として日本文学協会を牽引する。猪野謙二と、猪野謙二の次に書記長になる西郷信綱、そして広末保がこの頃の日本文学協会を代表する若手リーダーであり、一九五〇年代前半に、その猪野を中心とした日本文学協会近代部会で活躍した一世代若い青年たちが、伊豆利彦、紅野敏郎、草部典一たちであった。

猪野は、京華学園では先にも述べたように、国語教師として活躍しながら、一九四八年四月から一九四九年五月までは男子女子双方の高校主事（他の学校では、副校長ないし教頭に該当する管理職）を、一九五二年三月から一九五四年三月までは女子高校の高校主事補佐を務めている。また、一九四二年一一月から一九四六年一二月までは、京華学園財団理事及び財団維持員として、一九五一年四月から一九六四年一一月までは、京華学園評議員として役職についていた。一九五四年四月に神戸大学文学部助教授となり、東京を離れて、創成期の神戸大学文学部国文科を力強く支えることになる。

猪野のこうした独特のスタンスと人格が影響していたからだろうか、この時期の京華学園には後に研究者として大成する優秀な若手教員が集まってきている。紅野敏郎についてはすでに述べたが、他にも、竹盛天勇（一九五四年九月～一九七〇年三月、第一九代教職員組合委員長）や古林尚（一九五六年四月～一九八八年三月、第一八代教職員組合委員長）、太田正夫（一九五一年四月～一九八四年三月）などが在職していたし、短い期間ではあるが、広末保も一九四六年九月から一二月末まで、旧制京華中学の専任教諭であった。

紅野敏郎が「舞姫」の授業をしたのは、このような環境下であった。それは、戦後の民主主義的教育の実験場としても最適な環境のひとつであったといえよう。

そしておそらくは、浦和西高時代に行われた伊豆利彦の「舞姫」授業実践は、日本文学協会の仲間であった伊豆や紅野が「舞姫」教材化を担当した『日本文学読本　近代文学　小説編二』という形で実を結び、今度は、それを、紅野をはじめとして当時の高校教師たちが新制高校で授業に使うことで、教材としての価値や指導方法などについて蓄積されたものが、一九五六（昭和31）年の教科書、すなわち、『標準高等国語総合編2』（教育出版）と『現代文新抄全』（清水書院）へとつながって行ったに違いない。

紅野敏郎や太田正夫たちは京華学園、草部典一は都立江戸川高校、益田勝実は都立定時制高校、荒木繁は都立西高校、大河原忠蔵は明治学院高校、小野牧夫は都立大付属高校、島田福子は青蘭高校という具合に、当時の日文協で活躍し始めた若手研究者たちは、大学卒業後に新制高校の教諭になっており、戦後民主主義教育の実質を担う実践者でもあった。副読本シリーズ『日本文学読本』を要望し、刊行後はその副読本で授業をしたのもこうした日文協の若手であったことは容易に想像できる。

紅野敏郎「鷗外と教科書――『安井夫人』をめぐって」が掲載された同じ号に、「『日本文学読本』についてのお願い」が日本文学協会副読本委員会の名前で掲載されている。

本年の四月から国語の授業に間にあうように、「日本文学読本」がつくられています。だいぶ前からのことですが、会員の皆さんから、学校で使うよい副読本がない、協会としてなぜ国語副読本の編集をしないのかという意見や要望が寄せられていました。また協会としても、これまでの文学と国語教育の研究によって得た成果を、ひろく先生たちや、若い学生・生徒諸君のものとするために、そのような仕事がぜひなされなければならないと考えていました。それがこうして実を結んだのです。（中略）

会員、あるいは読者の皆さまが、できるだけこの読本を学校において採用し、普及宣伝して下さることを切におねがいいたします。

副読本の利点は、フットワークの軽さにある。検定教科書の場合には、さまざまな準備を経て検定を通った後でも、各地域での採択などに時間をとられるので、数万部単位で売れなければ採算がとれなくなる。しかし、副読本であれば、例えば、一〇人の教師が、それぞれの学校で二クラス分、一〇〇名の生徒に買わせれば、合計一〇〇〇部になり、出版社としても最低限の採算はとれる。日本文学協会が副読本シリーズで、新しい教材を開発していったのは、大変合理的な方法であったと言えよう。

6

高橋修は、「『舞姫』から『ダディ』へ／『ダディ』から『舞姫』へ」（「日本文学」一九九九年四月）において、「近代文学」の同人たちが主張した「近代的自我の確立」という枠組みが、「舞姫」の教科書採録に影響した過程を、次のように的確にまとめている。

福田恆存氏が、敗戦後まもなく昭和二十三年の時点で、戦後いちばん最初にとりあげられた問題は、「近代的自我の確立」ということだったと述べるように、「近代的自我の確立」は当時の文学を論ずる上で一つのキー概念でした。（中略）

こうした当時の文学的命題は、本多秋五、平野謙、荒正人らの文芸雑誌、『近代文学』によった人々が強く主張したとされます。この同人たちは、いずれも戦前にマルクス主義の洗礼を受け、運動の崩壊と転向体験をくぐり抜け、戦時期のいわゆる「暗い谷間」をしのいできた批評家たちで、そうした経験ゆえに、〈主体性〉の回復が大きな問題となり、政治に対する文学の自律が特に強調されることになる。かれらの論調を要約して三好行雄は、『近代文学』同人たちは「内なる権威」の確立を説いて、「組織と個人、政治と文学の相互関係にあらたな原理と調整を用意しながら、戦争を通過することであらわになった社会構造や人間存在の歪み、文学に内在した前近代性や思想的脆弱などを批判し、近代的自我の確立＝文学的自覚と自立を強く主張したのである」と、述べています。

そこには戦後の政治と文学のありよう、さらにいえば、政治優位の文学観に対する、文学の独立という芸術至上主義の側からの対抗の意味が込められていた。いうならば、「近代的自我」は対抗理念・対抗イデオロギーであったと考えられます。こうした「近代的自我」が実際に確立されうるものか否かは、判断の分かれるところですが、少なくとも文学史を考えていく上でキー概念として、短期間のうちに立ち上げられていったことは間違いない。その過程で、「近代的自我の確立」という枠組みのもと、『舞姫』が教科書に採録されていったと考えられます。

この「近代的自我の確立」という枠組みを浸透させるのに強い影響を与えた研究者が、小田切秀雄であったが、日本文学協会の猪野謙二は、それと対抗する文学観を主張した。

本稿の目的は、先にも述べたことだが、「舞姫」が教科書に採録される数年前の段階では、「近代的自我の確立」という枠組みのみではない、むしろ、それに対抗する教材観で「舞姫」の授業実践が行われ、また、副読本として「舞姫」が教材化されていたことを、確認することにある。高橋がいうような「戦後の政治と文学のありよう、さらにいえば、政治優位の文学観に対する、文学の独立という芸術至上主義の側からの対抗の意味」をもった「近代的自我の確立」という「枠組みのもと、『舞姫』が教科書に採録されていった」という事実を認めつつも、「舞姫」が教科書に採録される数年前の時空にもどして、今少し相対化したいのである。

『日本文学読本　近代文学　小説編二』を出版した頃、伊豆も紅野も、猪野謙二の強い影響下にあった。そして、伊豆は、猪野謙二の「透谷から藤村へ」という論文に感銘を受けつつ、透谷、「若菜集」、「舞姫」を貫く〈近代の悲哀と煩悶〉の問題点を浦和西高校の生徒に教えた。伊豆の「文学教育の任務と方法」を読むと、明治の文学と生徒の現実をつなぐリアリズムを模索した様子がわかる。それに比べると、「近代的自我の確立」という枠組みは、やや美学的で観念的なものにみえる。

ちなみに、田近洵一『戦後国語教育問題史』（大修館書店、一九九一年）によれば、「文学教育の任務と方法」は、「読み手の世界と作品の世界とを結合し、現実の矛盾を追求することで魂の変革をはかるという、国民文学論を背景として鋭角的に突き出された伊豆利彦の文学教育観は、戦後文学教育の指標として、その後さまざまに展開する教室での実践に一つの方向を与えることとなった」論文である。

伊豆は、「多喜二や蔵原惟人を私は戦後になってはじめて知った。プロレタリア文学というものがあることも知らなかったのだ」（「私と日文協の五〇年　第三〇回　はじめての多喜二論」、「葦の葉」二六七号、二〇〇六年九月）と述べるように、「戦前にマルクス主義の洗礼を受け、運動の崩壊と転向体験をくぐり抜け、戦時期のいわゆる『暗い谷間』をしのいできた批評家たち」＝「近代文学」派とは違って、戦時期は、マルクス主義の運動そのものが歴史から抹殺された時代を生きた旧制の中高校生であった。

もう一人、「近代的自我の確立」という枠組みに対抗しようとしたのが、「『舞姫』論」（「文学」一九五一年四月、岩波書店）を書いた大石修平である。大石は、一九二三年、富山県生まれ。一九四三年に東京帝国大学文学部国文科を卒業後、一九四七年に富山県立富山師範学校（一九四九年に国立富山大学教育学部に包括される）教諭になるが、一九四九年には東京に戻り、都立新制高校（一九五〇年から都立大付属高校に改称）教諭になっている。

大石の「『舞姫』論」は、その主眼が小田切秀雄批判にあると思えるほど、論争的である。かれは、小田切秀雄の「森鷗外『舞姫』の鑑賞」（「日本近代文芸研究」(4)）を批判して、小田切が主張する「近代的自覚」は、「歴史的具体性においてこの作品を解明してくれることにならない」し、「近代的なものと前近代的なものとの矛盾・対立が実は抽象的に図式化され、その結果、もっぱら対立の一方に（すなわち近代的自覚に）重きをおいてとらえる」ことしかできないと難ずる。また、「舞姫」にただよう感傷は欺瞞の一形式でもあるのに、小田切は「この感傷をうつくしいものとしてまず認める善意を示して、そこから作者を擁護する方向」に向かっており、それは、「主観的なやり方」であると「抗議」している。大石の主張は、歴史的状況をもっと理解したうえで客観的に作品を分析せよというところにある。「鷗外の矛盾的本質」は、近代的自覚で割切るには無理があって、「開明的なものであり、絶対主義的なものであった」「開明的官僚」の本質こそがその要点であり、それを媒介にすることで、「舞姫」において「反抗や人間的心情の切実さの具体的なあり方」がうまく表現されるようになったというのが、論の力点になっている。大石は、歴史のリアリズムを、「近代的自我の確立」という枠組みに対置しようとしたのだ。

大石の主張は、その後の「舞姫」研究には浸透しなかったようだが、当時はそれなりの異彩を放っていたことは確かである。

7

伊豆利彦と紅野敏郎について述べたところで、次は、草部典一ということになるのだが、彼は静岡大学教育学部教授在職中に亡くなっているせいか、年譜的なことは詳しくはわからない。一九五四年時点で新制の都立江戸川高等学校教諭であったことや、当時多くの論文を、日本文学協会の「日本文学」や岩波書店の「文学」などの雑誌に発表していたことは今でも確認できる。

伊豆利彦「私と日文協の五〇年　連載第二回　池田亀鑑教授の近代文学演習」(「葦の葉」二二九号、二〇〇三年三月)が、草部との出会いを伝え、かつ、当時の近代文学研究の状況を伝える数少ない資料でもあるので、長文ではあるが以下に引用する。

私の日文協入会のきっかけをつくってくれたのは草部典一君だった。

国文の研究室に出入りするようになったのは、（中略）一九四九年からであるが、その時私に話しかけて来たのが草部君だった。

元来なら私は三年で、最上級生というわけだが、その年になって、はじめて研究室に出入りすることになった私には、研究室は何かなじみにくい場所だった。

私が入学した一九四七年は、はじめて旧来の高等学校の特権が奪われて、専門学校からの入学が認められることになった年である。女子学生にも門戸が開かれ、女高師や女子大から、多数の才媛たちが入学して来た。近代文学には井上百合子さんがいた。彼女たちはひたすら国文学を愛し、みっちり勉強して来た勉強家で、研究室に入り浸って勉強していた。

私のように兵隊に行ったり、地域活動をしたりして、自分の生き方に迷うばかりで、国文学をやるというような心構えが欠如している者には、まったく場違いで、入り込みにくい場所だった。しかし、私がしばしばそこを訪れ、また大学にもかなり頻繁に顔を出したのは、当時、池田亀鑑さんが担当する近代文学の演習が開かれていたからである。

池田さんはいうでもなく源氏物語その他平安文学の研究者である。この池田さんが何故近代文学演習を担当したのか。そこに、戦後間もなくの、混乱の中から新しいものが生まれて来た時代の面白さがある。

元来、東大の国文科には近代文学の講座はなかった。それを学生たちが運動して新しく近代文学の講義と演習を開くことにしたのだという。

そのことについては、益田勝実君とか難波喜造君、杉山康彦君などがくわしいと思う。入学年度からいうと、難波君、杉山君は私と同期で、益田君は草部君と同じく私の一年下だった。後年私は益田君から、自分たちがいかに苦労して近代文学の講義と演習を開くことにしたかをしばしば聞かされたが、その頃私は大学に無縁な生活をしていたので、その事情は知らない。

とにかく、四九年から吉田精一さんの講義と池田さんの演習が開講され、大学にもどって来た私は、何も事情を知らぬままに受講したのであった。

吉田さんの講義には一回だけ出た。序論だから研究方法を論じていられたのであろう。プレハーノフの史的唯物論がどうだとかこうだとか論じておられた。私は生意気にも吉田さんの講義は古くさいと感じ、まさか、途中で立ち去るような失礼はしなかったと思うが、一度出席しただけで、その後は受講を放棄した。

吉田さんは当時、教育大学の教授か助教授で、東大には非常勤講師として出講されたのだった。学生たちは小田切秀雄さんとか、猪野謙二さんとかを希望したのだが、教授会は許可せず、吉田さんにきまったのだという。吉田さんがプレハーノフのことなどから講義をはじめられたのには、こうした背後の事情が関係していたのかも知れない。

もし、小田切さんとか猪野さんとかが講義を担当しておられたら、私の学生生活ももうすこし変わっていただろうが、当時の東大国文科としては、そんなことは望むべくもなかったのである。

ただ、私は池田さんが担当する演習にだけは熱心に出席し、それで大学と縁がつながり、草部君とも知りあい、研究室にも時々は顔を出すことになったのである。そして、その縁で日文協にも入会し、日本文学研究者としての生涯を過ごすことになった。

伊豆は、戦後初めて東大に開設された近代文学演習に出席し（三好行雄も参加していた）、才気煥発だった草部と出会うことで日文協に入り、そこで猪野謙二と出会い、さらに紅野と知り合うことになった。そして、同年代の伊豆、紅野、草部は、桃園の誓いとも言うべき固い友情のもとにこの後の数年間、共同で研究と執筆を進めていく。

筆者は、『日本文学読本　近代文学　小説編』について、猪野謙二がどの程度かかわっていたのか、また、国語教育部会で大活躍していた益田勝実の担当部分があるかどうかについて興味があって、伊豆利彦氏にメールでお尋ねをした。伊豆氏の回答は、日本文学協会編『日本文学読本』における近代文学関連の編集及び執筆は、伊豆利彦、紅野敏郎、草部典一の三名である、とのことであった。具体的には、『日本文学読本　近代文学　小説編一』及び『日本文学読本　近代文学　小説編二』、そして『日本文学読本　日本文学史』の近代文学の部分が、伊豆、紅野、草部の編集及び執筆ということになる。若い三人にとっては大きな仕事だったのではないだろうか。

猪野謙二は、一九五四年四月から神戸大学に移り、文理学部から分離独立したばかりの文学部国文科の助教授となるので、『日本文学読本』に関わる余裕はなかったのかもしれない。

伊豆、草部、紅野がスクラムを組んで行った仕事は、これだけではない。これに先立つか同時併行して、雑誌「人民文学」に「日本の近代文学史」を計八回連載しているのである。著者は、日本近代文学史研究会になっているが、各回の文末に担当者名が入っていることもあるし、無署名のこともある。第一回（「人民文学」一九五三年一月）が草部典一担当で、見出しは、「一　近代文学誕生への地ならし」、「二　近代文学の誕生と生長」、第二回（「人民文学」一九五三年二月）が無署名（筆者の推定では伊豆利彦担当）で、見出しは、「一　森鷗外の『舞姫』」、「二　近代文学の先駆者――北村透谷――」、「三　青春のうたごえ――「若菜集」と「みだれ髪」――」、「リアリズムの芽ばえ――樋口一葉――」、第三回（「人民文学」一九五三年三月）も無署名（筆者の推定では伊豆利彦担当）で、見出しは「浪漫主義」のみである。

ここで注目しておきたいのは、第二回が、「舞姫」、北村透谷、「若菜集」の三点セットで近代の悲哀と煩悶について展開されていることである。これは、すでに言及した伊豆利彦の「私と日文協の五〇年　第二五回　出発点としての浦和西高時代」の内容と一致し、かつ、「文学教育の任務と方法」の基本内容とも一致しているのだ。

「人民文学」連載の第二回と「私と日文協の五〇年　第二五回　出発点としての浦和西高時代」とが異なる点は、近代文学の先駆者としての北村透谷の前に、近代文学の出発を概観するために、まず「舞姫」を論じ、文学史における「舞姫」の重要な位置を強調していることである。「森鷗外は、心の中では自由をねがい、人間的な生き方をしようとつとめるインテリゲンチャが、自分の弱さの故に絶対主義天皇制の官僚として、「生きた条例」として非人間的な生き方をせねばならなってゆく姿をえがいたのである」と述べる論者は、透谷と藤村について、次のように論じている。

文学が文学として成り立つためには、文学者の心の中にもえる火がなければならない。けれども、心の火がはげしくもえるばかりでは、その文学は現実性をもつことができず、観念的な怒号に終る。透谷の場合がそうだったのである。島崎藤村は現実を否定するよりは、現実の苦痛や悲痛や悲哀をじっとその身にうけとめ、詩の上に表現した。こうすることによって、藤村は詩の現実性を自分のものとした。藤村はたたかいの勢いとしては、透谷より一歩うしろへさがった。けれども藤村は一歩さがることによって文学としての成功をかちとったのである。

柔らかくあたたかい心を持つ青年たちが、自由を願いながら、絶対主義天皇制の圧政のもとで苦しみ、「現実を否定するよりは、現実の苦痛や悲痛や悲哀をじっとその身にうけとめ」て、文学を紡ぎあげていく。これは、伊豆利彦の論考にその後も一貫してながれるモチーフのひとつでもある。

第四回（「人民文学」一九五三年五月）は草部典一担当で、見出しは、「一　自然主義文学の露払い」、「二　詩から散文へ」、「三　自然主義文学の確立」、「四　『破戒』」であり、第五回（「人民文学」一九五三年七月）は紅野敏郎担当で、見出しは「漱石と鷗外」、その小見出しとして「二つの留学」、「『坊っちゃん』と『道草』を中心として」、「『雁』と『山椒大夫』を中心として」という構成をとっている。「漱石と鷗外」において、紅野は次のように鷗外と漱石を位置づける。

二人は明治の直系の子であり、大正期教養人の生みの父という位置にもたっていた明治絶対政府との関係を見事に設定しながらその枠の内で「自由と独立と己れ」という漱石が「こころ」で示した明治の精神的要素をとも角も力一杯かちとろうとした。漱石は在野にある庶民として、鷗外は鷗外型と後に規定されるような開明的官僚としてのタイプを生涯ひきずって行くのである。

日文協における教材発掘の流れからは、漱石の「こころ」は出てこない。この章でふれられている作品は、鷗外が「舞姫」、漱石が「こころ」だけで、読み方によっては、二人の作家を概観するうえでふさわしい作品として、それぞれ「舞姫」と「こころ」を選んだということだろう。後の定番教材がこのように並置され指摘されていることは、紅野の慧眼といってよいだろう。

なお、「開明的官僚としてのタイプを生涯ひきずって行く」という部分に、先述した大石修平の「『舞姫』論」を参照した形跡がみてとれる。

第六回（「人民文学」一九五三年八月）は草部典一担当で、見出しは、「『蒲団』『田舎教師』と『土』」、「石川啄木」であり、第七回（「人民文学」一九五三年一〇月）は杉仲子担当で、見出しは、「近代文学の分化と展開」、その小見出しとして、「永井荷風と谷崎潤一郎」、「武者小路実篤と志賀直哉」、「有島武郎」

である。最終回の第八回（「人民文学」一九五三年一一月）は、草部典一、湯地美佐子、島田福子の共同担当で、見出しは、「近代文学の分化と展開」を継続し、その小見出しとして、「詩歌のうごき」、「新現実主義」、「芥川龍之介と菊池寛」、「広津和郎と葛西善蔵その他」、「プロレタリア文学運動の台頭」である。

そして、この連載をもとにしたものが、翌年、日本現代文学史研究会編著『日本の現代文学史』として三一書房から出版されている。A5版三三四頁の共同作品であった。

その頃の事情を伝えているのが、伊豆利彦「私と日文協の五十年　第一九回　若い仲間たち」（「葦の葉」二四九号、二〇〇四年一二月）である。以下に引用する。

私が文学学校（「人民文学」のグループによる文学学校のこと……奥山注）の講師をしたのは、多分一九五三年のことだったと思う。

大学を卒業したのは一九五〇年の九月だった。浦和西高等学校に就職して、2年半国語を教え、一九五三年四月に横浜市大の専任講師になった。

文学学校の講師になったのはその後のことだったろう。

これに先立って、草部典一、紅野敏郎、島田福子、湯地美佐子さんらと『人民文学』に日本の近代文学史を連載し、これをもとに『日本の現代文学史』を一九五四年四月、三一書房から刊行した。

私たちはみな二〇代の未熟な若者だった。近代文学の研究といっても、かけだしでほとんど何の知識もなかった。しかし、大胆に発言し、それが受け入れられた時代だった。

いま思えば冷や汗ものだが、この『日本の現代文学史』はロシア語に翻訳され、中国などでもかなり広く読まれていたようだ。その後、中国語訳の話があったが、文化大革命のために実現しなかった。

つまり、私たちの文学史は日本の唯一の進歩的な近代文学史として、ロシア語を通じて世界に紹介されていたのである。

私たちはしばしば東中野の紅野君宅に集まって相談をしたり、打ち合わせをしたりした。時には夜を徹して会議をし、ひとつの炬燵に足を突っ込んでごろ寝したりした。

（中略）

編集担当者はいま風濤社をやっている玉井五一君で、玉井君も私たちといっしょに議論したりしたのだから、六畳一間に六人も七人も集まって、むんむんする空気の中であの本は書かれたのだった。

「二〇代の未熟な若者」が、「大胆に発言し、それが受け入れられた時代だった」ことは、戦後の文学教育においても十分にあてはまる。

伊豆が、「若い文学研究者が積極的に国語教育について発言して行ったことは、戦争直後の国語教育界に新鮮な風を吹き込んだと思う。今のように国語教育の専門家がいない時代だった。戦争中の教育を乗り越えていこうとして手さぐりの努力がつづけられていたのである」(「私と日文協の五十年　第二一回　早稲田の仲間たち」、「葦の葉」二五二号、二〇〇五年三月)と述べるように、当時の日文協国語教育部会は、古代、中世、近世、近代を各専門とする俊英たちが、民主主義的教育を確立するために一丸となって、国語教育を検討する場であった。

『日本文学読本　近代文学　小説編二』が出版された一九五四年は、二〇一〇年の現在から五六年前にあたる。一九五四年の五六年前は、一八九八年である。一八九八年の夏目漱石は、熊本第五高等学校の英語教師で、まだロンドン留学にもいっていないし、小説も書いていない。「舞姫」が発表されるのは、一八九〇(明治23)年であるから、一九五四年から六四年前である。二〇一〇年の六四年前は、一九四六年である。

つまり、『日本文学読本　近代文学　小説編二』を出版した頃の伊豆や紅野にとっての「舞姫」は、二〇一〇年現在の青年にとっては戦後文学のような位置にある(あくまで時間軸上の話ではあるが)。したがって、彼らにとって、「舞姫」で展開されている問題は、遠い昔のものではなく、きわめてアクチュアルなものであったはずである。そうであればこそ、彼らは、「安井夫人」ではなく、「山椒太夫」でもない、「舞姫」の教材価値を見出したのではないだろうか。

そこに、学問と教育の民主化をかかげて戦後にいちはやく設立された日本文学協会という舞台が加わることで、教材「舞姫」が誕生したのである。

注

（1）http://www.chikumashobo.co.jp/kyoukasho/tsuushin/rensai/teiban-kyouzai/003-01.html

（2）西郷信綱「一九五三年度総会一般報告」（「日本文学」一九五三年八月号）

（3）武藤康史「紅野敏郎と伊藤隆」（『文学鶴亀』所収、国書刊行会、二〇〇八年）

（4）大野晋「猪野先生と国文学科」（「学習院大学　国語国文学会誌」第二八号、一九八五年三月）

（5）猪野謙二「わたしの中の磯江潤先生」（『京華学園百年史』所収、京華学園、一九九九年）

（6）「日本近代文芸研究」とあるのはミスプリントで、正しくは、『日本近代文学研究』（東大協同組合出版部、一九五〇年）である。

教材「走れメロス」の誕生――日本文学協会編『日本文学読本　近代の小説』の成立

1

「走れメロス」は、昭和一五年五月一日発行の雑誌「新潮」に発表された。山内祥史によれば、「発表直後にはとりたてて注目された作品ではなかった」[1]ようだ。しかし、戦後の国語教材としては、夏目漱石「こころ」、芥川龍之介「羅生門」、森鷗外「舞姫」、中島敦「山月記」と同様に定番教材として位置付けられている。「こころ」、「羅生門」、「舞姫」、「山月記」が高校国語の定番教材であるのに対して、「走れメロス」は、現在、中学国語の定番教材である。

「走れメロス」を最初に教科書に収録したのは、時枝誠記編『国語　総合編　中学校　二年上』（中教出版、一九五五年）である。翌年、藤村作・西尾実監修、日本文学協会編『日本文学読本　近代の小説』（以下『近代の小説』と略記）において高校用教材としては初めての教科書（副読本）に収録されたのである。その後、中学国語教材として定着し、高校国語教材としては消えて現在に至る。

戦中期には、太宰の作品が国語の教材として教科書に収録されることはなかった。戦中戦後を通じて太宰には作品そのものよりも作家としての素行に問題があった。教科書向きではないと思われていたのだ。

本稿では、「走れメロス」がどのような経緯をたどって日本文学協会編『近代の小説』に収録されたのかについて、日本文学協会を舞台にして展開された国語教育論議を視野にいれながら考察する。

なお、本稿において、「伊豆談話」ということばが出てくるが、これは二〇一四年八月下旬に筆者が伊豆利彦先生に直接インタビューして聞き得た内容（録音時間は約九〇分）を示す。すでに同年同月の日本文学協会近代部会夏季合宿で「教材『走れメロス』の誕生」として口頭発表した際の資料を持って、伊豆先生のご自宅でインタビューしたのである。本来であれば「伊豆談話」全文を活字化したうえで引用するべきなのかもしれないが、その余裕がないことをお詫びしておく。

2

まず、戦前の同時代評について述べる。

昭和一五年に「新潮」に発表された翌月に、雑誌「文芸」に「作品短評」が「K・G」のイニシャルで書かれているが、そこでは、「伝説からとつた物語だが、先頃のユダなどより才気がギラギラしないで、数倍素直に愉しい。さらに簡潔に書かれてあつたら好小品となつたであらう」とされ、雑誌「三田文学」第一五巻第六号では、「太宰治氏の「走れメロス」は人間の誠実を疑ふ暴君ディオニスと、真実の徒メロスとの短いお伽話である。（古伝説と、シルレルの詩から。）と註がしてあるが、太宰氏らしい達者な手法の短編である」という短評が掲載される。

同時代評として本格的に論じられたものとしては、岩上順一「太宰治の一面」(「三田文学」昭和16年2月)がある。この文章は、後に「反俗と羞恥と(太宰治について)」と改題されて『評論集　文学の主体』(桃蹊書房、一九四二年)に収録されるが、雑誌に発表されたものから次に引用する。

正直のところ私は太宰治氏の熱心な読者ではない。私が太宰治氏の作品にはじめて心を惹かれたのは極最近、と言つても新潮の六月号で「走れメロス」といふ短編を読んだ時であつた。(中略)「走れメロス」は非常に面白かつたし、また非常に立派な作品だと思つて、私はノートを取らうとした位であつた。それはこの作品のなかに、非常に高い主題が含まれてゐると思つたからである。(中略)素朴な純粋な友情と信頼の貫徹。人間性の善と理想の勝利。作家は、それまでの自己呵責、自己暴露の底に、切りさいなみ、踏み蹂り、絶叫し、泣訴せんばかりの、押へつけ虐げられてゐた人間への愛情を、こゝで「走れメロス」のなかで、はじめて思ひ切り解きはなち、自由な、健康な、純粋の天地のなかに躍り出さしめた。「走れメロス」が、単なる伝説としての力を超えて、もつともつと生々しく胸を打つ現実性を持ち得たのは、実に作家自身の、このやうな血路的な人間愛情の真実がそこにこめられてゐたからであらうと思ふ。

「走れメロス」を初めて高く評価した論と言えるだろう。

3

太宰治は、戦後になってさらなる光芒を放ち、『ヴィヨンの妻』（一九四七年）、『斜陽』（一九四七年）、『人間失格』（一九四八年）などによって流行作家としての地位も築いた。一方、私生活はある意味で荒廃しつつあった。一九四八（昭23）年四月から『太宰治全集』（八雲書店）が刊行されはじめるが、六月一三日深更に、山崎富栄と玉川上水に入水自殺をする。

その後も多くの読者を得たが、改めて太宰治を研究しようとするものは少なかった。雑誌「日本文学」において、太宰治論が初めて掲載されるのは、一九五六年六月号の磯貝英夫「太宰治論」である。次に引用する。

> 戦中戦後にわたって青春期を持った私たちの世代にあたえた太宰治の影響はかなり大きなものがある。しかしそれに対する検討は今日までほとんど試みられないできているように思われる。むしろ意識的にその検討がさけられてきたふしが見えぬでもない。

「伊豆談話」においても、当時は太宰治は文学史的に重要な作家だとは思っていなかった（後に重要な作家だとわかるようになる）、という発言がある。

『日本文学読本　近代文学　小説編一』及び『日本文学読本　近代文学　小説編二』については、Ⅱ—1章で述べているが、教材の選択及び執筆担当は、伊豆利彦、紅野敏郎、草部典一などの共同討議によるもので、『近代の小説』においても共同討議の方式が踏襲されたようである。この三冊の教材選択について、伊豆の発案は、森鷗外「舞姫」、芥川龍之介「雛」、国木田独歩「忘れえぬ人々」、宮本百合子「播州平野」、太宰治「走れメロス」であり、草野の発案は黒島伝治「豚群」である。

なお、『日本文学読本　近代文学　小説編一』及び『日本文学読本　近代文学　小説編二』には筆者が実際に見たものより前のバージョンがあるようで、そこで、島田福子発案による佐多稲子「水」の教材化が行われたようである。佐多稲子「水」については、当時の日本近代文学研究者にもほとんど知られていなかった作品であった。

「舞姫」は、当時の日文協近代部会では近代的自我の確立がテーマであったせいもあって重要な作品であったようだ。「伊豆談話」によれば、当時としては「舞姫」は誰も思いつかない教材であったとのことである。伊豆の教材選択は、研究的観点よりも教科書的観点から選ぶというものであった。「走れメロス」については、すでに中学国語での教材収録を知った上で、その作品の明るさに注目し「これは面白いぞと思った、日文協らしくないですから」という「伊豆談話」での発言がある。補足をしておくと、当時の日文協は、左翼的国文学研究の牙城としても知られていた。そこで、「走れメロス」の明るさが、「日文協らしくない」点があり、脱構築的にそこがいいと思ったのだろう。こうした姿勢は伊豆だけではなく、「豚群」を発案した草部も、「これはいい、左翼っぽい暗さではなく明るい作品だ」

ということが理由のひとつであったという。

後述するが、この頃の日文協では、問題意識喚起の文学教育論が話題になっており、西尾実が鑑賞の回復というテーマを提出してもいた。西尾は、「日本文学」一九五七年五月号において、「鑑賞の回復――問題意識喚起の文学教育論の整理と展望」という文章を発表し、「人間本来の文学感覚をいかしたい」、「理解によって深まった鑑賞でもなく、批判によって深まった鑑賞でもない、その読者たる学習者その人の直感によって成り立つものがもっとも本来的な鑑賞である。これを確立させた上でなくてはほんとうの意味の理解も価値の批判も成り立つものではないという事実を指摘し力説したい」と述べている。おそらく、伊豆の教材選択における教科書的観点は、「人間本来の文学感覚」を生かした鑑賞とも呼応しており、すでに浦和西高校教諭のころから「その読者たる学習者その人の直感」を呼び込もうとしていたのだろう。

なお、「伊豆談話」によれば、教材としては「走れメロス」は難しい作品であり、太宰治・「走れメロス」・「駈込み訴へ」の三要素で一つのセットとして考えたとのことである。つまり、〈表〉（友情と信頼）の「走れメロス」と〈裏〉（裏切り）の「駈込み訴へ」である。

「駈込み訴へ」は、「中央公論」昭和一五年二月号に発表された。キリストを裏切ったユダを素材にした作品である。

太宰治「『女の決闘』その他」（「月刊　文章」一九四〇年九月、後に「自作を語る」に改題）では、次のように述べられている。

こんど河出書房から、近作だけを集めた「女の決闘」という創作集が出版せられた。女の決闘は、この雑誌（文章）に半箇年間、連載せられ、いたずらに読者を退屈がらせた様子である。こんど、まとめて一本にしたのを機会に、感想をお書きなさい、その他の作品にも、ふれて書いてくれたら結構に思います、というのが編輯者、辻森さんの言いつけである。辻森さんには、これまで、わがままを通してもらった。断り切れないのである。

私には、今更、感想は何も無い。このごろは、次の製作に夢中である。友人、山岸外史君から手紙をもらった。（「走れメロス」その義、神に通ぜんとし、「駈込み訴へ」その愛欲、地に帰せんとす。）亀井勝一郎君からも手紙をもらった。（「走れメロス」再読三読いよいよ、よし。傑作である。）友人は、ありがたいものである。一巻の創作集の中から、作者の意図を、あやまたず摘出してくれる。山岸君も、亀井君も、お座なりを言うような軽薄な人物では無い。この二人に、わかってもらったら、もうそれでよい。

注目しておきたいのは、山岸外史が「走れメロス」と「駈込み訴へ」をコインの裏表のように捉えていることであり、そのことを太宰自身が「作者の意図を、あやまたず摘出」したと認めていることである。

「走れメロス」と「駈込み訴へ」を表裏一体の関係として捉えた点で共通するのは、先にも触れた岩上順一「太宰治の一面」である。該当箇所を引用する。

「駈込み訴へ」や「善蔵を思ふ」のこのやうな息詰まる自己呵責が鋭敏に深刻になればなるほど、それから抜け出し、もつと自由な、清爽な、空気と光に溢れたおほらかな世界を欲する心は、益々切実な、全生活的な願望とならざるを得なかつたであらう。

実にかゝる作家の人間性追求の、このやうな全生活をかたむけた願望のなかからのみ、あの「走れメロス」は生れでることができた。「駈込み訴へ」の暗い酷薄と不信のヘブライ的世界は、こゝではじめて、ギリシア的な、素朴にして強健な、開放的な人間性の暢達さに到ることができたのである。

このように、「走れメロス」と「駈込み訴へ」を対比してとらえることの有効性は太宰の意図にも合致していたであろうが、同時に、太宰自身が「走れメロス」そのものに自信を持っていたことをうかがわせるのが、「みみずく通信」(「知性」一九四一年一月)である。講演会で「『思い出』という初期の作品を、一章だけ」読み、「さらにもう一冊の創作集を取り上げ、『走れメロス』という近作を大声で読む場面として描かれている。

4

日文協編『近代の小説』(秀英出版、一九五六)の収録教材は、当初予定では、森鷗外「高瀬舟」、島崎藤村「桜の実の熟する頃」、芥川龍之介「雛」、太宰治「走れメロス」、志賀直哉「灰色の月」、黒島伝治「電報」、樋口一葉「大つごもり」であった。「日本文学」一九五六年二月号の裏扉広告には、「検定三十一年度はこのまま使用できますが、三十二年度は全冊検定出願中です」とあり、副読本『近代文学』第一巻、第二巻も「国語乙の教科書は日本文学読本」として、検定申請をしようとした形跡がある。

「日本文学」一九五七年二月号では、秀英出版の広告ページに、「国語乙の教科書には日本文学読本を御選定ください」、「文部省検定済」とあり、「高瀬舟」がなくなって「最後の一句」が代わりに収録されている。なお、『近代文学』第一巻、第二巻は、この広告から消えている。副読本シリーズの内容は、『古典入門』『万葉・古今・新古今』『平安文学』『源氏物語』『徒然草』『近世文学』『近代の小説』『近代の詩歌・評論』『日本文学史』である。

野村精一（当時は都立葛飾野高校定時制、後に実践女子大学教授で源氏物語研究者）は、「文学教育の反省」（「日本文学」一九五七年八月号）という小文で次のように述べている。

　文学教育の根本は、生徒を感動させることだと信じて来た。（中略）ある教室で、協会編集の「近代の小説」を使い、「走れメロス」「桜の実の熟する頃」「大つごもり」「電報」と、よみ進んで来た。討論・作文・研究報告・体験発表など、かなり活発なクラスだった。私は教材の良さに喜んだ。しかし年度が変って彼らの教室に、私が行かなくなり、「近代の小説」が「高等国語」に変わると共に、彼らの生気は縮んだ。彼らは私に廊下であうと「つまんないなあ」とつぶやくばかりである。（中略）協会の文学教育の理念なり方法なりが、かなり高度のものを持ちながら、その普及の段階で未だしの感があるのは、理論や技術の問題であるよりは、そうした選ばれたる教師たちでなければやれないような質があるという事なのではないか。そうだとすれば、教育における近代主義⁉がここにある。（協会編集の副読本に、そうした傾向を自分自身で感じることさえあるのだ。）

ここで「協会」と表記されるのは、日本文学協会のことである。野村の指摘は、文学作品のそのものの価値とそれを教育の一環として制度的に高校生に読ませる時に生じる使用価値とのズレを言い当てている。「選ばれたる教師たちでなければやれないような質」の問題は現在も同様に続いているが、理解のはやい優秀な生徒だけが集まる学校によっては問題なく授業が進んでいるのかもしれない。しかし、当時の日文協がめざしていたのは、すべての高校生を対象として民主的な国語教育を普及させることであった。文学と教育をめぐる問題は、ほとんど永遠の課題でもあるようだ。

『近代の小説』指導書では、「はじめに」において、編集の方針が語られ、続いて、本指導書の構成、つまり、「解題」「教材の構成とねらい」「注釈」「問題の解答」「参考」について説明が加えられた後、次のような内容が述べられる。

本教科書は、樋口一葉「大つごもり」、森鷗外「最後の一句」、島崎藤村「桜の実の熟する時」、芥川竜之介「雛」、黒島伝治「電報」、太宰治「走れメロス」、志賀直哉「灰色の月」という作品を選択・収録したのであり、さきにも述べたようにそれは作風の異なるさまざまな傾向の作品ではあるのだが、すぐれた作家のすぐれた文学が常にそうであるように、これらの作品も、いかに生きるか、という人生の根本問題を根底において、具体的に生き生きとした形象の描写の上に美と真実を追求していっているのである。それは人の心にじかに触れてき、読む者を深い思考に誘ったり、あるいは励ましたり目ざめさせたり、あるいは人の魂と魂を深く結びつけてくれたりするであろう。要するにそれらは真に豊かなものを内に蔵しているのである。したがって学習にあたってはそれを引き出してくるように指導していただきたいのであるが、そのためにもまず何より、生徒が作品にじかに触れ、そぼくでもいいからすなおに作品を鑑賞・享受するようさせてほしい。そしていろいろに話し合わせ、さまざまなものを導き出しながら、そのことを通じてこれらの作品と現代の結びつきについても知らしめ、さらに他の文学作品を、広く深く読み進んでゆく端緒としていただきたいと願う。新しい人生と文学の創造の意欲はそのような中でつちかわれると思うのである。

指導書の呼びかけとしては、名文の部類に入る。戦後初めての文学教育の確立を、手探りではあるが意欲的に進めようとしてきた時代にこそ可能な文章である。「まず何より、生徒が作品にじかに触れ、そぼくでもいいからすなおに作品を鑑賞・享受する」ということは、「そぼく」という用語も含めて、西尾実の第一次的鑑賞の重要性とも呼応している。

同指導書の「二　教材の構成とねらい」では、次に引用するように、第一次的鑑賞から第二次的鑑賞へ向けた生徒間の話しあいが推奨される。

この「走れメロス」はすでに解題のところで見てきたように、いわば太宰治の中期に位する作品であり、短編ではあるがその時期の代表的な作品の一つである。（中略）これは古代ギリシアの伝説によりながら、友情の美しさを描き出したものである。これを読んで、めいめいの感想を出し合い、作者の意図についても考えてゆき、さらには各自それぞれの、友情について、人間間の信頼についての考えを、いろいろ話し合ってゆかせると豊かな問題が引き出されるであろう。

なお、同指導書の「一　解題」においては、戦後の太宰治像が次のように提示される。

一九四五（昭和20）年、戦争は終わった。彼は新しい浮わついた民主主義や文化に反発し、さらに敗戦後の混乱から立ち上がりはじめた者にも冷笑を浴びせ、ふたたび自己をさいなみながら古い道徳・秩序の偽善性をえぐろうとする方向に向かった。そして次第に現実に対するどうにもならぬ絶望感とジャーナリズムの追跡による無軌道な生活からの過労と、薬品注射の乱用とめちゃくちゃな飲酒などのために、精神と肉体の救いようのない病状を悪化させ、一九四八（昭和23）年六月十三日家出をして山崎富栄とともに、玉川上水に入って死んだ。

この「解題」は、当時の文学評論や今日の文庫本解説の類と比較しても、ややくだけた口調が特徴的である。教室で高校生に語りかける口調とも言えようか。

なお、『近代の小説』においては編著者の記述はない。一方、『近代の詩歌・評論』の指導書には、紅野敏郎、竹盛天勇、他数名の記述がある。「伊豆談話」では、「走れメロス」の指導書を書いたのは伊豆自身であるかもしれないとのことであった。しかし、筆者の読む限りでは、「薬品注射の乱用とめちゃくちゃな飲酒」という部分は、擬態語の使い方が伊豆の文体ではない。おそらく、指導書案も共同討議や共同執筆によるものであろう。筆者の予想では、先に引用した部分は、文体的には紅野敏郎である。

出版された『近代の小説』の中扉には「高等学校国語科用」という記載がある。この時点では副読本の扱いではなくなっているのだろう。「走れメロス」本文の後に、設問が七題ある。以下に引用する。

問一　どういう点におもしろさを感じ、感動しましたか。
問二　メロスはどんな性質の人でしょうか。またどんな点で勇者なのですか。

問三　メロスとセリヌンティウスの友情がいちばん強く現れているところはどこですか。またふたりの友情を通じて、友情一般のことにまで広げて話しあいましょう。
問四　初めの部分と最後の場面とにおける王の心理を考えてみましょう。
問五　どういうことを証明したいためにメロスは走ったのでしょうか。友の命を救うためでしょうか、ほかに何かの価うちがあったとすれば、それは何でしょうか。
問六　この文章のスタイルについて話しあいましょう。
問七　この作をかいた作者の意図（夢）について考えてみましょう。

各設問は、ごく普通のもののように見えるし、問二～五と問七は、時枝誠記編『国語　総合編　中学校　二年上』（中教出版）と似通っている。『近代の小説』における設問の特徴は、「感動」についての問いである。「雛」においても、「問四　この作品のどの部分に最も感動しましたか」という設問がある。また、「桜の実の熟する時」の「問一　作者が最も強く表そうとしたのはどんなことでしょう」や、「灰色の月」の「問一　この作でいちばん緊張した場面はどこですか」は、作家からの仕掛けを読者がどう受け止めたかを聞きだそうとする点で、「感動」と強く関連する。なお、「この作品」と書かずに「この作」と書いているあたりは、私小説に深く馴染んだ人物の筆によるもののように筆者は思う。

5

「日本文学」臨時増刊、第七巻第六号（一九五八年五月）に記載されている「日本文学協会の沿革」によれば、一九五一年六月に第六回総会を「日本における民族と文学」のテーマのもとに開催されている。以下、主要な事柄を羅列する。一九五二年五月に第六回大会報告を中心とした論集『日本文学の遺産』を福村書店より刊行。同年六月八日、第七回総会文学の部を「日本文学の伝統と創造」のテーマのもとに開催。同年六月一五日、第七回総会国語教育の部を開催。同年一一月、秋季臨時大会を「日本文学の伝統と創造」のテーマのもとに開催。竹内好たちの国民文学論争が盛んになる時代であった。

一九五三年五月、第七回大会報告集『日本文学の伝統と創造』を岩波書店より刊行。同年六月一三日、第八回大会文学の部を「ふたたび日本文学の伝統と創造」のテーマのもとに開催。同年六月一四日、第八回大会国語教育の部を「新しい国語愛のために」のテーマのもとに開催。このときの発表のひとつが荒木繁「民族教育としての古典教育――万葉集を中心として」であった。問題意識喚起の文学教育の発端である。

一九五四年六月一二日、第九回大会国語教育の部を「ふたたび新しい国語愛のために」のテーマのもとに開催。同年六月一三日、第九回大会文学の部を「国民文学の課題」のテーマのもとに開催。同年九月、第八回大会報告集『続日本文学の伝統と創造』を岩波書店より刊行。一九五五年八月二一日、

第一〇回大会文学の部を「日本文学の戦後十年」のテーマのもとに開催。同年八月二二日、第一〇回大会国語教育の部を「国民教育と国語教育」のテーマのもとに開催。一九五六年八月九日、第一一回大会文学の部を「作品研究をふかめるために」のテーマのもとに開催。同年八月一〇日、第一一回大会国語教育の部を「ことばと文学の教育」のテーマのもとに開催。

こうした経過のなかで、「日本文学」一九五七年五月号に、「座談会　文学教育について」が掲載される。出席者は、西尾実、荒木繁、谷宏、広末保、古田拡、森山重雄、大河原忠蔵、竹内好、難波喜造である。

冒頭で、司会の難波喜蔵が座談会の趣旨について、「一九五三年に民族教育としての文学教育という観点がつよくおしだされて以来、毎年国民教育という立場から、文学教育をどうするかという問題を、協会としては追求して来たのですが以来何年か経っていながらまだ理論化の点で十分ではない」点を述べている。そして問題意識喚起の文学教育の話題になるのだが、荒木繁が次のように発言している。

西尾さんと私の違いとして出てくるのは、西尾さんの場合作品を読んでそれに生徒が感じるのは個人的なものであってその個人的真実を深めてゆけばよいという考え方ですが、私はその作品の客観的な理解に到達させる必要があるというふうに考えている。

それに対して、西尾実が次のように発言する。

昨年の大会の問題に関してこのことが必要なのでいいたい。それはちょうど今荒木君の問題もそれになっているのだが、今の問題が鑑賞という言葉ではじまったものですから、文学の鑑賞教育の必要ということに対してもこの問題が方々で問題にされている。その場合に文学の鑑賞ということはかならずしも西尾がいうような、それだけのものではない。（中略）私はそれを仮に名付けていったことは第一次的鑑賞、一般的な素朴な鑑賞、その上で作品を研究していけば客観的な理解に進み、それからまた批判的な研究をやれば、理解や批判と同時にその作品に対する鑑賞が深まるということはたしかにある。第一次的鑑賞だけを鑑賞ということは間違いだということはたしかだ。しかしこの段階で必要なことは素朴な、第一次的鑑賞を成り立たせるということで、これを飛び越えて文学をエンジョイするということはできなくなるようなものを作っている。

西尾は、まずは第一次的鑑賞を成り立たせることが大事であることを強調する。つまり、生徒が読者として作品と対話しなければ意味がないのである。段階としては、「文学をエンジョイするということ」が何よりも重要であるということであろう。先に述べた、伊豆の教科書的観点にも共通することであろう。

座談会においては、谷宏がこの「エンジョイ」について補足説明しようとする。

西尾さんのいわれる鑑賞とかエンジョイとかを私流に次のように理解していいでしょうか。それは文学の最低であり、最高の機能である。つまりわれわれの生きている外界は客観的に存在しており、個人個人の願望を無視したような形である。文学、芸術というものはこのように自分の主観を越えて外にあるものを自分のものにしてゆくものである。立派な作品を読めば外にあった人間のできごとは自分を離れてはなくなるような感銘を受けるのですが、西尾先生がおっしゃたのは作品を読んでゆく中で自分というものと社会というものを単なる観察の対象とするのではなくて、それと切り離せない一人の人間になってくる、という働きをもっと大事にしなければならないという意味にとっていいでしょうか。そうしますとエンジョイということが文学のいちばん大事なものではないかというように思う。

以後、「最初の感動がほんとうの感動か」、「文学教育は可能か?」という話題があったり、森山重雄が「現在の文学教育は最初から文学の教育的機能を疑っていない」ところが問題で、「むしろ道徳教育の肩代わりをするような、そういう面で進めて行くような傾向があるんじゃないかと感じているのですよ。（中略）文学教育があまり楽観的にすすめられていると思う」など興味深い発言があったりするが、現在、「走れメロス」が「道徳教育の肩代わり」をしたり、「あまり楽観的にすすめられ」る理論談義の教材になっていないかを危惧しつつ、それらの詳細な検討は本稿のテーマからはずれるので割愛する。

6

Ⅱ―1章でも引用したが、佐藤泉『国語教科書の戦後史』（勁草書房、二〇〇六年）では、「『学習指導要領は、どこまでも教師に対してよい示唆を与えようとするものであって、決してこれによって教育を画一的にしようとするものではない』（『文部省学習指導要領一般編（試案）』序論、五一年改訂版）というように、この文字は教育統制を避けようとする意志を積極的に表示するものだった」のだが、その後の『試案』の文字が消えた学習指導要領は、何をどのように教えるかについて国家が一律の基準を提示し、現場に対し実質的な拘束を加えようとするものへと転換していく」ことになる。

「伊豆談話」によれば、「『文部省学習指導要領一般編（試案）』序論、五一年改訂版」は、占領政策の一環であったようである。サンフランシスコ講和条約は一九五二年四月二八日の発効であり、日本は一九五一年時点ではアメリカを中心とする進駐軍の支配下にあったのだ。中高校の教員が積極的に自主教材を作って自由に自分の授業を作ることができたのは、文部省の方針でもあり、かつ、アメリカの方針でもあった。伊豆が浦和西高に勤務していた当時、占領政策の一環として、浦和市でも各中高校から一名ずつが各学校の代表として集められ、毎週、アメリカの「何とかのスキル」の講習を受けたという。

占領政策としての国語教育は、しかし、伊豆や紅野のような若い教師たちに教材発掘の自由を与え、その解放された時空間が契機となって、戦後の国語教科書の定番教材も生み出されていったのである。

そして、一九五五年時点での「走れメロス」は、日本文学協会のような日本文学研究関係者のなかで、それほど高い評価を受けてはいなかったこと、また、太宰治も現在のようには研究的価値がある作家とは認知されていなかったこと、伊豆自身も「走れメロス」は教材としては理解が難しく、「駈込み訴へ」とのセットで理解できる種類の教材であると思っていたことなど、現在では忘れられていることを想起する必要性がある。

その上で、「走れメロス」という作品の不思議な生命力に思い至ることもあるだろう。

注

（1）「解説」（『太宰治『走れメロス』作品論集』クレス出版、二〇〇一年）

宮沢賢治と熊本――坂本謙平のこと

1

宮沢賢治は、その生涯において、熊本、さらに言えば九州とは無関係だというのが通説であった。賢治は、九州に行ったこともないし、九州と関係のある人物との接触もなかったと考えられてきたからである。しかし、『新校本　宮澤賢治全集』の編集過程で、それまで賢治研究の分野においては謎の人物でしかなかった坂本謙平が熊本農業試験場に在職していたことが判明したということを聞き、坂本謙平についての調査を開始した。

坂本謙平は、賢治が書き残した膨大な文字資料の中にたった一回だけ登場する。一九三三（昭和8）年一月四日付けの鈴木東蔵宛葉書に添えられた図説がそれである。

拝復　御申越の図説別便にて御送付申上候　尚右は、水稲の生育各期に於る養分吸収の割合を、四要素各別のスケールを以て記したるものにて、石灰は消石灰を使用し、且つ吸収量他成分に比し甚僅微（反当三百匁位）なる為特に大きく図したるものに有之併て御了知を仰上候。　拝具

この「御申越の図説」に、「農界の権威坂本謙平氏の研究調査せる稲の生育と四要素の吸収状態調査

図」という賢治による説明が付されていたのである。

鈴木東蔵は、一八九一（明治24）年、長坂村に生まれ、小学校高等科卒業後、一三年間村役場に勤めた。荒廃していく農村を憂い、そこからいかなる救済が可能かを追究する点では、賢治と共通する問題意識をいだいていたと言えよう。『農村救済の理論及実際』（一九一七年）や『理想郷の創造』（一九二〇年）などの著書も出版している。その後、村役場を退職して、松川村に東北砕石工場を設立し、石灰岩の開発を行い、後に、宮沢賢治を技師として工場に迎え入れることになる。

東北砕石工場主であった鈴木東蔵は、一九二九（昭和4）年に花巻の肥料店に注文をとりにきた折りに賢治のことを知り、病床にあった賢治のもとを訪れている。

賢治の実弟、宮沢清六の著書『兄のトランク』（筑摩書房　一九八七年）では、その時の出会いが次のように描かれている。


昭和4年の春、朴訥そうな人が私の店に来て病床の兄に会いたいというので二階に通したが、この人は鈴木東蔵という方で、石灰岩を粉砕して肥料をつくる東北粉砕工場主であった。

兄はこの人と話しているうちに、全くこの人が好きになってしまったのであった。

しかも、この人の工場は、かねて賢治の考えていた土地の改良には是非必要で、農村に安くて大事な肥料を供給することが出来るし、工場でも注文が少なくて困っているということで、どうしても手伝ってやりたくて致し方なくなった。

そのため病床から広告文を書いて送ったり、工場の拡張をすすめたりしていたが、だんだん病気も快方に向かってきたので、その工場のために働く決心を固め、昭和6年の春からその東北採石工場の技師として懸命に活動をはじめたのである。

農民の窮状を救おうとして、志を同じくする者同士だからこそできる心の交流がうかがえよう。賢治の残した「東北砕石工場関係稿」の中には、「貴工場に対する献策」（昭和5年頃）という文章があり、例えば、「販売名称に就て」では、鈴木東蔵に対して次のようなアドバイスをしている。

石灰岩を粉砕した肥料を、従来石灰岩抹石灰岩粉石灰石粉等と称して居りますが、これらの名称は、どうもまだ一般購売者の理解が進まない為に不利かと思はれます。則ち「石のままでは利くまい。」とか「石なら山にいくらでもある。」とかいった風の考が多いのであります。そこで充分に購売慾を刺激し、且つ本品の実際的価値を示すには「肥料用炭酸石灰」の名称がいゝと前々から考へて居りますがいかがでせうか。炭酸石灰と云へば所謂薬用の沈降炭酸石灰の稍々粗なるものといふ風の感じでどこか肥料としては貴重なものでもあり、利目もあるといふ心持ちがいたします。

現状を踏まえながら、鈴木の事業が軌道に乗るように、懇切丁寧に助言する熱意が感じられる。

その鈴木東蔵の求めに応じて送った図説が「農界の権威坂本謙平氏の研究調査せる」ものだったことには、大きな意味がある。おそらく、賢治にとって坂本謙平は、鈴木東蔵にも共感してほしいほど深い尊敬の対象だったのである。その尊敬の念は、どのような内容のものだったのだろうか。また、どのような経緯で坂本謙平を尊敬するに至ったのだろうか。今となっては、それを確認することは困難ではあるが、調査した限りでの私見を述べてみたい。

2

筆者以前に、坂本謙平について粘り強く調べ続けてきたのは、奥田弘である。

二〇〇二年に第一七回岩手日報文学賞賢治賞を受賞した奥田は、受賞記念講演会で「賢治研究周辺未詳資料の解明を目指して(1)」と題して、いまだに明らかになっていない賢治に関する重要事項のひとつとして坂本謙平の名を挙げた。奥田が坂本謙平に興味を持ったのは、「権威と無縁なはずの賢治が『農界の権威』と強調している点」であり、「農業会でも農会でもなく『農界』と特記しているのも、賢治の坂本に対する思いが感じられる」と述べている。この指摘は、きわめて重要である。

農民による自主的な農会組織は明治初期から存在していたようであるが、明治三二年に農会法が制定されて、農事の改良や発達を図るための地主や農民の団体として法的整備が進み、各自治体レベルで組織強化がなされる。さらに各県で農事試験場が設立されるに及んで農会技術員の養成がさかんに行われることになる。その際、指導的役割を果たしたのが、農事試験場の技師達であった。熊本県でも、農会は、大正から昭和初期にかけて、県下の農事指導の中心的役割をになうことになる。〈農会の権威〉であれば、県単位で日本中にいくらでもいたはずである。そこを敢えて「農界の権威」としたのは、坂本謙平を農業指導者のなかでは、世俗を超えた最高の存在として讃えたいという、賢治側の意図があるからではないだろうか。確かにそこには、坂本に対する並々ならぬ「思い」がある。

しかし、「農界の権威」である坂本謙平が書いたものを、賢治が読んで感銘を受けたという仮定の下に、彼の個人名で発表された論文ないし著書を探す作業では、彼の名はほとんどみつからない。その一つの理由は、農事試験場技師という彼の職業に関係する。価値の高い研究はしても共同研究のため、例えば農事試験場報告は、連名になる。したがって単著の論文がないのである。その農事試験場報告ですら、終戦後の移転の際に処分されて熊本県立農業試験場には現存していないし、熊本県立図書館に保管されていたはずのものも、空襲で焼き払われ、数冊しか残っていない。賢治が存命していた時期に、一般に流布するような著書も、彼にはない。

また、熊本県の人名録的なものや、肥後人物伝的な種類のものにも、坂本謙平の名は記載されていない。つまり、彼は、熊本という地元にあっても世間的な「権威」ではなく、隠れた「農界の権威」であったのである。

3

難航する調査過程で、筆者が初めて坂本謙平の名を見つけたのは、『熊本県農業試験場五十年史』(熊本県農業試験場刊、一九六二年)であった。熊本県農業試験場創立五〇周年記念事業のひとつとして出版されたものの中に、坂本謙平がOBとしての回想を「農業研究実験の跡を顧みて」という題で寄稿していたのである。

この文章は、次のように始まる。

私は昭和7年小麦原種圃が全国一斉に増設された時代に、熊本農試清水原種圃に着任し昭和17年種芸部に移り、昭和20年に退職しました。

過去を顧ると明治44年農高務省農事試験場畿内支場(大阪)、佐賀県立農事試験場等、35有余年間、農業の研究にたずさわつて参りました。

この文章の特徴として特記すべきは、は、他の寄稿者が在任中の思い出話を中心にしているのに、彼だけは、図入りで、「苗代の活着促進方法」についての実験を述べている点である。研究熱心で職人肌という印象を文面から受ける。

また、「私の信条として農業の研究指導にたずさわる者は、何時も観察視野を広くすることを念願として居ましたので、出張の都度足を伸ばして、全国の農業研究所を見聞することに努めました」とも述べているので、おそらく東北地方へも足を延ばしていたに違いない。

この他、小麦粉の利用について「毎日の様に実験比較研究」をし、「製パン、製麺製菓（黄パン、ドーナツ、万十、団子）等について製造技術の錬磨に月次計画をたてて実験」を続け、「其の結果は〔小麦粉及小麦粉利用法〕として昭和10年刊行して一般に紹介」したり、「昭和11年〔漬物の栞小麦粉及小麦粉利用法〕として一般に配付」したという記述があるが、どのような刊行形態であったかは現存する資料がないのでわからない。

『熊本県農業試験場五十年史』の巻末には、熊本県小川町の謙平の住所が載っていたので、小川町の電話帳で坂本姓の方のリストをつくり、電話したところ、幸運にもご遺族の方に連絡をとることができた。これ以後、謙平の実像が急速に明らかになっていくことになった。

謙平の母校である熊本県立熊本農業高等学校の同窓会が発行した『南園群像　上』（南園群像編集委員会　一九八三年）には、顔写真入り一頁で、彼が紹介されている。この紹介文では、熊本での事績がやや詳しく述べられており、大正一三年に、三五才で熊本県庁へ転勤し、熊本農事試験場を昭和二〇年に五六才で退職するまで、松田農場の内情視察、松橋北側農場の窮状調査、県有干拓地への移転、小作料徴収のための実績調査等を行ったことについて、また、潮害に際して佐賀県から種籾三〇俵を移入したことについて触れられている。

しかし、その一五年後に出版された『熊農百年史』（熊本県立熊本農業高等学校創立百周年記念事業会　一九九八年）には、「同窓五傑」として、島田彌市（第一回卒業生）、松田喜一（第三回卒業生）、藤本虎喜（第十回卒業生）、工藤正人（第十九回卒業生）、今福民三（第二十五回卒業生）の名が挙げられているが、第七回卒業生の坂元謙平は、「米の新品種農林一八号づくりの研究に従事」という一行で触れられているにすぎない。

ここで、謙平の事績をまとめると次のようになる。

明治二三年三月一二日に、下益城郡で生まれる。豊福尋常小学校、松崎高等小学校を経て県立熊本農学校に進み、明治四二年に卒業。母校の豊福小学校教員を一年間務め、翌年農林省畿内地区農業試験場（柏原）に就職、農林省委託技手として、佐賀県農事試験場で小麦試験担当者として、約一五年間従事。この間東京で遺伝学を一年間勉強。大正一四年、熊本県に出向。昭和七年、熊本県立農事試験場技師となり、昭和二〇年に退職。下益城郡の故郷に帰る。昭和二二年、小野部田村（昭和三〇年に河江村と合併し益南村となる）助役となり、二六年に退任。保護司や公民館主事を勤めながら、晴耕雨読の生活を送り、昭和五四年七月二八日に、八九歳で永眠。

謙平の二男坂本陽氏（福岡県在住）から提供された、自筆履歴書には、次のように書かれている。

明治四二年四月一二日～明治四三年一〇月一五日
　下益城郡豊福尋常小学校准訓導心得を命ず
明治四三年九月一六日
　無試験検定により小学校農業専科正教員免許状提與
明治四四年一〇月一八日　佐賀県立農事試験場技手に任ず
大正一四年一月二日　熊本県出向を命ず
大正一四年一月二六日　熊本県産業技手に任ず
昭和七年一〇月二六日　地方農林技師に任ず
昭和七年一〇月二六日　熊本県立農事試験場技師に任ず
昭和一七年一一月一日　地方技師に任ず
昭和二〇年一〇月三〇日　依願免本官地方技師
昭和二二年六月八日　下益城郡小野部田村助役に任ず
昭和二二年八月
昭和二六年六月七日　右同満期退任
昭和二七年一一月二日　保護司を委嘱する
昭和三四年六月二一日　益南村公民館職員に任ず　主事に職す　月一二、〇〇〇

4

では、賢治と坂本謙平の接点はどこにあったのか。先に述べた通り、坂本謙平の個人名で書かれたものを読んだ可能性は低い。いわゆる「佐賀段階」を達成した佐賀県は有名だったとしても、坂本謙平という個人名は佐賀農試の一員としてでしかないことから推定して、「農界の権威」として認識するほど坂本謙平を知ったのは、活字情報からではないと考える方が妥当だろう。とすれば、残る可能性は、賢治が、東北方面の出張の際に足を伸ばして「全国の農業研究所を見聞」していた坂本謙平と農業関連施設で実際に会い、彼の話に感銘を受け、鈴木東蔵の場合と同様に「この人と話しているうちに、全くこの人が好きになってしまった」ということである。二人が会ったとすれば、賢治にとって坂本は、六歳年上である。肥後もっこすと、岩手の〈肥後もっこす〉が意気投合したということになる。時期としては、賢治が病臥する前、東北砕石工場技師として活動していた一九三一年か一九三二（昭和六、七年）年頃であろう。

鈴木東蔵に送った書簡は、約一二〇通。『新校本全集』では、書簡番号250から482までである。期間は、一九二九年一二月から一九三三年八月四日までである。賢治が死去する前月まで約三年八ヶ月の間、肥料の製造やその販売方法について、毎週のように頻繁に書簡をやりとりしたことがわかる。一九三三年一月四日付けの書簡に、坂本謙平の名が登場し、それ以前にはないと言うことは、おそらく、死をも覚悟していた賢治が、自らの思いを託せる優れた見識を持つ人物として坂本謙平がいることを、この時点で鈴木東蔵に知らせたかったからではないだろうか。

賢治から謙平に送った書簡があったのかもしれないが、戦時中の熊本空襲で彼の家は焼失し、また、九州縦貫自動車道路開通に伴って彼の家の敷地が買収された際の混乱で、ほとんどの蔵書、書簡類は散失してしまっている。

横浜在住の三男坂本勝英氏に見せていただいた、彼のかつての蔵書、鎌形勲著『佐賀農業の展開過程——佐賀県農政史』（農林省農業総合研究所、一九五〇年）には、次のようなアンダーラインが彼自身によって引かれている。

全県の農業を挙げて久しく米作農業に集中したことは、米作を通じてのいわゆる「佐賀段階」なる日本の平均水準を抜くものを構成したが、しかし夫れと同時に農業の分化の面においての偏向を構成していることには注目されねばならない。また稲作三化螟虫の駆除において如何にいわゆる民間技術と官庁技術との交錯と諧調とが見られるかは、日本農業技術発達史上の特質と云い得るであろう。

同書によれば、明治三〇年代について言えば、当時は農業知識に対する理解が十分に農村に普及していない段階であり、害虫駆除に関わる採取検査などの農業政策が、非協力的とみなした農民については県令違反者として摘発するなど、官憲も動員した強引なものであったので、「害虫駆除督励員の評判は実に悪」く、「初代の駆除予防監督官副島俊雄技師が三日月村で薪割を持つた男に追いかけられたり、農事試験場菌虫部主任松尾英雄氏が中原村で鎌を振り上げた男に追われたり、県農務課の千布浩氏が短刀で追いかけられて逃げ廻つたという経験は、誰でも一つや二つ持つているほどであつた」ようである。

大正一一年、佐賀県において「電気灌漑の工事」が着工し、従来の水車による揚水労力問題が解決すると、長年の懸案であった稲移植期の引き下げによる三化螟虫撲滅対策を実行に移す機運が盛り上がり、「時の佐賀郡農会長今泉良子、農事試験場種芸主任坂本謙平、農務課主任技師田山貢、県農会技師田崎竹一等は移植期引下げを叫んで陣頭に立つ」ことになる。

賢治が坂本謙平の名を大正期に知ることがあるとしたら、ひとつはこの三化螟虫撲滅対策が何かの記事になって、それを読んだ可能性においてであろう。その記事は、現時点で確認できていないが、佐賀の三化螟虫撲滅については、当時全国的にも有名な出来事であるので、大正一〇年一二月から五年数ヶ月の間、農学校教師であった賢治が知っていた可能性は少なからずある。とすれば、今後、宮沢賢治の「グスコーブトリの伝記」や「ポラーノの広場」、そして「毒蛾」など作品への影響について検討される必要も出てくる。

後に、謙平は、在熊佐賀県人会定期大会で佐賀の農業開発に貢献したとして表彰されたが、熊本日々新聞（昭和44年5月1日付）には、写真入りでその記事が載っており、謙平のコメントが次のように残されている。

表彰されたあと、坂本さんは「大正の中ごろ、三化メイ虫を薬でなく、自然に殺すために五年間研究を重ね六年二十日以降に田植えをすれば、メイ虫は食べ物がなくなり死んでしまうことを突き止めた。田植えを遅らすことの意義を農民にわからせるのに苦労した。苗しろを食い荒らすスズメ対策として、モミ殻を焼いて苗しろに振りまけば、スズメが寄りつかないことを発見した。これらの駆除、予防が全国各地に普及した時はうれしかった」と明治末から大正末まで十五年間にわたる佐賀農試時代の苦労話をして、拍手を浴びた。

なお、記事中「六年二十日以降」は誤植で、正しくは「六月二十日以降」であろう。

また、益南村公民館の原稿用紙一一枚に書かれた、坂本謙平「暖地に於ける水稲苗代の実験」を二男勝英氏から見せていただいた。清書はしていないので、何かに発表する予定があったものがそのままになったものかもしれない。執筆時期は、益南村公民館の原稿用紙を用いていることから、益南村公民館主事になった昭和三四年以降であろう。

この原稿では、一二項目にわたって謙平が取り組んだ研究のあらましが述べられている。

次に「はしがき」全文を引用する。

水稲育苗の技術も年を追ふて些少なりとも進歩の跡が認められる。今過去実態を顧みて今日まで歩いて来た育苗の過程の一端を申述べて見たい。

大正の年間に入って佐賀県では全国にさきがけて、米の五石懸賞が実現して以来、全国一の米多収地として知られ、米作りなら佐賀へ視察にと宣伝されていた。当時佐賀農試では二反歩の苗代を経営して居たのであるが、或る時は一夜の豪雨に見舞はれて浮苗、ころび苗（俗称たいわんはげ）が出来十数人を動員して二本の箸で粒直しをやる、又青い蛙の群がたかって荒されるので三又槍を持つて数人交替で夜警をせねばならないと云ふ、毎年幾多の災害苦難にあつた結果、万難を排して総合計画の下に育苗の実験を試みたその二、三事績を紹介しませう。


彼が、自分の仕事に生き甲斐を見いだし奮闘努力したこと、また、自己の内奥に矜持するものがあったことをうかがわせる。

この原稿の第五項目「肥料のこと」において、「苗代肥料の三要素関係」について、「苗代播種量坪当三会蒔につき実施したが次の結果を得た」として、右のように記している。

三要素	坪当施用量
窒素	六―七匁
燐酸	七―八匁

加里　五—六匁

この結果を受けて、苗代施肥基準を、少量、中量、多量の三段階に区分して一般農家の改良目標を提示している。

肥料についても、「農界の権威坂本謙平氏の研究調査せる稲の生育と四要素の吸収状態調査図」につながる十分な研究がなされていたことがわかる。

なお、佐賀県立農事試験場編『試験成績二十年報』（佐賀県立農事試験場、一九二一年）によれば、佐賀県立農事試験場では、明治三三年から大正八年まで、原種比較試験、品種試験、石灰施用量試験など、様々な農業関連試験を行っている。その「試験施工年度一覧」をみると、大正六年から「肥料配合試験」が行われている。「肥料配合試験」の目的としては、「地質土性ヲ異ニセル各地ニ於テ三要素ノ肥効如何ヲ検センカ為メ行ヒタルモノナリ」と記述されている。他にも、「三要素試験」（明治34年～43年）、「三要素適量試験」（明治36年～39年）、「土壌対三要素試験」（明治37年～39年）、「窒素質肥料肥効試験」（明治43年～大正7年）、「窒素質肥料ノ施用量試験」（大正4年～6年）、「石灰加用量試験」（明治44年～大正4年）、「石灰単用試験」（明治43年～大正7年）など、肥料に関しても多くの試験をしている。

この資料が出版された当時の「現在職員」として、坂本謙平の名もあり、職名は「技手」、担当業務は「原種圃」、任命月日は明治四四年一〇月一八日である。原種圃の面積は、水田が六段三畝一一歩、畑が五段九畝二三歩、計一町二段三畝四歩の面積を有していた。坂本謙平は、様々な「肥料配合試験」

にも力を尽くしていたはずである。

当時の農事試験場は、『試験成績二十年報』のような種類の資料ないし報告書を研究機関に互いに送っていたし、全国の農学部や農学校にも送っている可能性がある。宮沢賢治は坂本謙平の名前をまずはこのような資料で知っていた可能性もないわけではない。しかし、先にも述べたように、これらの「試験」の業績においては坂本謙平の個人名はその性質上出てこない。宮沢賢治が坂本謙平と直接合わない限り「農界の権威」という言葉は出てこないように思われる。

5

ご遺族の方から謙平の性格を聞くと、頑固で、自らに厳しく、寡黙で、勉強熱心という人物像が浮かびあがる。家族には、農業研究の仕事について、自慢話も含めて一切話さなかったようである。したがって、出張したときの土産話という種類のものも、誰も聞いた覚えがないという。世渡り上手というわけでもなかった。いかにも賢治好みの人物ではある。

謙平のことを調べながら、賢治の詩「野の師父」を思い浮かべた。「倒れた稲や萱穂の間／白びかりする水をわたって／この雷と雲とのなかに／師父よあなたを訪ねて来れば／あなたは椽に正しく座して／空と原とのけはひをきいてゐられます／日日に日の出と日の入に／小山のやうに草を刈り／冬も手織の麻を着て／七十年が過ぎ去れば／あなたのせなは松より円く／あなたの指はかじかまり／あなたの額は雨や日や／あらゆる辛苦の図式を刻み／あなたの瞳は洞よりうつろ／この野とそらのあらゆる相は／あなたのなかに複本をもち／それらの変化の方向や／その作物への影響は／たとへば風のことばのやうに／あなたののどにつぶやかれます」。

二人が実際に会ったとすれば、賢治は、もう一人の〈野の師父〉を謙平のなかに見いだしたことだろう。謙平の存命中に話を聞けなかったことが残念でならない。

坂本謙平の墓は、八代平野を見下ろす山のふもとにある。晴れた日には、緑豊かな平野の彼方に不知火海が遠望できる、自然の滋味に恵まれた場所である。二〇〇三年秋に、熊本市から南へ約三〇㎞の距離にある小川町の謙平の墓を訪れた時、そこから八代平野を眺め下ろすと、凶作の相次ぐ時代に賢治が願ったであろう黄金郷がそこに広がっているようにも感じた。

歴史に埋もれ、時間の流れのなかでひっそりと消えていった「農界の権威」の墓として、最もふさわしい安らぎの場所であるように思われた。

注

（1） http://www.iwate-np.co.jp/bungaku/bungakukouen.htm

付記　本稿を成すにあたって、坂本謙平御二男陽氏、御三男勝英氏、御令孫海老名由香氏、から貴重な資料の提供をいただきました。この場をかりて感謝申し上げます。

初出一覧

Ⅰ

1.「水仙月の四日」論——吹雪のモナド
……「『水仙月の四日』論」（「宮沢賢治学会イーハトーブセンター第7回研究発表記録集」所収、一九九八年）および「宮沢賢治と風速・補遺」（「葦の葉」第三六三号、日本文学協会近代部会、二〇一五年四月）を再構成し、大幅に加筆

2.「風の又三郎」論——風と馬のイメージ
……原題「『風の又三郎』小論」（「国文学　解釈と鑑賞」第七一巻第九号、二〇〇六年九月）を大幅に加筆

3.「招魂祭一景」論——娘曲馬のエロス
……原題「川端康成『招魂祭一景』論」（『川端文学の世界　1　その生成』所収、勉誠出版、二〇〇一年）を大幅に加筆

4.坂口安吾「白痴」論——聴覚空間のアレゴリー劇
……「近代文学研究」第八号、日本文学協会近代部会、一九九一年五月）

5. 坂口安吾の歴史観・序説――パラタクシスという方法
……「国文学　解釈と鑑賞」第七一巻第一一号、二〇〇六年一一月、大幅に加筆

6. 橋と言霊――保田與重郎「日本の橋」をめぐって
……「日本文学」第四一巻第六号、日本文学協会、一九九二年六月

7. 保田與重郎と十五年戦争――内なる言霊、外なる戦争
……原題「内なる言霊、外なる戦争――保田與重郎論」（「社会文学」第六号、日本社会文学会、一九九二年七月）

8. 蓮田善明の昭和一六年――「鴨長明」を中心に
……書き下ろし

9. 三島由紀夫「憂国」論――エロスのモナド
……原題「三島由紀夫『憂国』論」（「熊本学園大学　文学・言語学論集」第一四巻第一号、二〇〇七年六月）

10. 村上春樹『ねじまき鳥クロニクル』論――固有名の行方
……原題「失われた固有名を追って――ねじまき鳥クロニクル」（アエラムック「村上春樹がわかる。」七五

号、朝日出版社、二〇〇一年一一月）

Ⅱ

教材「舞姫」の誕生――日本文学協会編『日本文学読本　近代文学　小説編二』の成立
……「熊本学園大学　文学・言語学論集」第一七巻第一号～第二号、二〇一〇年六月および一二月

教材「走れメロス」の誕生――日本文学協会編『日本文学読本　近代の小説』の成立
……書き下ろし

宮沢賢治と熊本――坂本謙平のこと
……「熊本学園大学　文学・言語学論集」第一〇巻第二号、第一一巻第一号合併号、二〇〇四年七月

＊大幅加筆したもの以外の稿も、適宜字句等の加筆訂正を施してあるが、論旨に変更はない。

あとがき

三十年ほど前、ある友人が、私の論文について「あなたは詩を分析するように小説を分析する」と評してくれたことがある。本書のタイトルを考えあぐねているときに、この言葉を思い出した。いままで私は、詩「春と修羅」における光の温度や、詩集『春と修羅』の風や、童話集『注文の多い料理店』の山猫や扉などを考察の対象としてきた。おそらく、文学作品における幻想のモナドを考えてきたのだ。本書では、吹雪や、娘曲馬や、橋などを考察している。そうであれば、「幻想のモナドロジー」というまとめ方をしてもいいのではないか。僭越ながら、そう思った。

本書で使われる用語、モナド、イメージ、アレゴリー、パラタクシスなどは、すべて相互に連関する星座系のひとつである。この星座系へのまなざしのもとになっているのは、私の場合、W・ベンヤミンの『パサージュ論』である。結果として、本書では、視覚のみならず、聴覚、嗅覚、触覚（皮膚感覚）が織りなす文学空間へのまなざしが機能することになるだろう。

本書に収めることができた論考は、発表時期がかなり前のものもあるが、研究における基本的な軸は変わっていない。ただ、研究資料については、筆者にとって二〇〇二年以降大きな変化がある。国立国会図書館の近代デジタルライブラリーが公開している明治大正期の資料である。本書で引用している資料も、多くが近代デジタルライブラリーの恩恵をうけている。感謝の意を記しておきたい。

本書刊行にあたって、あらためて感謝したいのはそれぞれの原稿に至る発表の機会を与えていただいた学会の方々である。特に、日本文学協会近代部会には、私にとっての日本文学研究スタート時点からお世話になった。私自身は当初から宮沢賢治研究に目標を定めており他の作家について書く余裕はなかったのだが、日文協近代部会における例会年間テーマにあわせて口頭発表したものが、坂口安吾研究と保田與重郎研究であった。私にとっては偶然のように発表したものが、その後の研究領域を広げていくことになった。日文協近代部会に所属していなければ、本書もなかったのである。

また、本書の出版を引き受けてくれた翰林書房の今井静江さんには、編集者としてあたたかいアドバイスをいただいた。深い感謝の意を表したい。

今年還暦を迎えて、体の方は、人生の〈水仙月〉が到来したことを告げ知らせている。研究の方はやっと一里塚を越えたあたりにあるが、それでも本書をまとめることができて一安心している。今後は、もう少し自由な発想を取り込んだうえで文学について書いてみたいと思っている。

二〇一五年八月八日

＊本書の刊行に熊本学園大学出版会の助成を受けたことを付記して、謝意に代える。

【著者略歴】
奥山文幸（おくやま・ふみゆき）
1955年、北海道生まれ。横浜国立大学大学院教育学研究科修士課程（国文学専修）修了。
神奈川県立高校勤務を経て、現在熊本学園大学教授。

著書等
『宮沢賢治『春と修羅』論―言語と映像』（双文社出版、1997。第8回宮沢賢治賞奨励賞）
『妊娠するロボット―1920年代の科学と幻想』（共著、春風社、2002）
『霊を読む』（共編著、蒼丘書林、2007）、
『霊を知る』（共編著、蒼丘書林、2014）、
『宮沢賢治論　幻想への階梯』（蒼丘書林、2014）、など。

幻想のモナドロジー
日本近代文学試論

発行日	2015年 9 月30日　初版第一刷
著　者	奥山文幸
発行人	今井　肇
発行所	翰林書房
	〒101-0051 東京都千代田区神田神保町2-2
	電 話　(03)6380-9601
	FAX　(03)6380-9602
	http://www.kanrin.co.jp/
	Eメール●Kanrin@nifty.com
装　釘	須藤康子＋島津デザイン事務所
印刷・製本	メデューム

落丁・乱丁本はお取替えいたします

ISBN978-4-87737-387-0